Felix Byland

RACHE IM PARADIES

Ein Schweizer Kriminalroman

Bibliografische Information der Deutschen
Nationalbibliothek: Die Deutsche Nationalbibliothek
verzeichnet diese Publikation in der Deutschen
Nationalbibliografie; detaillierte bibliografische Daten sind
im Internet über dnb.dnb.de abrufbar.

© 2017 Felix Byland
Coverdesign: Felix Byland / BoD
Fotografie Cover: Lea Leuenberger
Lektorat: Lea Leuenberger
Herstellung und Verlag:
BoD – Books on Demand, Norderstedt

ISBN: 978-3-7448-0285-7

Für meine Eltern Edith und Wolfgang

1

»Ja Herrgott nochmal!«

Martin schreckt hoch, hinter dem Steuer seines roten Porsche 911. Er war wohl eingenickt. Mal wieder. Und das ausgerechnet vor einer roten Ampel.

Der Fahrer hinter ihm drückt ungeduldig auf die Hupe.

»Idiot«, denkt sich Martin. Ob er wohl aussteigen und dem lebensmüden Typen hinter sich ein paar aufs Maul hauen soll? Besser nicht. Er hat schon genug Probleme. Da bringt ihn eine Rauferei am helllichten Tag in Zürich vor einer mittlerweile grünen Ampel auch nicht weiter. Zudem würde es der verursachte Stau wohl locker in die Verkehrsmeldungen der örtlichen Regionalsender schaffen. Dazu noch ein bisschen Pech, und siehe da - sein Bild auf der Titelseite eines dieser Gratisblätter. Gerade heute, wo doch jeder so ein Smartphone hat und sich unweigerlich für den nächsten Reporter-Superstar hält.

»Nein, besser nicht«, denkt er endgültig und tritt aufs Gas.

Er braucht über dreissig Minuten, um sein Büro zu erreichen. Es mag sein, dass Zürich eine verkehrstechnisch gesehen sehr verstopfte Stadt ist - insbesondere in der Rushhour - nichtsdestotrotz schafft er die Strecke normalerweise in der

Hälfte der Zeit. »Warum muss dieser Scheisskerl sich ausgerechnet jetzt vor das Tram werfen?«, schrie Martin vor sich hin. Im Radio haben sie gesagt, dass sich ein Unfall mit Personenschaden ereignet hat - genau auf dieser Strasse. Die Hintergründe sind ihm egal. Fakt ist, dass ER wegen eines ihm unbekannten Schicksals über fünfzehn Minuten seiner Lebenszeit eingebüsst hat. Zeit ist Geld, das weiss doch wirklich jeder!

»Wollte mich jemand sprechen in meiner Abwesenheit?«, will Martin von Charlotte Huber wissen.

»Nein, es hat sich den ganzen Vormittag niemand blicken lassen!«

»Gut so. Ich habe nun ein wichtiges Telefonat zu führen und möchte nicht gestört werden.«

Das mit dem Telefonat ist gelogen. Nicht aber, dass er seine Ruhe will. Er fragt sich manchmal selbst, warum er diesen Umstand überhaupt rechtfertigen und mit einem Telefonat begründen muss. Hier ist er der Boss. Die Leute haben zu tun, was er sagt und brauchen dafür nicht zu fragen, warum.

Gedankenversunken betritt er sein Büro. Es ist ein grosser Raum nur für ihn alleine. Der Boden besticht durch einen dieser weichen, angenehmen Teppiche. Farbe dunkelgrau, optisch sehr ansprechend. In der Mitte befindet sich der Schreibtisch, gross und aus massiver Eiche gefertigt. Wenn er dahinter in dem noch grösseren Ledersessel sitzt, hat er den Blick direkt auf die Tür gerichtet. Alles jederzeit im Überblick. Wie sich das gehört für ihn. Hinter ihm zeichnet sich die wohl spektakulärste Aussicht von ganz Zürich ab. Denn in der obersten Etage dieses über achtzig Meter hohen Bürokomplexes mitten in der Stadt kann man bei klarem

Wetter in weiter Ferne sogar noch den Pfannenstiel sehen. Die Idylle wird nur durch die von Süden kommenden Flugzeuge, welche zum Landen in Kloten ansetzen, durchkreuzt.

Eine LED auf dem grauen Kasten in der linken Ecke des Tisches zeigt ihm an, ob sich Besuch angemeldet hat. Besser gesagt, ob Frau Huber Besuch für ihn angemeldet hat. In dieser Branche erhält er mehr unliebsamen Besuch, als ihm lieb ist. Dafür ist die Huber zuständig. Sie entspricht dem Idealbild einer Frau: Lange Beine, vollbusig, blonde Locken, volle Lippen. Im Reden ist sie sehr gewandt, genauso im Tratschen. Dank ihr erfahren Arbeitskollegen Sachen, die nicht für ihre Ohren bestimmt wären. Aber blöd ist sie wegen dem noch lange nicht. Im Oberstübchen befindet sich mehr Hirnmasse, als man es ihr jemals zutrauen würde. Auf der Strasse drehen die Männer sich nach ihr um. Da liegt es auf der Hand, dass sie sich vor Verehrern kaum retten kann. Diese Optik, gepaart mit ihrem stilsicheren, bewussten und konsequenten Auftreten nimmt unliebsamen Besuchern schneller den Wind aus den Segeln, als ihnen lieb ist, und ehe sie verstehen und begreifen können, was genau da vor sich ging, stehen sie wieder dort, wo sie hergekommen sind: unten auf der Strasse.

Viele böse Zungen in der Firma haben Martin schon eine Affäre mit der Huber angedichtet, doch diese Behauptungen beruhen mehr auf dem gängigen Klischee des untreuen Chefs, der, während seine Ehefrau das Geld mit vollen Händen verprasst, seine Schäferstündchen mit der heimlichen Geliebten damit entschuldigt, wieder einmal Überstunden leisten zu müssen, um seiner Frau diesen

Lebensstil überhaupt zu ermöglichen. Insgeheim wissen die Leute, dass zwischen den beiden nichts läuft. Trotzdem wird hinter seinem Rücken gemunkelt und getuschelt, nicht zuletzt, weil ihn kaum jemand leiden kann. Ein unsympathischer, nur halbwegs kompetenter Choleriker ist sicher nicht die beste Wahl als Generaldirektor einer der grössten Versicherungsgesellschaften der Schweiz, der EVA, der Eidgenössischen Versicherungsanstalt.

Aber die Angestellten nehmen es hin, ja müssen es hinnehmen, denn jeder hier weiss, dass Martin Sturzenegger nicht kritikfähig ist und nicht gerade zimperlich mit Kündigungen vorgeht.

Es ist keine Seltenheit, dass ein unbedachter Kommentar in seiner Hörweite schon mal dazu führen kann, dass man am nächsten Tag auf der Strasse steht und nicht mehr weiss, wie man seine Miete begleichen soll. Deshalb gilt: Immer schön lächeln und Arschloch denken. Doch es gibt etwas, das seinen Unterstellten noch viel mehr zu denken gibt als eine Affäre, die keine ist: Wie zum Teufel hat Martin diesen Posten erlangt. Weder sein Wissen noch sein Können würden annähernd dafür ausreichen. Es gibt darüber die kühnsten Spekulationen, doch nur wenige Fakten.

Eine davon ist, dass der alte Generaldirektor Hans Kronenberg sein Amt abgegeben hat, um seinen wohlverdienten Ruhestand anzutreten. Vorher jedoch hat er höchstpersönlich Martin Sturzenegger, welcher bis anhin eine kleine, verbitterte Nummer, von den Arbeitskollegen gemieden und bei seinem Vorgesetzten auf der Abschussliste stehend, der Versicherungsgesellschaft war, von heute auf Morgen wie aus dem Nichts als Nachfolger ernannt. Das hat bei über dreihundert Angestellten für heftiges Kopfschütteln gesorgt. Eine interne Untersuchung hat keine Rückschlüsse ans Tageslicht gebracht und man musste es wohl oder übel akzeptieren.

Nach dem wahren Grund zu suchen, hat man mittlerweile aufgegeben. Zehn Jahre sind seit diesem äusserst kuriosen Vorfall verstrichen.

Er ist Vergangenheit und Gegenwart zugleich.

Die Vergangenheit birgt Geheimnisse. Aber auch Gefahren. Besser man lässt sie ruhen. Alte Wunden sollte man nicht wieder aufreissen!

2

Es fehlte ihnen an nichts. Sie hatten es gut.

Gut genug für ein schickes Häuschen direkt am Zugersee. Der grosse Garten erstreckte sich bis ans Ufer des Sees. Ein Privatstrand sozusagen.

Die Wiese dazwischen war zu beiden Seiten mit einem schulterhohen Zaun zum Nachbargrundstück abgetrennt. Auf der linken Seite befand sich ganz hinten, fast schon versteckt, ein unscheinbarer Geräteschuppen aus Holz. Er mass etwa drei auf drei Meter. Die meiste Zeit stand er leer; nur die Kinder benutzten ihn ab und an, um ihre Bälle oder Badmintonschläger dort zu versorgen. Ansonsten stand er nur da, ein wenig fehlplatziert und von den Menschen weitgehend vergessen.

Als Martin noch klein war, spielten er und sein jüngerer Bruder David hier oft Verstecken. Während der eine sich unter die grosse Birke nahe dem Haus setzte, das Gesicht in den Händen vergrub und laut bis fünfzig zählte, rannte der andere los mit dem Ziel, sich möglichst unauffindbar zu verstecken. Das hohe Gras bot gute Gelegenheit dazu und so spielten sie stundenlang bis zum Sonnenuntergang.

Für Katrin, die Mutter der beiden, war es hingegen kein leichtes Spiel, die Söhne bei Anbruch der Dunkelheit wieder ins Haus zu kriegen. Gehorchten sie aber ohne zu maulen, las sie Ihnen am Bett aus einem Kinderbuch eine kurze Geschichte als Belohnung vor. Verpackt mit niedlichen Bildern, war der Inhalt sämtlicher Geschichten immer etwa derselbe. Während der Fleissige, der Gutes tut, am Ende glücklich und zufrieden, geliebt und geachtet, seinen Weg geht, bleibt der faule Nichtsnutz auf der Strecke.

Gut und Böse!

Katrin war es wichtig, Martin und David schon von klein auf die richtigen Werte mitzugeben. Was sollte denn später aus ihnen werden, wenn sie nicht einmal eine gute Erziehung geniessen durften?

War die Geschichte zu Ende, gab die Mutter beiden Söhnen ein Küsschen auf die Backen, wünschte eine gute Nacht und knipste das Licht aus. Das Ritual war immer dasselbe.

Doch eines Abends, als Katrin schon auf der Schwelle stand und die Tür leise schliessen wollte, fragte Martin in die Dunkelheit, warum es Menschen gäbe, die faul und böse seien, wenn doch am Ende einem das Glück verwehrt bleiben würde.

Katrin blieb stehen. Sie dachte nach. Dann machte sie einen Schritt zurück ins Zimmer und schloss die Tür von innen.

»Hör zu, Schatz« begann sie, »Du magst doch Äpfel.

Um solch einen schön und prächtig wachsen zu lassen, muss der Baum gehegt und gepflegt werden. Wird er aber vernachlässigt, können keine schönen Früchte entstehen. Kommt ein Sturm auf und schüttelt den Baum durch, fällt der Apfel unsanft zu Boden. Dann wird er faul und ungeniessbar.

Aber auch Äpfel, die unter den besten Bedingungen wachsen, können faul sein oder es noch werden. Einfach so. Das nennt man dann Schicksal.

Der Mensch ist wie ein Apfel. Was aus ihm wird, wie er denkt und was er macht, kann man nicht bestimmen. Aber man kann die Entwicklung in die richtige Richtung lenken. Das letzte Wort hat der Allmächtige.«

Sie hatte sanft, aber bestimmt auf ihn eingeredet. Mit einem Lächeln war er dabei eingeschlafen. Auch wenn er nicht alles gehört haben konnte, wusste sie, dass die Worte ihren Weg gefunden hatten.

Katrin lag noch lange wach und dachte über das Gespräch nach. Dann schlief auch sie mit einem Lächeln ein.

3

Martin drückt die grüne Sprechtaste auf dem grauen Kasten auf seinem Schreibtisch. Das Gerät ermöglicht ihm nicht nur, per Lämpchen mit seiner Sekretärin zu kommunizieren, sondern auch akustisch.

»Bringen Sie mir den Brechhammer her. Unverzüglich!«

»Ich schaue, ob er verfügbar ist. Einen Moment bitte!«, ertönt es krächzend aus dem Lautsprecher. Die Qualität des Apparates könnte besser sein.

»Sofort! Es ist wichtig und eilt!«

Karl Brechhammer ist Abteilungsleiter bei den Lebensversicherungen. Er prüft Schadensanzeigen, fertigt Gutachten an und entscheidet, ob Leistungen ausbezahlt werden oder nicht. Diese Prozedere können sich über Monate hinziehen. Bestehen Zweifel über den Wahrheitsgehalt einer Angabe oder sogar der Verdacht eines Versicherungsbetruges, können die internen Detektive hinzugezogen werden. So etwas kommt nicht selten vor. Das letzte Wort hat aber in jedem Fall der Direktor, Martin Sturzenegger, sofern es sich um grössere Summen handelt, die ausbezahlt werden müssen. Das ist bei Lebensversicherungen immer der Fall. Solange er das positive Gutachten nicht mit seiner Unterschrift absegnet, wird kein müder Rappen ausbezahlt.

»Der Brechhammer ist jetzt da. Soll ich ihn reinschicken?« fragt Charlotte über den Lautsprecher.

Martin bejaht und die Tür geht auf. Karl tritt ein.

Er trägt einen Designeranzug, der seine grosse, sportliche Statur perfekt umschmeichelt. Die Haare sind sorgfältig mit Gel nach hinten gekämmt. Die Frisur sitzt.

»Sie wollten mich sprechen?« fragt er und setzt sein schönstes Lächeln auf.

Karl ist freundlich, sieht gut aus und hat Ambitionen, die er dank harter Arbeit auch erreicht. Das pure Gegenteil von Martin. Deshalb kann dieser ihn nicht leiden.

Karl weiss das. Aber statt sich darauf einzulassen, lässt er seine Freundlichkeit spielen. Genau das bringt Martin noch mehr auf die Palme. Und auch darüber weiss Karl Bescheid. Er geniesst es förmlich, ihn innerlich auflaufen zu lassen, auch wenn er sich stets bewusst ist, dass Martin der Boss, und somit am längeren Hebel ist.

Vorsicht ist eine Tugend. Die Vorsicht, sich nicht zu weit aus dem Fenster zu lehnen. Gerade so weit, um den Überblick über die Situation zu behalten, die sich unter einem abspielt. Droht, das Gleichgewicht zu verlieren und zu stürzen, gilt es, schnell einen Rückzieher nach hinten zu machen, möglichst elegant und unscheinbar, um das Gesicht zu wahren.

Auf dem Tisch liegt eine Akte. Martin schiebt sie zu ihm rüber.

»Darüber muss ich mit Ihnen reden. Es gibt noch einige Ungereimtheiten, die Ihnen eigentlich hätten auffallen müssen. Wofür bezahle ich Sie schliesslich?«

Karl schaut sich die Akte an. Er erinnert sich gut an den Fall. Ist schliesslich noch gar nicht lange her und es ist einer der grössten, die er je bearbeiten musste.

Hauptakteur ist Alexander Liebherr. Nach seinem Jurastudium arbeitete er sich bis zum obersten Staatsanwalt des Kantons Zug hoch und hat sich ein Vermögen im zweistelligen Millionenbereich angehäuft. Ein exzentrischer Lebensstil gehörte dazu. Wer hat, der kann.

Die Lebensversicherung bei der EVA wurde vor rund fünf Jahren zugunsten seiner Frau Irene abgeschlossen. Im Falle seines Ablebens erbt Sie nicht nur die Hälfte des Vermögens, sondern erhält dazu noch eine Summe von drei Millionen Franken. Ein Betrag, für den so mancher töten würde. Auch sie?

Nein!

Zu diesem Entschluss jedenfalls kam Karl Brechhammer. Dass beim tödlichen Klippensprung auf Menorca Fremdeinwirkung zu Tragen kam, konnte ausgeschlossen werden.

»Was stimmt damit nicht? Der Fall ist fertig abgearbeitet. Wäre das nur Theater gewesen, hätten wir es gemerkt. Wir haben schliesslich viel Zeit und Mühe in diesen Fall investiert.« Das Lächeln ist aus Karls Gesicht verschwunden.

»Herrgott nochmal, ich kann kaum glauben, dass Sie nicht wissen, wovon ich spreche. Nicht wissen wollen. Hier geht es um viel Geld. Um noch viel mehr als Geld. Die Firma ist ohnehin schon angeschlagen, da können wir uns eine solche Auszahlung beim besten Willen nicht leisten.«

Langsam dämmert es Karl. Hier geht es nicht um Gerechtigkeit. Oder »Ungereimtheiten«, wie Martin das nennen mag. Hier geht es nur um Geld. Geld, Geld, Geld. Die einzige Ungereimtheit ist der finanzielle Schaden, den seine Firma erleiden würde.

Wofür sind Versicherungen da, wenn sie im Schadensfall nicht zahlen?

Tausende Gedanken schiessen durch seinen Kopf. In seinem Hals steckt ein Kloss.

Nur nicht die Fassung verlieren! Den Gefallen will er ihm nicht tun.

»Nun«, fährt Martin fort, »es mag sein, dass Sie nicht die beste Meinung von mir haben. Das ist mir egal. Hier geht es um die Firma. Aber ich distanziere mich davon, ein Unmensch zu sein. Die Alte wird es verkraften. Hat ja noch das Erbe. Um die brauchen Sie sich wirklich keine Sorgen zu machen. Bei uns steht mehr auf dem Spiel.«

Er starrt Karl eindringlich an. Dessen Blick ist leer, geradezu glasig. Die Worte dringen dumpf wie durch einen Nebel zu ihm durch. Seine Worte müssen nun gut überlegt sein. Aber was soll er antworten? Auch wenn er weiss, dass es ihm nicht viel nutzen wird, probiert er es auf die ehrliche Tour. Vielleicht lässt sich der Boss ja noch zur Wahrheit bekehren.

»Herr Sturzenegger, auch wenn sich unsere Ansichten in verschiedenen Anliegen unterscheiden mögen, schätze ich Sie sehr als meinen Vorgesetzten. Jedoch liegt es mir fern, meine Prinzipien zu verraten. Der hier vorliegende Fall ist, wie bereits erwähnt, von mir und unseren Angestellten genauestens untersucht worden. Ich versichere Ihnen, dass absolut kein Zweifel über die Glaubwürdigkeit der Versicherungsnehmerin vorliegt. Die polizeiliche

Untersuchung bestätigt dies ebenfalls.«

Karl ist um einen sachlichen Ton bemüht. Er ist professionell. Auf dieses Niveau will er sich nicht herablassen.

Martin schüttelt energisch den Kopf. Jetzt ist auch er wütend, aber anders als Karl, versucht er nicht, es zu verbergen.

»Können oder wollen Sie mich nicht verstehen? Finden Sie ein Schlupfloch im Vertrag. Erfinden Sie eine neue Klausel. Irgendwas. Egal wie!«

Nach einer kurzen Pause fährt er fort:

»Sie haben nun genau zwei Möglichkeiten. Die erste ist die, zu welcher ich Ihnen dringend, sehr dringend raten möchte.

Sie haben bis Ende Monat Zeit, den Fall zu drehen. Das sind rund drei Wochen. Als Unterstützung erhalten Sie zwei Detektive und jede Hilfe, die Sie benötigen werden. Schaffen Sie's bis dann, ist nicht nur Ihr Job gesichert, sondern obendrein auch noch eine nette Prämie. Ich bin mir Ihrer finanziellen Lage durchaus bewusst. Ich weiss, dass Sie diesen Zustupf gut gebrauchen können.«

»Und die zweite Möglichkeit?«, will Karl wissen.

»Die ist denkbar einfach. Sie räumen auf der Stelle Ihren Arbeitsplatz und unterschreiben im Anschluss gleich noch Ihre Kündigung. Ab morgen brauchen Sie nicht mehr zu erscheinen. Gemäss geltender Kündigungsfrist erhalten Sie noch zwei volle Monatsgehälter als Abfindung.

Und der Fall... der wird, genauso wie Ihre aktuelle Position als Abteilungsleiter, weitergereicht an einen Kollegen, welcher mehr Ehrgeiz an den Tag legt als Sie. Ich kriege meinen Willen. So oder so. Zum Wohl der Firma.«

Das hat gesessen. Karl ist ratlos. Hilflos.

»Ich brauche Bedenkzeit«, fordert er vom Direktor.

»Einverstanden«, sagt dieser, »aber beeilen Sie sich. Morgen Mittag will ich Ihre Entscheidung wissen.«

Es reicht gerade noch für ein dünnes »Ja«. Vom sonst so selbstbewussten Karl ist nur noch ein Häufchen Elend übrig. Er verlässt das Büro.

Mit dem Aufzug fährt er in die Tiefgarage der Firma. Für heute hat er genug gesehen. Genug gehört. Feierabend!

Während er sich durch den Feierabendverkehr kämpft, plagen ihn Existenzängste.

Wie soll es weitergehen? Wie soll er sich entscheiden? Fragen über Fragen. Was soll er seiner Frau erzählen? Soll er ihr überhaupt etwas sagen?

Das mit Doreen war Liebe auf den ersten Blick. Vor einem Jahr haben sie geheiratet. Kirchlich, mit allem Drum und Dran. Es war für Beide der schönste Tag in ihrem Leben. Sie haben sich immer alles gesagt, in guten wie in schlechten Zeiten. Das soll sich auch heute nicht so schnell ändern. Nicht wegen einem Typen wie Martin!

Kurz nach der Hochzeit kam Töchterchen Lena zur Welt. Der kleine Sonnenschein schweisste Karl und Doreen noch fester zusammen. Aus dem Traumpaar wurde eine Familie. Das Glück war fast perfekt.

Nicht perfekt hingegen waren die Platzverhältnisse, denn durch den Nachwuchs wurde die Zwei-Zimmer Wohnung, die sie bis anhin bewohnten, viel zu klein. Etwas Grösseres musste her. Der letzte Schritt zum absoluten Glück lag auf der Hand:

Karl nahm eine Hypothek auf und sie kauften sich ein Häuschen mit einem schönen Garten in einer gepflegten Vorstadtsiedlung nahe Zürich. Nichts Grosses, aber für die kleine Familie bedeutete es den Himmel auf Erden.

Doch heute wurde der Grundstein gelegt, das junge Glück jäh scheitern zu lassen.

Nicht auszudenken, wenn Martin seine Drohung wirklich wahrmachen würde.

Er hat nur diese eine Chance: Innert drei Wochen der Witwe Liebherr einen Vertragsbruch anzudichten. Das wird nicht einfach. Hat auch keiner gesagt!

Aber sie verdient sowas nicht. Schon schwer genug, dass sie ihren Mann auf tragische Art und Weise verloren hat, da braucht sie nicht noch zu allem Überfluss dazu von der Versicherung über den Tisch gezogen zu werden. Und dann ausgerechnet noch von ihm, Karl, der ehrlichsten Haut und sympathischsten Frohnatur, die die Firma zu bieten hat.

Aber er hat keine Wahl. Sie oder er! So läuft das Geschäft.

Er schliesst die Tür auf.

»Schatz, ich bin zu Hause«, ruft er. Seine Frau ist in der Küche. Es riecht nach Schmorbraten. Seine Leibspeise.

»Das Essen ist bald fertig«, sagt sie, nachdem sie ihm einen Kuss auf den Mund gedrückt hat.

»Lena ist schon im Bettchen. Momentan schläft sie. Hoffen wir, dass das auch noch so bleibt für heute«, fügt sie mit einem Augenzwinkern hinzu. Die Anspielung bezieht sich auf das seit der Geburt eingerostete Sexleben der beiden. Vielleicht klappt es heute? Vielleicht macht ihnen Lena jedoch wieder einen Strich durch die Rechnung. Wenn sie einmal zu schreien angefangen hat, ist sie kaum mehr zu beruhigen. Doreen nimmt sie dann in den Arm und schaukelt sie sanft zurück in den Schlaf, was meistens funktioniert.

Das Essen ist nun angerichtet. Karl fällt erst jetzt auf, wie viel Mühe seine Frau sich gegeben hat. Das schönste Besteck hat sie hervor genommen, dazu eine Flasche Amarone Di Valpolicella aus dem Weinkeller geholt. Das Licht ist gedämmt. Im Hintergrund läuft leise, aber hörbar eine italienische Schnulze. Wenn er es nicht besser wüsste, würde er meinen, sie möchte ihn verführen.

Karl wird warm ums Herz. Doreen trägt sogar einen roten Spitzen BH unter dem knappen Kleid. Er spürt, wie sich seine Wollust langsam, stetig immer tiefer nach unten verlagert.

Doch Moment, da war doch noch was!

Nein, heute kann er es ihr unmöglich sagen. Falscher Zeitpunkt. Nicht jetzt.

Oder besser gar nicht. Langsam schöpft er neuen Mut. Er wird sich dahinterklemmen und den Fall in Windeseile abschliessen. Ohne Auszahlung, versteht sich. Er ist ein Brechhammer. Er kann das. Nur sein Gewissen muss er noch überreden. Die Skrupel beiseitelegen.

Mit der versprochenen Prämie werden sie sich schöne Ferien am Meer leisten, seine Frau, seine Tochter und er.

Ein Lächeln huscht über sein Gesicht. Es hat Klick gemacht!

»Wo bist du mit deinen Gedanken? Hier spielt doch die Musik«, lächelt ihn Doreen verschmitzter an als je zuvor.

»Ich denke bloss daran, welche schönen Aussichten mich im Schlafzimmer gleich erwarten«, erwidert er ebenso lüstern und lässt sich von ihrer Hand nach oben geleiten. Ein prüfender Blick noch ins Kinderzimmer. Lena schläft.

4

»Scheinbar ist der Sturzenegger nicht allzu glücklich mit unserer Arbeit. Verdammt, wir haben uns doch so reingehangen.«

Otto Meier ist die Enttäuschung ins Gesicht geschrieben.

»Ja, und hast du das mit dem Brechhammer schon gehört? Der Sturzi hat ihm die Pistole auf die Brust gesetzt. Sollte es ihm nicht gelingen, die Liebherr zu bescheissen, ist er schneller weg, als er bis drei zählen kann. Ob da was dran ist, weiss ich nicht. Aber er spricht sich schnell rum.«

Manfred Wälti macht sich nur allzu gern einen Jux daraus, Martin Sturzi zu nennen. Natürlich nur hinter dessen Rücken. Es ist seine Form von Rebellion.

»Apropos Brechhammer, hast du seine Mail auch gekriegt? Er will sich mit uns treffen. Oben in seinem Büro. Ich vermute, genau in diesem Zusammenhang.«

Otto und Manfred sind ein Herz und eine Seele. Schon seit ihrer Kindheit sind sie die dicksten Freunde.

In der Schule wurden sie als Dick und Doof verspottet. Obwohl es sicher wenig schmeichelhaft für die beiden war, so genannt zu werden, machte es ihnen nicht aus. Im Gegenteil.

Der kleine, dickbäuchige Otto, der immer einen flotten Spruch auf den Lippen hat und seit der Schule damals kaum mehr gewachsen ist, und der grosse, dünne Manfred, der sich nie dafür schämte, nicht der Klügste zu sein - die beiden ergänzen sich wie Laurel und Hardy.

Heute werden sie schon lange nicht mehr so genannt, auch wenn die Voraussetzungen die gleichen geblieben sind.

Im dritten Stock der Firma teilen sie sich ein Büro. Bei weitem nicht so gross wie das des Direktors, aber für zwei Detektive mehr als genug.

Es bietet beiden Platz für je einen Schreibtisch und je einen PC, die sich gegenüber befinden. Dazwischen steht ein langes, hüfthohes Regal, das die aktuellen Akten beherbergt. Die alten befinden sich im Keller, im Archiv.

Beim Eingang lädt ein gemütliches Tischchen, zwei Stühle und eine Kaffeemaschine zum kurzen Verweilen ein. Nicht selten kommt es vor, dass sie die neun Uhr Pause hier im Büro verbringen. Dabei schwelgen sie in alten Erinnerungen und lachen über vergangene Zeiten.

Nun stehen sie vor Karl Brechhammers Büro. Die Tür ist ein Spalt weit geöffnet. Otto klopft an und sie treten ein.

»Hallo Karl. Wir kommen wegen der Mail, die du uns geschrieben hast. Ich denke, es ist bekannt, worum es geht«, erklärt ihm Otto.

»Schön, dass ihr gekommen seid. Worum es geht, wisst ihr ja offensichtlich bereits. Ist mir ein Rätsel, wie das jetzt schon die halbe Firma erfahren konnte in der kurzen Zeit. Meine Vermutung ist, dass die Huber gelauscht und anschliessend getratscht hat. Ihr wisst ja, wie die unterwegs ist. Kann rein gar nichts für sich behalten. Ich würde der sogar zutrauen, dass sie die Sprechanlage manipuliert hat, sodass sie hören kann, was beim Chef vorgeht, auch wenn dieser dem Gespräch gar nicht zugestimmt hat über die Tasten.«

Karls Vermutung ist gar nicht mal so abwegig. Die Huber ist sehr gewandt, was technische Dinge anbelangt.

Manfred lacht.

»Ja, ja, die liebe Charlotte. Der Chef würde ihr diesen Fauxpas sicher verzeihen, sie hat ja schliesslich zwei schöne Argumente. Wenn die einmal mit ihrem Hintern wackelt, läuft bei dem der Sabber schon in Strömen.«

Er kann sich kaum mehr halten vor Lachen. Auch Otto prustet los.

Karl ist weniger nach Lachen zumute. Verständlich, wenn man seine Situation bedenkt.

»Meine Herren, lachen können wir noch, wenn wir das Ding geschaukelt haben. Es wartet Arbeit auf uns.«

»Verzeihung, Karl.«

Die beiden haben sich wieder gefangen. Nun steht einem ernsthaften Gespräch nichts mehr im Weg.

»Wie ihr wisst, geht es um den Fall Liebherr. Der wäre ja eigentlich abgeschlossen, mit positivem Ausgang für die Witwe. Ihr selbst habt sie ja beschattet und nach Indizien gesucht, die sie als Täterin entlarven könnten, hätte sie ihn wirklich umgebracht.«

Dieses Vorgehen ist absolut normal, wenn es um solch hohe Beträge geht. Das hat nichts konkret mit dem Fall zu tun, sondern ist Routine.

»Nun aber ist der Sturzenegger der Meinung, dass dieses Ergebnis die Firma ruinieren würde. Er will nicht zahlen. Wir müssen seinen Starrsinn nun ausbaden und deshalb ein Schlupfloch finden. Das ziemlich schnell. Wir haben drei Wochen. Sonst droht uns allen die Kündigung.«

Das war ein wenig überdramatisiert. Ihm droht sicher die Kündigung, nicht aber den Detektiven. Aber sie arbeiten gewiss besser, wenn sie davon ausgehen.

»Wow!« sagt Otto trocken.

»Und wie sollen wir das anstellen? Wir können die Fakten nicht ändern, ebenso wenig zaubern. Das Problem ist nicht die Liebherr, sondern der Sturzenegger. Wir sollten uns wohl eher darauf konzentrieren, ihm schmackhaft zu machen, dass bei diesem Vorgehen, wie er es gerne hätte, die Firma dichtmachen kann, sollte die Wahrheit ans Licht kommen. Der Typ ist doch kriminell! Und wir hängen da mit drin.«

Manfred pflichtet ihm bei.

»Dumm ist nur, dass wir keine Beweise haben. Auch wenn die halbe Firma davon Bescheid weiss. Da wird keiner hinter uns stehen, weil alle Angst haben. Und die Huber wird den Sturzi wohl kaum ans Messer liefern, wenn sie das Gespräch wirklich belauscht haben sollte.«

Karl sieht schon langsam seine Felle davonschwimmen. Es ist hoffnungslos.

Er appelliert an die Vernunft der Detektive.

»Im Grunde genommen habt ihr ja recht. Das ist eindeutig kriminell. Aber gegen den Boss kommen wir nicht an. Der stellt uns schneller auf die Strasse, als und lieb ist! Wir müssen uns wohl oder übel fügen. Und wenn wir uns richtig Mühe geben, werden wir auch Erfolg haben. Legt euer Gewissen das eine Mal zur Seite. Es geht leider nicht anders.«

Karl setzt all seine Überzeugungskunst ein. Vor wenigen

Tagen hätte er sich nicht im Traum vorstellen können, dass ausgerechnet er einmal solche hinterhältigen Intrigen schmieden wird und andere dazu anstachelt.

»Okay, mal angenommen, dein Plan geht auf. Denkt ihr wirklich, dass sie das auf sich sitzen lässt? Wenn die ihre Anwälte auf uns loshetzt, zerfleischen die uns wie hungrige Wölfe. Da sind wir besser dran, wenn wir gleich kündigen. Ersparen wir uns immerhin eine Verurteilung wegen Betruges«, gibt Otto zu bedenken.

»Die Liebherr weiss doch gar nicht, wie sowas geht«, entgegnet ihm Karl, »und ausserdem hat die ganz andere Sorgen. Die wird uns keine Schwierigkeiten machen.«

»Da muss ich Karl recht geben«, wirft Manfred in die Runde, »dir ist während unseren zahlreichen Observationen sicher auch nicht entgangen, wie unbeholfen, fast schon hilflos sie sich anstellen kann. Ihr Mann hatte in dieser Beziehung die Hosen an, vor allem was die Finanzen und rechtlichen Aspekte anbelangten. ER war der Staatsanwalt, sie nur seine Frau.«

Karl schöpft wieder Hoffnung.

»Gut«, sagt er, »das zumindest hätten wir geklärt. Was wir jetzt brauchen ist einen Plan. Habt ihr irgendwelche Ideen? Gibt es Schwachstellen bei ihr? Leichen im Keller? Es kann alles von Bedeutung sein.«

Die Detektive bemühen sich sichtlich. In Gedanken gehen sie jedes Detail ihrer Observationen durch. Sie tuscheln.

»Uns kommt nichts in den Sinn«, sagt Otto stellvertretend für beide.

»Noch nicht. Am besten wird es sein, wenn wir die Observation wiederaufnehmen. Mit den ganzen technischen

Spielereien. Mikrofone, Kameras, Nachtsichtgerät. Das ganze Programm. So lässt sich auch eher etwas finden. Du, Karl, gräbst unterdessen in ihrer Vergangenheit.«

»Ja, so machen wir's!«, pflichtet er ihnen bei. Der erste Schritt ist getan. Aber die richtige Arbeit fängt erst an.

5

Manfred lenkt den schwarzen Skoda zielsicher die Strasse entlang. Vor ihnen liegt schon der Waldeingang. Kurz davor parkt er den Wagen unauffällig auf der Seite, wie schon dutzende Male zuvor auch schon. Die Stelle liegt am Hang und bietet einen weitreichenden Ausblick über Meilen. Unten am See befindet sich das Anwesen der Witwe Liebherr. Von hier oben hat man alles im Überblick. Wochenlang haben er und Otto hier schon im unauffälligen Auto gesessen, das angesichts der Tatsache, dass es sich um einen Mittelklassewagen und keine Luxuskarosse handelt, schon fast wieder auffällig wirkt. Die Villa war stets im Fokus des Fernglases. Abwechslungsweise, den ganzen Tag. Bei Anbruch der Dämmerung fuhren sie heim. Es handelte sich nur um eine Observation zu Bürozeiten. Ablösung gab es schliesslich keine und in der Nacht war es noch langweiliger als am Tag. Das Verbrechen richtet sich ja bekanntlich nach der Uhrzeit. Auch Täter müssen schlafen.

Wie es diesmal sein wird, wissen sie noch nicht. Keiner von beiden hat einen Plan. Man beschloss, dort weiterzumachen, wo man zuletzt aufgehört hat.

»Da wären wir wieder«, seufzt Manfred. »Ob uns der

Förster auch schon bemerkt hat?«

Der Förster. Dieser kam eines Tages inmitten der Observation zu ihnen und fragte sie barsch, was sie hier zu suchen hätten. Verständlich, dass es ihm merkwürdig erschien, jeden Tag einen unbekannten Wagen mit zwei noch unbekannteren Gestalten hier anzutreffen. Es hätten ja Spanner sein können, das würde zumindest das Fernglas erklären.

»Wir haben einen Job zu erledigen. Das Fernglas ist unser Werkzeug«, klärte ihn Manfred auf. »Wir wollen Ihnen keine Umstände bereiten. Fühlen Sie sich bitte nicht gestört durch unsere Anwesenheit.»

Beide zückten ihren Ausweis, der sie als Detektive ausweist. Der Förster schien zwar überrascht, aber grösstenteils zufrieden.

»Ach so ist das. Und ich dachte schon. Na gut, dann will ich nicht weiter stören.«

Er zog von dannen. Dann drehte er sich nochmals um.

»Übrigens, wenn sie irgendwas brauchen sollten, bin ich meistens dort anzutreffen.«

Er zeigte auf einen Holzcontainer auf vier Rädern, der am Waldrand im Schatten zweier Bäumen stand. Aus dem Kamin stieg Rauch empor.

»Einfach klopfen und eintreten. Guten Tag noch wünsche ich Ihnen!«

»Wir können ihn ja suchen gehen. Ist bestimmt in seinem Container und säuft sich die Hucke voll oder was auch immer er dort drinnen treibt. Geheuer ist mir der jedenfalls nicht«, bemerkt Otto.

»Du hast wohl unsere Mission vergessen. Unser Job steht auf dem Spiel und noch haben wir keinen Plan, was wir dagegen tun können. Hier oben auf ein Wunder zu warten, erscheint mir jedenfalls wenig sinnvoll.«

Unten hört man die Kirchenglocken läuten. Es hat Mittag geschlagen. Essenszeit.

Das Wetter zeigt sich von seiner besten Seite an diesem Herbsttag.

»Der Karl ist ja auch dran an der Sache. Wir verschwenden hier nur unsere Zeit, wenn du mich fragst«, beruhigt ihn Otto.

Die Stimmung ist angespannt. Keiner weiss, wie es weitergehen soll. Da klopft jemand ans Fenster. Es ist der Förster.

»Was macht ihr denn hier? Mit euch habe ich ja gar nicht mehr gerechnet. Habt euch lange nicht blicken lassen.«

»Ist eine lange Geschichte. Kurzfassung: Unser Auftraggeber hat den Fall wiederaufgenommen«, sagt Manfred trocken.

»Könnt sie mir gerne erzählen«, grinst der Förster.

»Ich habe gerade lecker gekocht. Nichts Grosses, Speck und ein paar Bohnen. Für drei Personen reicht es aber allemal. Wenn ihr wollt, könnt ihr mir Gesellschaft leisten.«

Die Detektive sehen sich fragend an. Die Zeit drängt, die Mägen aber knurren.

»Ja, wieso nicht? Ich meine, wenn Sie nichts dagegen haben.«

Sie steigen aus dem Wagen und folgen dem Förster zum Holzcontainer. Eine Stufe führt ins Innere.

Ein Tisch und auf beiden Seiten eine Sitzbank, an der Wand

hängt ein Bild. Ein Stillleben eines unbekannten Künstlers. Der Speck und die Bohnen köcheln im Topf auf dem Ofen vor sich hin. Es riecht herrlich!

Der Förster klappt die Sitzbank hoch. Sie ist hohl und bietet ein wenig Stauraum in dem kleinen Container. Daraus nimmer er Plastikgeschirr für die Gäste und eine verstaubte Flasche Rotwein. Dann klappt er die Bank wieder herunter, und bittet die Detektive, Platz zu nehmen.

»Meine Herren, machen Sie's sich bequem. Es ist klein und eng hier, aber gemütlich. Darf ich Ihnen Wein einschenken?«

Die Detektive stimmen zu. Es spricht nichts dagegen, zu einem guten, unverhofften Mittagessen sich auch ein Glas Wein zu gönnen. Noch keine zehn Minuten ist es her, da sassen sie im Wagen und hatten keinen Plan. Jetzt sitzen sie im Container und haben noch immer keinen Plan, dafür Gesellschaft, Speck, Bohnen und Wein. Allemal besser als nichts.

Der Förster schöpft das Essen und schenkt den Wein ein. So viel, wie er gekocht hat, könnte man meinen, er hätte die Gäste schon erwartet. Aber vermutlich hat er einfach einen gesunden Appetit.

»Wir haben uns noch gar nicht bekannt gemacht. Ich bin der Erwin«, sagt er und streckt ihnen die Hand entgegen. Otto und Manfred stellen sich ebenfalls vor.

Das Essen schmeckt genauso gut, wie es riecht, und auch der Wein rundet das Essen perfekt ab. Auf dem Etikett könnte stehen: Passt gut zu Speck und Bohnen.

»Das war aber lecker. Ein Lob an die Küche«, sagt Otto.

»Wie können wir und revanchieren? Ich übernehme gerne den Abwasch.«

Erwin lacht. Er mag Ottos Humor.

»Lasst gut sein. Ich wäre schon zufrieden, wenn ihr mir verraten würdet, was ihr hier oben eigentlich treibt. Versteht mich nicht falsch, ich will meine Nase nicht in Angelegenheiten stecken, die mich nichts angehen, aber neugierig bin ich schon.«

Otto und Manfred gucken sich verstohlen an. Das ist ein heikles Thema. Solche Informationen dürfen sie nicht ausplaudern. Wer weiss, vielleicht kennt er die Witwe am Schluss noch, und klärt sie über die Observation auf. Dann wäre alles für nichts gewesen. Andererseits weiss er vielleicht etwas, was für die Ermittlungen von Bedeutung sein könnte. Jetzt gilt es, einen vernünftigen Mittelweg zu finden. Ihn aus der Reserve zu locken.

»Darüber dürfen wir nichts sagen. Schweigepflicht, Sie wissen schon«, fängt Manfred an.

»Nur so viel: Wir haben den Auftrag, eine Person zu beschatten, welche eines Mordes verdächtigt wird.«

Otto guckt Manfred vorwurfsvoll an. Hätte er besser nichts gesagt? Egal, jetzt ist es eh zu spät.

Der Förster scheint hellhörig geworden zu sein.

»Sie sprechen von Mord. Meinen Sie etwa, die alte Liebherr hat...«

Die Detektive sind baff. Was wird hier gespielt? Woher hat er diese Information? Er weiss schon viel zu viel, besser, sie wären nicht darauf eingestiegen.

Erwin bleibt die Reaktion der beiden nicht unbemerkt.

»Machen Sie sich keine Sorgen, meine Herren, das bleibt alles unter uns. Von Ihnen weiss ich nichts. Meilen ist nicht sehr gross, hier spricht sich sowas sehr schnell herum.«

Erleichterung!

Für einen Moment dachten Sie, er mache mit der Witwe gemeinsame Sachen. Zusammen haben sie den Alexander umgebracht. Jetzt würde gleich die Tür aufgehen und die Irene würde mit einer Machete auf sie zustürmen und ihnen die Kehle durchschneiden. Dann würden Erwin und sie die Leichen ausweiden und am nächsten Baum aufhängen.

Da ist wohl die Fantasie mit ihnen durchgebrannt.

»Was spricht sich denn genau herum?« will Otto wissen.

»Die üblichen Gerüchte halt, wenn sowas passiert. Dass der Alte gestorben ist, stand im Regionalblatt, das hat jeder hier im Briefkasten, einmal im Monat. Und auch sonst, so angesehene Leute wie die Liebherrs. Wenn da einer stirbt, bleibt das nicht lange unbemerkt. Von einem Unfall war die Rede, auch das stand irgendwo. Die Leute fingen an zu spekulieren. Jeder meint, selbst dabei gewesen zu sein, und dichtet der Story noch ein paar Einzelheiten dazu. Als ich dann euch das erste Mal hier oben gesehen habe und ihr euch als Detektive ausgewiesen habt, musste ich nur eins und eins zusammenzählen. Dass da was im Busch sein muss, war mir sofort klar.«

Erwin nimmt einen grossen Schluck Wein. Manfred tut es ihm gleich. Dann sagt er:

»Die Observation ist reine Routine bei so einem Versicherungsfall. Das sind keine polizeilichen Ermittlungen, sondern wir für unseren Teil wollen sichergehen, dass auch alles so war, wie von der Geschädigten geschildert. So war es auch. Es gab nie einen Verdachtsmoment.«

Erwin will nun die ganze Wahrheit wissen. Warum sie dann wieder hier sind.

Die Detektive erzählen ihm nur die halbe Wahrheit. Dass gewisse Leute, deren Entscheidungen sie nicht beeinflussen können, entschieden haben, den Fall nochmals unter die Lupe zu nehmen.

Sie können ja schlecht erzählen, wie es wirklich ist. Dass die Geschädigte um die Versicherung geprellt werden soll.

»Also wenn ihr mich fragt«, fährt der Förster nun fort, »könnte ich mir schon vorstellen, dass sie den Alten um die Ecke gebracht hat, um die Versicherung zu kassieren. Ihr Blick ist... so eiskalt. In ihren Augen liegt eine Mischung aus Enttäuschung, Wut und Verachtung.«

»Sie kennen Sie? Was haben Sie mit der Frau zu tun?«, will nun Otto wissen.

»Nein, kennen würde ich das nicht nennen. Früher, vor dem Tod ihres Mannes, spazierte sie regelmässig mit ihrem Hund hier oben durch den Wald. Da an diesem Container vorbei.« Er klopfte auf den Tisch.

»Ein kleiner war das, ein Pinscher oder sowas. Doch seit dem Unfall habe ich sie nur noch einmal gesehen. Das war vor etwa einem Monat. Sie lief die gleiche Strecke entlang wie immer. Ich stand draussen vor dem Container und grüsste sie. Sie blieb stehen, wie vom Blitz getroffen. Erstarrt, als ob sie ertappt worden wäre. Dann traf mich ihr Blick. Eiskalt!«

Vielleicht liegt es am Wein, dass die Erzählungen von Erwin immer lebhafter werden, aber Manfred hat mittlerweile eine Gänsehaut bekommen und rückt etwas näher zu Otto, als ob dieser ihn beschützen müsse.

»Ich fragte sie, ob alles in Ordnung wäre. Schnell merkte ich meinen Fehler und sprach mein Beileid aus. Sie aber redete kaum, schien ängstlich, schaute sich hektisch um. Als ob sie von jemandem verfolgt würde. Wer weiss, vielleicht hat sie längst gemerkt, dass ihr sie auf dem Radar habt.«

»Und was ist dann passiert? Sie haben sie seither nie mehr gesehen?«

Jetzt hat es auch Otto gepackt. Die Zeit ist wie stehengeblieben. Sie stehen unter dem Bann dieses Försters, der die Geschichte so lebhaft verpackt, dass sie zum Greifen nah scheint. So, als ob sich das tatsächlich gerade abspielen würde.

»Sie lief weiter mit ihrem Hund in den Wald hinein. Sehr merkwürdig war das. Seitdem habe ich sie nicht mehr gesehen. Doch der Clou an der Geschichte kommt ja erst noch.«

Seine Augen wurden glasig, sein Blick verschwörerisch.

»Als ich etwas später selbst den Wald betrat, sah ich etwas am Boden liegen. Ich dachte erst, es wäre ein Stück Papier, das jemand fallen gelassen hatte. Obwohl hier überall Mülleimer herumstehen, schmeissen die Leute ihren Abfall einfach auf den Boden. Widerlich sowas! Das ist nichts Neues. Doch als ich das Papier aufhob, erstarrte ich.«

Er macht eine Pause. Unerträgliche Spannung liegt in der Luft. Dieser Mann weiss, wie man Geschichten erzählt. Oder die Wahrheit.

»Es war ein Foto von Irene und Alexander Liebherr, aufgenommen von einer Digitalkamera an einem Strand. Ein Urlaubsfoto. Sie muss es ausgedruckt und unterwegs verloren haben. Vielleicht hat sie es als Erinnerung bei sich getragen. Oder als Trophäe.«

Manfred und Otto kommen aus dem Staunen nicht mehr heraus.

»Haben Sie das Foto noch?« will Otto wissen.

Erwin überlegt einen Augenblick. Dann steht er auf und verlässt wortlos den Container. Eine Minute später kommt er zurück, das Foto in den Händen. Er reicht es Otto.

»Hier bitteschön! Weil es mir so kurios vorkam, habe ich es nicht weggeschmissen, sondern im Auto ins Handschuhfach gelegt.«

Die Detektive starren auf das Foto. Irene und Alexander lächelnd und braungebrannt an einem Strand. Vermutlich auf Menorca, wo der Unfall geschah. Unten rechts im Bild stehen kleingedruckt das Datum und die Uhrzeit der Aufnahme.

Manfred ist kreideweiss. Als hätte er einen Geist gesehen.

»Denkst du das gleiche wie ich, Otto?«, stammelt er.

Draussen hat es mittlerweile zu dämmern begonnen.

»Vermutlich schon. Erwin, vielen Dank für das gute Essen. Aber wir müssen nun los. Wenn Sie nichts dagegen haben, nehmen wir das Foto mit. Es könnte von Bedeutung für die Ermittlungen sein.«

»Es war mir eine Freude. Das Foto können sie gerne behalten, ich habe keine Verwendung mehr dafür. Sie sind jederzeit willkommen hier oben. Gute Fahrt wünsche ich Ihnen. Vielleicht sehen wir uns ja wieder.«

Die Detektive stehen auf und verlassen den Container. Manfred setzt sich ans Steuer.

Während der Heimfahrt sprechen Sie kein Wort miteinander. Der Schreck sitzt beiden noch zu tief in den Knochen. Das müssen sie erst einmal verdauen. Was sie heute und hier erfahren haben, könnte die Wende in diesem Fall bedeuten. Im Radio läuft der Song »Wer isch dä Mörder« von Bligg. Otto macht es aus.

Nach rund zwanzig Minuten parkt Manfred den Skoda in der Tiefgarage der Firma. Nur noch wenige Wagen sind zu sehen. Die meisten haben bereits Feierabend gemacht. Der BMW X5 von Karl aber ist noch hier.

»Ein Glück«, sagt Otto, bevor sie den Fahrstuhl betreten. Manfred drückt die Vier. Karls Etage.

Sie stürmen, ohne zu klopfen, in sein Büro.

»Stellen Sie sich vor«, keucht Otto ganz ausser Atem, »wir haben neue Erkenntnisse«.

Karl schreckt auf. Mit so einem Überfall hat er sicher nicht gerechnet. Man sieht ihm die Empörung an. Doch er fasst sich wieder. Fährt mit der Hand durch sein Haar.

»Was gibt es denn, meine Herren? Ist es wirklich so wichtig, dass Sie hier gleich so einen Zirkus veranstalten müssen? Mein Gott, ich dachte, das Sondereinsatzkommando stattet mir einen Besuch ab«, sagt er in sichtlich bemühtem ruhigen Ton.

Die Detektive schweigen. Noch. Manfred legt das Foto auf den Tisch. Ein Lächeln huscht über sein Gesicht. Das Foto ist ein Triumph. Ein Zeugnis dessen, was sie in so kurzer Zeit bereits erreicht haben. Wenn es einen Titel als »Mitarbeiter des Monats« zu gewinnen gäbe, da ist er sich sicher, würde er sich damit schmücken können. Oder Otto. Darüber können sie immer noch streiten.

Karl mustert die Aufnahme. Er denkt nach.

»Eine Strandaufnahme. Na und?«, sagt er unbeeindruckt.

Er hat es noch nicht begriffen.

»Na und?«, fragt Otto erstaunt. »Das Foto zeigt ganz offensichtlich die Liebherrs am Strand. Auf Menorca. So weit, so gut. Doch schauen Sie sich mal das Datum an. Fällt Ihnen denn nichts auf?«

Karl denkt wieder nach. Diesmal intensiver als zuvor. Das Datum. Ja, da war doch was.

Ehe er begreifen kann, was Manfred ihm genau erklären will, redet Otto für ihn weiter.

»Dieses Datum ist der Todestag von Alexander Liebherr. Das Foto wurde an diesem Tag aufgenommen. Vielleicht sogar nur wenige Minuten davor. Seltsam daran ist aber, dass die Witwe zu Protokoll gegeben hat, dass sie an diesem Tag mit Migräne im Bett gelegen und das Zimmer nicht verlassen habe. Eine Lüge! Warum lügt sie, wenn sie doch nichts zu verbergen hat?«

»Interessant. Gute Arbeit, meine Herren!«, sagt Karl zufrieden.

»Vielleicht war sie es ja wirklich. Die Frage ist nur, ob sie bei der Polizei auch so ausgesagt hat, was ich vermute, oder dort die Wahrheit erzählt hat. Auf jeden Fall hat sie etwas zu verbergen, das wissen wir jetzt.« In seinem Gesicht spiegelt sich eine Mischung aus Zufriedenheit und Erleichterung. Seine Existenzängste rücken in diesem Moment ganz weit weg von ihm. Er denkt an die Prämie. Vielleicht wird doch alles gut. Martin wird ihm dafür den Hintern küssen. Ha!

»Das alleine bringt uns aber noch nicht weiter«, gibt Manfred zu bedenken.

»Doch, indirekt schon. Wir könnten diese Information der Polizei zuspielen. Diese ermittelt dann im Verdacht auf Mord und die Liebherr geht in den Bau. Problem gelöst.« Otto stellt sich die Angelegenheit ziemlich einfach vor.

Karl aber holt ihn auf den Boden der Tatsachen zurück.

»Könnten wir schon. Aber das ist alles viel zu vage. Ob die

die Ermittlungen aufnehmen wegen einem Foto, ist mehr als fragwürdig. Vor allem aber wissen wir ja nicht einmal, was sie der Polizei gesagt hat. Vielleicht führt sie nur uns an der Nase herum. Weiss Gott, warum.«

Er macht eine Pause. Holt tief Luft. Ist sich nicht sicher, ob er die folgenden Informationen wirklich preisgeben soll.

»Ich habe einen Kontaktmann, der bei der Polizei arbeitet. Er ist mir noch einen Gefallen von früher schuldig. Der könnte mir eventuell erzählen, was sie ausgesagt hat. Im Gegenzug zeige ich ihm das Foto. Aber dafür ist es noch viel zu früh. Nein, wir suchen weiter. Erst wenn wir bahnbrechenden Neuigkeiten haben, hole ich ihn mit ins Boot.«

Die Detektive sehen sich an. Sie dachten, das sei bereits die bahnbrechende Neuigkeit. Scheinbar aber doch nicht. Karl hat recht.

»Ich hätte da eine Idee, wie wir sie kriegen könnten. Ganz ungefährlich ist es aber nicht«, meint Karl.

»Schiess los!« Die Detektive sind ganz Ohr.

Otto steht auf und läuft zu der kleinen Kaffeemaschine im Büro. Ein Kapselgerät. Er füttert sie mit einer Kapsel, stellt einen Pappbecher darunter und drückt den Knopf für einen Espresso. Der Kaffee schmeckt herrlich. Dann setzt er sich wieder.

»Ihr brecht bei der Liebherr ein!«

Otto hätte sich beinahe am Kaffee verschluckt und spuckt ihn reflexartig wieder aus. Manfred guckt Karl fragend an, als ob dieser chinesisch gesprochen hätte.

»Äh bitte was?«

Karl erklärt es Ihnen.

»Es ist zumindest eine Idee. Einer fährt zum Waldrand hoch und behält die Situation im Überblick. Wenn die Witwe ausser Haus ist, steigt der andere bei ihr ein und sucht nach... nach irgendwelchen Beweisen. Über Funk bleibt ihr ständig in Kontakt. Ich brauche nicht zu erwähnen, wie vorsichtig ihr vorzugehen habt. Wenn das schiefläuft, sind wir alle geliefert!«

Otto und Manfred tuscheln. Wieder einmal bleibt die Drecksarbeit an ihnen hängen. So ist das nun mal in dieser Branche. Der Karl hat leicht reden. Braucht seinen Arsch ja nicht zu riskieren. Obwohl, wenn sie es vermasseln, hängt er genauso mit drin wie sie.

»Wir machen es!«

Karl ist erleichtert, aber auch besorgt. Wenn das bloss gutgeht. Eigentlich gibt es keinen Grund zur Sorge. Die Detektive sind wahre Meister ihres Faches. Die packen das. Ein Restrisiko aber bleibt.

Die drei verabschieden sich. Für heute ist genug getan. Morgen ist auch noch ein Tag.

6

Es ist schon spät geworden. Die Dunkelheit legt sich übers Land und in der Firma brennt nur noch in wenigen Büros Licht. Auch ganz oben, bei Martin. Der Direktor sitzt vor einem Stapel Dokumente. Es sind abgearbeitete Fälle, bei denen es nur noch seiner Unterschrift bedarf. Doch seit sich die Lage der Versicherung drastisch verschlechtert hat, zögert er immer mehr. Jede Unterschrift bedeutet Ausgaben, die sich die Firma vielleicht bald mehr nicht leisten kann. Und die Konkurrenz ist gross. Die Mitbewerber überschwemmen den Markt geradezu mit ihren Billigpolicen. Wie die am Ende des Monats noch schwarze Zahlen schreiben können, ist ihm ein Rätsel. Aber es funktioniert. Da kann die EVA auf Dauer nicht mithalten.

Für heute aber macht auch er Feierabend. Das bedeutet jedoch nicht, dass er nach Hause zu seiner Frau fährt. Es schwirren ihm ganz andere Pläne durch seinen Kopf.

Er drückt die grüne Sprechtaste auf dem grauen Kasten.

»Fräulein Huber, ich wäre dann soweit.«

Keine fünf Sekunden später öffnet sich die Tür und Charlotte tritt ein.

»Ich bin bereit, wenn Sie es auch sind«, sagt sie mit einem

verschmitzten Lächeln. Dabei streicht sie mit ihren top gepflegten Fingern verführerisch über den Mund. Martin öffnet den kleinen Kühlschrank unter seinem Schreibtisch und zaubert eine Flasche Moet Champagner hervor. Den besten, den es gibt, seiner Meinung nach. Nicht umsonst hat er über zehn Flaschen auf Lager. Hier im Büro.

Er schenkt ihn in zwei Sektgläser ein.

»Auf uns, meine Liebe!«

Sie prosten sich zu. Der erste Schluck ist noch immer der beste. In seinen Augen erwacht die Leidenschaft. Ein Feuer, entflammt durch den Champagner und die lasziven Blicke von Charlotte. Sie beherrscht ihr Handwerk gut, sie weiss, welche Knöpfe sie bei ihm drücken muss, dass er dahinschmilzt wie Wachs in ihren Händen. Er, der grosse Martin, untergeben seiner Sekretärin. Seine Hände gleiten ihren schönen Körper herab. Immer tiefer, immer fester zupackend. Charlotte setzt sich auf seinen Schoss und zieht seine Krawatte langsam aus. Sie legt sie um seinen Hals und zieht ihn näher zu sich. Zwei üppige Argumente springen ihm entgegen. Er geniesst es. Wenn er auch im Alltag als Boss ein Arschloch sein muss, um seinen Angestellten Druck zu machen, gibt ihm die dominante Ader seiner Sekretärin den perfekten Ausgleich. Sie öffnet den obersten Knopf seines weissen Hemdes und arbeitet sich langsam nach unten vor, bis sie es abstreifen kann. Er tut es ihr gleich und versucht sich am Verschluss ihres BHs. Immer die gleiche Fummelei, doch langsam hat er eine gewisse Übung darin. Sie schauen sich einen langen Moment tief in die Augen und die Lippen bewegen sich langsam auf sich zu.

Andreas Gruber flucht vor sich hin. Eigentlich wollte er sich schon vor über zwei Stunden in den Feierabend verabschieden. Daraus ist aber leider nichts geworden. Immer diese verdammten Amateure, dessen Arbeit er zusätzlich zu seiner auch noch verrichten muss. Als Abteilungsleiter von den Autoversicherungen und stellvertretende Generaldirektor hat auch er seinen Tribut zu zollen. Das bringt diese Funktion mit sich. Ohne Fleiss kein Preis. Aber es lohnt sich und grundsätzlich ist er auch zufrieden mit sich und seiner Arbeit. Eines Tages, wenn Martin abtritt, oder noch besser, abgetreten wird, wird er diesen Laden übernehmen. Wie sämtliche Angestellten in dieser Firma kann auch er Martin nicht leiden. Einen inkompetenteren Menschenfeind hätte der alte Kronenberg nun wirklich nicht als Nachfolger ernennen können. Andreas erachtet es als wahrscheinlicher, dass der amtierende Direktor Martin noch vor seinem offiziellen Ruhestand sein Amt abgeben muss. Und darauf hofft er auch, weil es sonst noch sehr lange dauern kann, bis er zum Zug kommt. Stichwort Martin! Genau von demselben braucht er eine Unterschrift und das wenn möglich noch heute. Dann können die Unterlagen gleich auf dem Heimweg noch eingeworfen werden und er braucht sich morgen nicht mehr darum zu kümmern. Doch daraus wird wohl nichts werden. Der Direktor ist garantiert nicht mehr im Büro. So wenig wie der arbeitet, wundert es ihn nicht, dass die Firma den Bach runtergeht. Aber einen Versuch ist es wert. Andreas verlässt sein Büro und nimmt die Treppe nach oben. Sein Büro liegt genau unter dem von Martin, ist aber wesentlich kleiner.

Er klopft bei Charlotte an. Keine Reaktion. Vielleicht ist er ja trotzdem noch hier, denkt sich Andreas. Die Sekretärin geht ja in der Regel vor dem Chef nach Hause.

Also öffnet er die Tür. Er eilt durch das Empfangsbüro hindurch zur nächsten Tür, welche zu Martins Büro führt. Sie ist einen kleinen Spalt weit offen. Er will schon anklopfen, da schreckt er zurück. Was hat er da gehört? Klingt wie ein Stöhnen. Andreas ist nun neugierig und will wissen, was da drin vor sich geht. Ganz langsam und behutsam öffnet er die Tür immer weiter, gerade so weit, dass er einen flüchtigen Blick in das Büro werfen kann. Doch er traut seinen Augen nicht. Was er da sieht, ist schier unglaublich. Jeder hier in der Firma hat Martin und Charlotte schon eine Affäre angedichtet, aber mehr aus dem Grund, um zu zeigen, wie wenig Respekt man hier vor ihm hat, als dass man selbst daran glaubt. Aber scheinbar stimmt es doch. Was für eine Sensation. Wenn er das nur irgendwie aufnehmen könnte. Andreas überlegt. Die Zeit drängt. Er greift zu seinem Smartphone und stellt es auf lautlos. Nicht auszudenken, wenn jetzt ein Anruf hereinkäme. Dann startet er eine Videoaufnahme und hält das Smartphone knapp durch den Türspalt. Ein wohliges Gefühl des Triumphs breitet sich in ihm aus. Damit hat er ihn in der Hand. Und das verdient er auch. Er weiss jetzt noch nicht, wie er diese Aufnahme gegen den Direktor verwenden will, er weiss nur, dass er es tun wird. Nach einer knappen Minute hat er genug gesehen, gehört und aufgenommen. Er stoppt die Aufnahme und verlässt auf Zehenspitzen das Büro. Hat sich der Abstecher zum Chef also doch noch gelohnt. Ha! Dem wird er es noch zeigen. Zufrieden setzt er sich hinter das Steuer seines Wagens und peilt den Feierabend an. Welch ein Wortspiel.

Feierabend. Heute Abend hat er wirklich etwas zu feiern. Er wird heimfahren und mit seiner Frau einen Sekt trinken. Bleibt zu hoffen, dass auch sie so begeistert sein wird und nicht probieren wird, ihm ein schlechtes Gewissen einzureden.

7

Den Detektiven ist nicht nach Lachen zumute. Heute ist Tag der Entscheidung. Der Tag, an dem die Weichen neu gestellt werden.

Sieg oder Niederlage!

Der Tag ihres ersten Einbruchs im Namen der Gerechtigkeit. Sie haben das Anwesen seit Tagen schon beschattet. Dabei hat sich herauskristallisiert, dass die Witwe jeden Abend, pünktlich wie ein Schweizer Uhrwerk, um acht Uhr das Haus verlässt. Wohin sie geht, ist unbekannt, aber spielt auch keine Rolle.

Noch nicht.

Zwischen zehn und halb elf kommt sie jeweils zurück. Genug Zeit, sich ordentlich umzusehen. Die frühe Dämmerung in diesen Herbsttagen spielt ihn entgegen.

Man hat sich darauf geeinigt, dass Otto den Job erledigt, während Manfred, wie bereits besprochen, die Situation vom Waldrand oben überblickt. Otto ist nicht nur wegen seiner kleineren Figur besser geeignet als Manfred, er hat auch das stärkere Nervenkostüm. Manfred hingegen ist mehr der Stratege, er kann selbst in den hektischsten Situationen einen kühlen Kopf bewahren und das Bestehen der Mission sichern.

Die Kirchenuhr schlägt sieben Uhr abends. Noch eine Stunde. Die Stirn von Otto ist bereits jetzt schon von einem leichten Schweissfilm überzogen. Nervös wankt er auf seinem Sitz hin und her, während Manfred den Wagen wieder den Berg hochfährt. Oben angekommen, gehen sie die letzten Details durch und verkabeln sich, ehe Otto zu Fuss die Strecke bis zum Anwesen wieder zurückläuft. Er wird dafür etwa fünfzehn Minuten brauchen.

»Mann oh Mann, hoffentlich klappt alles.« Otto ist nun, angesichts der bevorstehenden Operation, noch nervöser als zuvor. Manfred mimt den Coolen. Er lässt sich seine Nervosität nicht anmerken. Will keine Schwäche zeigen. Das Equipment scheint ordnungsgemäss zu funktionieren. Er verlässt den Wagen, schliesst die Tür.

»Test, Test. Kannst du mich hören? Over!«

»Test erhalten, Test erhalten. Roger!« Beiden lachen. Otto setzt sich wieder in den Wagen.

»Also, gehen wir alles nochmal in Ruhe durch, Manfred. Ich mache mich gleich auf den Weg nach unten. Etwa Punkt acht Uhr werde ich bei der Villa sein. Sollte die Witwe zu diesem Zeitpunkt das Haus noch nicht verlassen habe, schlendere ich gemütlich und unauffällig die Strasse entlang, solang bis du mir das Okay gibst. Ist es soweit, überwinde ich unbemerkt im Sichtschutz einer grossen Tanne den Zaun auf der Ostseite. Geduckt kämpfe ich mich bis zur Kellertür vor, welche ich mit einem ›Lockpicking Tool‹ innert Sekunden öffne. Alarmanlagen oder Videokameras sind, soweit unser Wissensstand reicht, keine vorhanden.«

Das »Lockpicking!« gehört zur Ausbildung eines jeden

Detektiven. Mit Hilfe eines speziell geformten Werkzeugs, einem Pick, dringt man in den Schlüsselkanal des Schlosskerns ein und drückt die darin enthaltenden Stifte herunter. Um den Kern des Schliesszylinders zu drehen und damit das Schloss zu öffnen, benutzt man einen Spanner. Somit ist es möglich, ein Schloss ohne Beschädigungen innert kürzester Zeit zu öffnen, vorausgesetzt, man ist genug geübt darin. Während Otto dieses Handwerk schnell und ohne Mühen erlernte, hatte Manfred von Anfang an seine Probleme damit. Auch deshalb hat man sich auf Otto als Einbrecher geeinigt. Manfred hätte wahrscheinlich beim Versuch, das Schloss zu öffnen, einen Nervenzusammenbruch erlitten. Dieser Umstand ist aber eigentlich höchst verwunderlich, bedenkt man, dass Manfred sonst der mit dem kühlen Kopf ist.

Manfred fährt fort.

»Wenn du im Haus bist, verschaffst du dir erst einen Überblick. Kein Licht einschalten! Suche Räume mit persönlichen Sachen wie Büro oder Schlafzimmer. Wenn du etwas gefunden hast, fotografierst du es. Nach spätestens einer Stunde verlässt du die Villa wieder. Mache ich eine brisante Beobachtung, lasse ich es dich sofort wissen, und du trittst die Flucht an.«

Das ist der Plan. So gefährlich, wie plausibel.

»Dann wünsch mir Glück«, sagt Otto trocken. »Wenn wir scheitern und uns nicht mehr wiedersehen, sag meiner Frau, dass ich sie liebe.«

Seinen Humor hat er selbst in dieser brenzligen Situation nicht verloren. Das zeichnet ihn aus.

Er verlässt den Wagen und begibt sich auf den Weg. Nach

rund zwanzig Meter hält er an und wirft noch einen letzten Blick zurück. Die Kirchenglocke hört man dreimal schlagen. Viertel vor acht. Zeit zu gehen.

Er erreicht das Anwesen pünktlich. Alles läuft nach Plan. Aber noch hat die Witwe die Villa nicht verlassen.

»Zielobjekt befindet sich im Badezimmer im linken Flügel des Hauses. Donnert sich gehörig auf. Was die wohl vorhat?«, hört er Manfred durch den Ohrknopf sagen.

»Kann nicht mehr lange dauern.«

Otto schlendert, wie abgemacht, die Strasse entlang. So nah war er noch nie bei der Villa. Aus dieser kurzen Distanz wirkt sie viel beeindruckender als von einem Hügel durch das Fernglas. Zwei - vielleicht dreimal schwenkt er den Blick nach rechts. Wie ein Fels in der Brandung liegt sie da. Pompös und doch unscheinbar. Sie beobachtet ihn. Als wisse sie, was er vorhat. Otto schaudert es. Er atmet tief ein und aus. Diese Atemtechnik hat ihm schon oft geholfen, einen kühlen Kopf zu bewahren. Auch heute versagt sie nicht.

Er schaut auf seine Armbanduhr. Zehn nach. Wie lange dauert das denn noch?

Manfred ertönt im Ohr.

»Achtung, ein unbekannter Wagen nähert sich dem Grundstück. Geh langsam weiter, aber bleib in Reichweite, hörst du?«

»Verstanden!«, flüstert Otto ins Mikrofon.

Der weisse Geländewagen fährt langsam die Strasse entlang. Otto traut sich nicht, einen Blick nach hinten zu werfen. Viel zu auffällig. Er läuft auf eine Kreuzung zu. Links befindet sich ein Kasten, vermutlich ein Stromverteiler.

Langsam steuert er darauf zu. Auf der Höhe des Kastens macht Otto gekonnt einen Satz nach rechts und bringt sich hinter dem Verteiler in Sicherheit. Schade, dass er kein Fernglas dabeihat, schiesst es ihm durch den Kopf. Denn von hier aus kann er kaum etwas erkennen.

»Befinde mich hinter Verteilkasten auf der Westseite. Kann nichts erkennen. Antworten.«

So sehr er seine Augen auch anstrengt, sieht er nicht mehr, als den weissen Geländewagen, der vor dem Tor der Villa angehalten hat.

»Zielperson steigt in den Wagen.«

Kurze Unterbrechung.

»Wagen fährt nun mit Zielperson davon Richtung Westen. Bleib in Deckung!«

Otto sieht den SUV, wie er in seine Richtung direkt auf ihn zu gefahren kommt. An der Kreuzung verlangsamt er die Geschwindigkeit. Bis zum Halt, keine zwei Meter vor ihm.

Das grelle Licht der Xenon Scheinwerfer leuchten ihm direkt in die Augen. Sein Herz pocht schneller. Wurde er etwa entdeckt? Der Fahrer steigt bei laufendem Motor aus und wirft eine Papiertüte in den öffentlichen Abfalleimer direkt neben dem Verteilkasten. Der unbekannte Mann steht keinen Meter neben Otto, dessen Herz so laut schlägt, dass dieser befürchtet, man könne es hören. Eine falsche Bewegung und er fliegt auf. In Gedanken arbeitet er schon an einem Notfallplan. Er hat eine Kontaktlinse verloren und die sucht er jetzt. Hier, bei völliger Dunkelheit, in einem fremden Quartier im Dreck am Boden. Ja genau! Klingt doch glaubhaft. Würde ihm diese Geschichte von einem Fremdem erzählt werden, würde er keine Sekunde an der Wahrheit zweifeln. Er versucht sich selbst Mut zuzusprechen. Doch sogleich er wieder Hoffnung schöpft, er könne diese skurrile Situation plausibel erklären, ist der Unbekannte auch schon wieder verschwunden. Er schaut dem Wagen hinterher, wie er in der Dunkelheit verschwindet. Das war knapp!

»Otto, alles in Ordnung bei dir?«, hört er Manfred besorgt durch den Ohrknopf fragen.

»Ja! Wäre beinahe aufgeflogen, aber sonst alles super. Und bei dir?«

Die Entrüstung verleiht seiner Stimme einen sarkastischen, drohenden Unterton.

»Krieg dich wieder ein! Ist ja nichts passiert. Wirf einen Blick in den Mülleimer! Könnte von Bedeutung sein.«

Was hat die unbekannte Begleitung der Witwe wohl inmitten völliger Dunkelheit in einem öffentlichen Abfalleimer zu entsorgen? Vielleicht ein blutverschmiertes Messer oder sonst ein mordverdächtiges Indiz?«

Otto will es wissen. Ohne die Deckung zu verlassen, fischt er mit seinem Arm in einem Blindflug nach der Papiertüte. Das Leben als Detektiv hat seine Tücken, da kann es schon mal vorkommen, dass man sich für den Unrat fremder Personen interessieren muss. Aber es geschieht für die Gerechtigkeit im Namen des Gesetzes, das relativiert den Umstand wieder. Geschafft, er zieht die Tüte aus dem Eimer. Mit seiner Taschenlampe leuchtet er darauf. Dann bricht er in leises Gelächter aus.

»Scheint, so als hätte unser Freund Hunger gehabt. Die Tüte ist von McDonald's.«

Kein Messer oder verstümmelte Körperteile. Nur der gewöhnliche Abfall, der übrig bleibt nach einer Durchfahrt beim »Drive In« der wohl berühmtesten Fastfood Kette der Welt.

Man kann es dem Mann nicht verübeln, dass er seinen SUV sauber halten will. Auch hat der die Tüte nicht einfach auf die Strasse geworfen, sondern, wie sich das gehört, ordentlich entsorgt. Vorbildlich!

»Die Luft ist rein. Spaziere nun unauffällig zur Ostseite der Villa. Bist du dort, wartest du auf mein Okay.«

Otto verlässt die Deckung. Die wenigen Minuten, die er dort in gebückter Haltung ausharren musste, machen sich in seinem Rücken bemerkbar.

»Okay, alles sauber«, hört er im Ohr, als der die Ostseite erreicht hat. Er schaut in alle Richtungen, um sich selbst noch zu vergewissern. Vertrauen ist gut, Kontrolle ist bekanntlich besser. Dann überwindet er mit einem Satz den Zaun. Die Landung war nicht sehr weich. Ein Detektiv muss auch mal einstecken können. Gibt bestimmt einen blauen Fleck.

Wieder in gebückter Haltung schleicht er die Treppe zum Kellereingang hinunter. Jetzt darf nichts schiefgehen. Was, wenn sie nicht gründlich genug recherchiert haben und hinter der Tür allen Ermittlungen zum Trotz doch eine Alarmanlage auf sie wartet? Oder eine Kamera? Vielleicht kommt hinter der Tür noch eine Tür, welche mit Sprengstoff gesichert und mit einem Hochsicherheitsschloss ausgestattet ist. Seine Nerven sind bis zum Zerreissen gespannt. Ruhig ein und ausatmen. Langsam sinkt sein Puls. Er kramt das »Lockpicking Tool« aus der Tasche hervor und beginnt mit der Arbeit. Vorsichtig stochert er gekonnt im Schloss herum. Ein erstes Klicken ertönt. Ein gutes Zeichen. Es ist ein einfaches Schloss, welches ihm im Normalfall keinerlei

Mühen bereiten würde. Doch Normalfall bedeutet Testlauf. Heute gilt es ernst, da ist es natürlich anders. Ein zweites Klicken. Er arbeitet sich tapfer vor. Doch der letzte Stift will nicht einrasten. Schon seit über drei Minuten versucht er sich daran. Der Schweiss läuft in Strömen seinen Rücken hinab. Die Angst kriecht zeitgleich hinauf.

»Was ist da los?«, will Manfred ungeduldig wissen. Auch ihm sind die Mühen seines Freunds nicht entgangen.

»Hab's gleich«, gibt er selbstsicher zurück. Dann endlich das erlösende, letzte Klicken. Er dreht den Spanner im Schloss um und die Tür springt geräuschlos auf. Er schaltet seine Taschenlampe ein und betritt den Keller. Der Lichtkegel wandert von rechts nach links. Hier braucht er nicht zu suchen, nur irrrelevantes Zeug wie die Zentralheizung taucht in seinem Blickfeld auf. Ein paar Verpackungskartons stehen daneben, sonst gibt es nichts Aussergewöhnliches zu entdecken. Ein stinknormaler Keller. Könnte zu stinknormalen Leuten gehören, nur dass diese sich die Inhalte der Kartons wahrscheinlich niemals leisten können. Otto mutmasst. Die Kartons interessieren ihn nicht, er weiss genauso wenig, was sich darin befindet oder befunden hatte und denkt sich einfach, dass es teure Dinge sind oder waren. Er durchquert den Raum und öffnet vorsichtig die nächste Tür. Dahinter sieht es schon anders aus. Ein etwas grösserer Raum mit weichem Teppich und einer Deckenlampe, die wohl nicht ganz billig war. Otto erschrickt, die Leuchte schaltet sich wie von Geisterhand selbst ein.

Ein Bewegungsmelder!

Aber nicht schlimm, von aussen kann man den Raum sowieso nicht erkennen. Er steht nun zwei neuen Türen und einem Aufzug gegenüber, auf der rechten Seite befindet sich zusätzlich eine Glastür, welche in ein Treppenhaus führt. Er kommt sich vor wie in einer Gameshow, in der er sich für ein Türchen entscheiden muss, in der Hoffnung, es möge sich dahinter der grosse Gewinn verbergen. Hier gibt es zwar nicht nur einen Versuch, aber dafür drängt die Zeit. Otto entscheidet sich, der Reihe nach vorzugehen und öffnet die erste Tür ganz links. Dahinter ist nur ein schmaler, kurzer Gang, dann kommt wieder eine Tür. Hoffentlich verläuft er sich nicht noch in diesem Labyrinth, denkt er. Auch diese Tür öffnet er, diesmal aber schon nicht mehr so schüchtern. Er traut seinen Augen nicht. Die Liebherrs haben doch tatsächlich ein eigenes Wellnessparadies im Keller. Der grosse Swimmingpool misst in der Länge bestimmt zwanzig Meter, umgeben von einer Sauna und einigen Fitnessgeräten. Für einen Augenblick verliert sich Otto in der Vorstellung, selbst einmal solch eine Villa zu bewohnen.

Sonntagmorgen, in der Küche hat der Sternekoch schon das Frühstück für ihn und seine Familie zubereitet. Dann fährt er mit dem Fahrstuhl in den Keller und geht schwimmen. Doch die Realität holt ihn wieder ein. Fakt ist, dass er dieses Haus nicht bewohnt, sondern darin einbricht. Das ist ein kleiner, aber feiner Unterschied. Jetzt reicht es ihm!

Zielstrebig läuft er den Korridor zurück. Er wird den Aufzug nehmen, der wird ihn ja wohl dorthin bringen, wo er eigentlich schon lange sein sollte. Sonst kommt die Witwe womöglich noch zurück, bevor er auch nur ansatzweise seine Arbeit verrichten konnte. Ein roter, blinkender Pfeil nach unten signalisiert ihm, dass der Fahrstuhl unterwegs ist. Die Tür öffnet sich. Das Display zeigt eine -1, dort befindet er sich jetzt. Die Knöpfe reichen von -2 bis 2. Es geht also noch tiefer, wird vermutlich die Tiefgarage sein. Uninteressant. Auch am Erdgeschoss hat er kein Interesse. Otto drückt die 1 und der Lift setzt sich beinahe geräuschlos in Bewegung. Ob es nicht klüger gewesen wäre, die Treppe zu benutzen? Was, wenn der Lift steckenbleibt? Otto kann sich ein Kichern nicht verkneifen.

»Was ist so lustig?«, will Manfred wissen.

»Nichts. Hoffe nur, der Aufzug bleibt nicht stecken«, erwidert Otto amüsiert.

Am vorläufigen Ziel angekommen, muss er sich erst einmal einen Überblick verschaffen. Dieses Haus steckt voller Überraschungen. Welche erwarten ihn wohl hier oben? Vor ihm liegt ein langer Korridor, auf dessen beiden Seiten sich etliche Türen befinden. Wären sie mit kleinen Schildchen, auf denen eine Zahl steht, versehen, könnte man diese Etage für ein Hotel halten. Hier könnte er richtig sein.

»Befinde mich im ersten Stockwerk«, flüstert er ins Mikrofon. »Suche das Arbeitszimmer.«

Hinter der ersten Tür kommt ein Schlafzimmer zum Vorschein. Wurde vermutlich schon länger nicht mehr benutzt, sehr wahrscheinlich ein Gästezimmer. Weiter. Die zweite Tür offenbart ein kleines Badezimmer. Otto kommen Zweifel. Ist die geplante Stunde womöglich doch viel zu kurz? So viele Zimmer wie es hier gibt, wäre es schon ein echter Glückstreffer, wenn er etwas finden würde, was die Ermittlungen vorantreiben könnte. Bei der nächsten Tür hat er mehr Glück. Jackpot! Das lang ersehnte Arbeitszimmer.

»Arbeitszimmer gefunden«, gibt er zu Protokoll. Als Erstes knöpft er sich den Schreibtisch vor. Ein älteres Modell aus massivem Eichenholz. Beste Qualität, hält ein Leben lang. Otto öffnet eine Schublade nach der anderen. Dabei geht er mit viel Fingerspitzengefühl vor, versucht, keine Spuren zu hinterlassen. Nicht wie diese Einbrecher aus dem Osten, die nur auf Schmuck und Geld aus sind und ein heilloses Chaos hinterlassen. Die Witwe soll schliesslich nichts von seinem heimlichen Besuch mitbekommen.

Die letzte Schublade ist verschlossen. Ein Indiz, dass sich darin Unterlagen befinden, die nicht für jedermanns Augen bestimmt sind. Erneut greift er zu seinem feinfühligen Schlossknacker. Beflügelt von der Vorstellung des Inhaltes läuft er zur Höchstform auf und knackt das Schloss diesmal in einer halben Minute. Gespannt und voller Erwartungen öffnet er die Schublade. Darin liegt ein Buch, eingebunden in braunem Büffelleder. Otto klappt den Buchdeckel um. In grossen Lettern steht da »Tagebuch« geschrieben. Volltreffer! Danach hat er gesucht. Zum Lesen bleibt aber leider zu wenig Zeit, deshalb zückt er sein Smartphone und fotografiert Seite für Seite ab.

»Habe ein Tagebuch gefunden. Autor unbekannt, vermutlich die Witwe.«

Vielleicht aber gehört es gar nicht der Witwe, sondern dem Verstorbenen, das wird sich zeigen.

»Manfred, hörst du mich?« Keine Antwort.

Währenddessen schaut Manfred ganz besorgt durch das Fernglas. Bis jetzt war alles ruhig geblieben im Quartier, kein Verkehr, nichts. Doch nun sieht er einen Wagen von Osten kommend in Richtung Villa fahren. Ein weisser SUV.

»Otto, der Geländewagen kehrt zurück. Flucht ergreifen,

ich wiederhole, Flucht ergreifen, sofort!«

Keine Antwort. Warum sagt er nichts? Ist die Verbindung tot oder ihm womöglich sogar etwas zugestossen? Auf dem Smartphone ist er auch nicht zu erreichen, das hat er nämlich im Wagen zurückgelassen. Nicht etwa aus Versehen, sondern als Vorsichtsmassnahme. Kein nur halbwegs schlauer Detektiv nimmt ein Gerät, welches sich ohne Probleme orten lässt, bei einem Einbruch mit.

Manfred prüft sein Headset. Auf den ersten Blick scheint alles in Ordnung zu sein.

Der Geländewagen ist mittlerweile bei dem Anwesen angelangt, aber noch ist niemand ausgestiegen. Otto bleibt nicht mehr viel Zeit, wenn er ihn doch nur irgendwie warnen könnte.

»Flucht ergreifen, Flucht ergreifen«, brüllt er abermals in den Funk. Ohne Erfolg.

Otto hat soeben die letzte Seite abfotografiert und das Tagebuch wieder in die Schublade zurückgelegt. Warum sich Manfred wohl nicht meldet? Bestimmt eingeschlafen. Verächtlich schnaubt er vor sich hin. Ein Blick auf seine Armbanduhr verrät ihm, dass noch etwa eine Viertelstunde bleibt, ehe die volle Stunde erreicht ist. Reicht noch für ein Zimmer. Er verlässt das Büro und hat die Hand schon auf der Türklinke des benachbarten Raumes, da schweift sein Blick nach links zum Fahrstuhl. Vor Schrecken bleibt im beinahe das Herz stehen. Die Panik läuft ihm eiskalt den Rücken herunter. Ein roter Pfeil nach oben blinkt. Das bedeutet, dass der Lift auf dem Weg nach oben ist, vielleicht sogar in die erste Etage zu ihm. Jetzt bloss keinen Fehler machen. Ohne nachzudenken öffnet er die Tür, auf dessen Klinke er die längste Zeit schon seine Hand hatte und flüchtet in den Raum hinein.

Das Schlafzimmer!

Das Fenster ist mit einem schweren Vorhang abgedunkelt. Zum Glück passen seine blauen Sneakers farblich gut dazu, denkt er und stellt sich hinter den Vorhang. Nur noch sein Herz schlägt so laut, dass er befürchtet, es könnte ihn verraten. Sonst ist Otto vorläufig von der Bildfläche verschwunden, genau wie sein Begleiter im Ohr.

Angespannt lauscht er, was draussen vor sich geht. Die Schritte auf dem Flur werden lauter, dann wieder leiser. Er fühlt sich der Situation total ausgeliefert, hilflos gegenüber, als würde sie ihm eiskalt ins Gesicht lachen, die Zunge herausstrecken und sagen:

»Egal wie lange du dich hier versteckst, sie werden kommen und dich finden. Der nächste Weg führt dich direkt und ohne Umwege auf die Schlachtbank.«

Die erste Welle der Panik klingt ab. Solche Situationen ist er auf der Detektivschule doch schon zigmal durchgegangen und genauso oft konnte er ihr entfliehen, auch wenn es sich nur um eine Gruppenübung gehandelt hatte. Es ist zwar schon Jahre her, doch nun scheint es ihm, als wäre es erst gestern gewesen.

Der Lehrer, Herr Konrad, war damals Anfangs sechzig, untersetzt und hatte nur noch wenige Haare auf dem Kopf. Eine sympathische Erscheinung, heute vermutlich im Ruhestand, mit einer tiefen Stimme, dessen Sätze sich bei Otto und seinen Mitschülern, zum Beispiel Manfred, in das Gedächtnis gebrannt haben und auch heute noch wie auf

Knopfdruck abrufbar sind. Dafür ist Otto ihm unendlich dankbar. Er ruft einen dieser Sätze ab:

»Heute werden Sie über die skurrile Situation, die wir hier üben, lachen, doch schon morgen können Sie sich darin wiederfinden, diesmal aber nicht im Klassenzimmer.«

Wie wahr, auch wenn es etwas länger gedauert hat als einen Tag.

»Vielleicht ist es Ihre Schuld, vielleicht auch nicht. Verschwenden Sie keine Zeit damit, das herauszufinden, es wird Ihnen nichts bringen.«

Ist es denn seine Schuld? Dieses Unterfangen war von Anfang an hochriskant und vielleicht auch zum Scheitern verurteilt, aber warum der Funkkontakt abgebrochen ist und schlussendlich zu dieser brenzligen Situation geführt hat, kann er momentan noch nicht sagen. Auch egal, wie sagte einst Herr Konrad so schön? Keine Zeit damit verschwenden. Otto erinnert sich weiter.

»Analysieren Sie Ihre Umgebung und planen Sie die Flucht. Bereiten Sie sich aber auch darauf vor, wie Sie handeln, sollte man Sie erwischen.«

Er versteckt sich hinter einem Vorhang, dessen Farbe identisch mit der seiner Turnschuhe ist. Ein Vorteil. Sonst weiss er noch nicht viel. Die Stimmen auf dem Flur sind immer noch zu hören, es wäre also viel zu riskant, das Zimmer zu verlassen. Ein Vorhang bedeckt normalerweise ein Fenster, schiesst es ihm durch den Kopf. Er befindet sich im ersten Stock, vielleicht könnte so die Flucht gelingen. Vorsichtig riskiert er einen Blick durch die Glasscheibe hinter ihm. Unter ihm befindet sich die Terrasse, weiter vorne der See. Also die Nordseite des Anwesens. Die Villa selbst ist nicht nur majestätisch in die Länge gezogen, sondern wurde auch, wie sich das für so einen Prunkbau gehört, in die Höhe gebaut. Bis zum Boden befindet sich nur ein Stockwerk unter ihm, das Erdgeschoss. Aber genau dieses beheimatet die Empfangshalle und eine Halle ist schliesslich alles andere als niedrig. Von hier direkt auf den Boden schafft er es nicht ohne Verletzungen. Aber mit einer Zwischenlandung auf dem Vordach der Terrasse könnte es gelingen. Selbst dann aber würde beim Aufprall Lärm entstehen, der ihn auffliegen lassen könnte. Hat er eine Wahl?

»Manfred, antworten«, versucht Otto noch ein letztes Mal sein Glück, aber auch jetzt bleibt der Funk stumm.

In der Ferne sieht er plötzlich eine Taschenlampe aufleuchten. Manfred!

Otto blinkt zurück, dreimal kurz, dreimal lang, dreimal kurz. Auch die Gegenseite verwendet diesen Code. Eindeutig Manfred! Aber was macht der bloss hier? Er sollte doch beim Waldeingang Stellung halten.

Auf dem Flur ist es inzwischen ruhig geworden.

»Sollte sich eine günstige Gelegenheit ergeben, packen Sie sie beim Schopf und fliehen Sie. Nehmen Sie die Beine in die Hand«, ertönt wieder Konrad in seinem Kopf. Wenn er sich schon auf Manfred nicht verlassen kann, ist wenigstens der alte Lehrer zur Stelle, wenn man ihn braucht.

Jetzt oder nie! Flink wie ein Wiesel und auf Zehenspitzen verlässt Otto seine Deckung, den Vorhang. Wie im Militär kämpft er sich flach an der Wand, beinahe unsichtbar, zur Tür hervor. Dort angekommen, legt er seine Hand auf die Klinke, bereit, zu tun, was getan werden muss. Doch die Tür öffnet sich von selbst. In Zeitlupentempo sieht er die Klinke nach unten rasen. In Ottos Kopf redet kein Lehrer mehr, vielmehr hört er nur noch sämtliche Alarmglocken schrillen. Flucht ergreifen! Von Adrenalin getrieben, rettet er sich mit einem weiten Satz wieder hinter den Vorhang, wie ein Raubtier, das sich auf seine Beute stürzt.

Die Witwe betritt, gefolgt von einem Unbekannten, den Raum. Bei genauerem Betrachten fällt Otto auf, dass der Unbekannte doch nicht so unbekannt ist, wie vorerst angenommen. Es ist der gleiche Mann, der vor einer Stunde schon direkt neben ihm gestanden und seinen Abfall im öffentlichen Eimer entsorgt hatte. Gutaussehend, gross, sportlich. Eine gewisse Ähnlichkeit mit dem Brechhammer, denkt sich Otto, fast schon ein wenig eifersüchtig. Doch welche Rolle spielt er in diesem Krimi?

Der Mann schmeisst die Frau auf das Bett und springt hinterher. Könnte ein Triebtäter sein, fällt Otto ein.

Die beiden küssen sich nun leidenschaftlich und der Detektiv verwirft seine Triebtäter-Theorie wieder. Offensichtlich ist es der neue Partner der Witwe, oder gar ein Liebhaber?

Mehr als die These über den Liebhaber beschäftigt Otto aber, wie er aus dieser Nummer wieder heil rauskommen soll. Um ein Haar wäre er aufgeflogen. Jetzt steckt er wieder hinter dem Vorhang fest und muss sich mit hoher Wahrscheinlichkeit noch dem Liebesspiel der Beschatteten und ihrem Macker hingeben. Es läuft aber auch alles schief. Schon kurz vor der Resignation stehend, verlassen die beiden jedoch wortlos das Schlafzimmer und Otto kann zum ersten Mal wieder tief durchatmen. Ob sie nur ins Bad gegangen sind, um sich für den folgenden Akt frisch zu machen oder ob sie länger wegbleiben ist nun völlig egal. Sein Entschluss steht fest: Er flieht, und zwar durch das Fenster. Wird schon schiefgehen. Doch bevor er das Fenster öffnet, setzt er nochmals den Code mit der Taschenlampe ab. Manfred blinkt zurück. Dann nimmt Otto all seinen Mut zusammen - und springt. Mit lautem Gepolter landet er immerhin unverletzt auf dem Vordach. Er rafft sich auf und setzt erneut zum finalen Sprung an. Geschafft!

Der Detektiv ist in einem Busch gelandet. Hätte weicher sein können, aber Hauptsache, ihm geht es gut. Er verharrt einige Minuten bewegungslos in seinem neuen Versteck. Vielleicht ist das Liebespaar bereits unterwegs nach draussen in den Garten, um nachzusehen, was da so gepoltert hat. Viel wahrscheinlicher aber ist, dass die beiden im Rausch der Liebe gar nicht bemerkt haben, dass ein unliebsamer Eindringling vom ersten Stock herabgestürzt ist. Auch kein Fenster wird geöffnet - nichts. Er ist tatsächlich unbemerkt geblieben, die Tarnung bleibt aufrechterhalten.

Otto schleicht im Schatten der Bäume zu der nächsten Strasse, wo er Manfred vermutet. Dann endlich sieht er die Taschenlampe wieder aufleuchten, so grell, dass er glaubt, Manfred stehe direkt vor ihm und zünde ihm in die Augen.
Beflügelt von Emotionen läuft Otto los und hält erst, als er endlich wieder Manfred in seinen Armen hat. Die beiden gucken sich wortlos an, sie wissen, dass es allerhöchste Priorität hat, von hier zu verschwinden. Alles andere kann nachher noch geklärt werden. Als ob er nie dagewesen wäre, verschwindet der schwarze Skoda in der Nacht.

8

Die Detektive haben gerade einmal eine Nacht gehabt, um sich von der Mission »Einbruch« zu erholen. Schon jetzt, keine zwölf Stunden später, stehen sie wie abgemacht bei Karl Brechhammer auf der Matte, um ihm die neuen Erkenntnisse mitzuteilen. Sie klopfen an und Karl bittet sie herein. Otto und Manfred setzen sich. Sie sind noch nicht in ihrem eigenen Büro gewesen, sondern direkt von der Tiefgarage mit dem Lift in die vierte Etage zu Karl gefahren. Auch haben sie noch nicht miteinander über den Vorfall gesprochen. Manfred hat Otto nur noch nach Hause gebracht und ist anschliessend selbst heimgefahren. Heute haben sie genug Zeit, den Vorfall aufzuarbeiten.

»Seid gegrüsst, meine Helden«, eröffnet Karl mit einem Augenzwinkern die Runde.

»Ihr seid doch Helden, nicht wahr?«

Die Detektive gucken sich verstohlen an. Mit so einem Gesprächsbeginn haben sie nicht gerechnet. Helden?

»Das kommt darauf an, wie du einen Helden definierst, Karl«, gibt Manfred zurück, ebenso amüsiert wie der Fragensteller.

Nur Otto gibt sich pragmatisch. Er ist der Einzige, der seine

Haut riskieren musste und Blut geschwitzt hat. Da hat man als Aussenstehender gut lachen.

»Ja, die Bezeichnung als Helden finde ich ganz passend. Und Manfred darf sich von mir aus ›Assistent des Helden‹ nennen.«

Karl schaut Otto neugierig an.

»Und welchen Titel hast du mir zugedacht?«, will er wissen.

Der Detektiv tippt mit dem Zeigefinger an sein Kinn und verzieht den Mundwinkel. Er überlegt, das soll man ihm schliesslich ansehen. Nach einer gefühlten Ewigkeit sagt er endlich:

»Tut mir leid Karl, für dich reicht es nur für den ›Auftraggeber‹. Der sogenannte Boss, der die Lorbeeren einheimst, die seine Untergebenen, also wir, mühevoll geerntet haben.«

Jetzt ist auch Otto sichtlich entspannter und hat ein breites Grinsen aufgesetzt. Alle drei brechen in lautes Gelächter aus, als ob jemand am Stammtisch nach der fünften Runde Bier den Witz des Tages, unter der Gürtellinie, rausgehauen hat. Allmählich fassen sie sich wieder und sind bemüht, einen ernsten Gesichtsausdruck, passend zum Ernst der Lage, aufzusetzen.

»Danke für die Blumen, Otto. Doch nun bitte ich euch, mir sachlich von gestern Abend zu erzählen. Schön der Reihe nach und lasst nichts aus.«

»Also«, beginnt Otto, »erst lief alles nach Plan. Ich habe die Villa pünktlich zu Fuss erreicht, während Manfred von oben Ausschau gehalten hat. Da die Witwe das Anwesen aber noch nicht verlassen hat, lief ich unauffällig die Strasse entlang. Ein weisser Geländewagen mit einem unbekannten, männlichen Fahrer hielt beim Anwesen und die Witwe stieg ein. Gemeinsam fuhren sie in meine Richtung davon.«

Karl hört aufmerksam zu und kritzelt einige Notizen auf einen Schreibblock.

»Okay, ein weisser Geländewagen also. Habt ihr Angaben dazu? Marke, Typ, Kennzeichen? Und was ist mit dem Fahrer? Konntet ihr ihn bereits überprüfen?«

Fast schon ein wenig hilflos guckt Otto zu seinem Kollegen. Bleibt zu hoffen, dass dieser wenigstens eine Antwort liefern kann. Manfred setzt ein triumphierendes Lächeln auf und öffnet seinen Koffer, den er vom Wagen mitgenommen und in Karls Büro auf den Boden gestellt hat. Er nimmt ein gepolstertes Etui hervor, hält es mit einer Hand fest und zieht mit der anderen eine Digitalkamera heraus. Ein klobiges Teil, alles andere als handlich, aber genau das Richtige, um von weiter Entfernung mit einem noch grösseren Objektiv scharfe Aufnahmen zu machen. Er schaltet sie ein und deutet auf das Display. Interessiert rutscht Karl mit seinem Stuhl ein wenig näher zu Manfred und beugt sich über den Schreibtisch.

»Tatsächlich ist es mir gelungen, gestochen scharfe Bilder zu schiessen«, sagt Manfred voller Stolz. »Die Bilder habe ich bisher noch nicht auf den Computer geladen, aber das können wir gleich hier erledigen. Das USB-Kabel habe ich dabei und die Bilder kannst du in meinem Transfer Ordner auf dem Firmenserver ablegen, dann haben wir alle Zugriff darauf. Vergiss aber nicht, den Ordner mit einem Passwort zu schützen.«

»Gute Arbeit!«, sagt Karl genauso anerkennend wie beeindruckt und schliesst die Kamera an seinem PC an.

Nachdem er die Bilder auf den Server kopiert hat, gibt er Manfred das Gerät zurück und öffnet die Dateien. Auf den Bildern ist ein weisser Fiat Freemont zu erkennen. Kein Modell, das man fährt, wenn man stinkreich ist, aber gut genug, um seinen nicht schlecht bestellten finanziellen Status zum Ausdruck zu bringen. Auch das Kennzeichen ist gut ablesbar. Eine Zürcher Nummer. Karl ruft am Computer den Autoindex auf und tippt die Nummer im Eingabefeld ein. Nach einigen Sekunden erscheint der Hinweis, dass unter diesem Kennzeichen keine Angaben vorliegen.

»Hmm«, grummelt Karl vor sich hin, »das heisst bloss, dass der Halter nicht will, dass er über das Internet so leicht ausfindig gemacht werden kann. Sollte kein Problem darstellen, ihn trotzdem zu kriegen.«

Er ergänzt seine Notizen. »Könnte auch bedeuten, dass er Dreck am Stecken hat. Wer betreibt sonst den Aufwand, den Eintrag entfernen zu lassen, wenn man nichts zu verbergen hat?«

Karl klickt sich durch die Bilder. Manfred beherrscht die Kunst des Fotografierens offenbar bestens. Keine Aufnahme ist verwackelt, alles gestochen scharf. Auch hat er immer im richtigen Moment abgedrückt.

»Gute Arbeit!«, wiederholt der Abteilungsleiter.

»Kennt jemand diesen Typ?«, fragt er, als auf dem Monitor das Bild des Fahrers erscheint. Der Mann steht zusammen mit der Witwe neben dem SUV. Muss kurz ausgestiegen sein, um sie zu begrüssen, kurz bevor sie wieder losgefahren sind. Karl hat das Gesicht bis zum Maximum herangezoomt. Die Auflösung der Kamera ist verblüffend hoch. Selbst jetzt sind noch alle Details sehr gut erkennbar. Ein Dermatologe könnte problemlos den Hauttyp bestimmen, jede Pore ist perfekt zu sehen. Man könnte fast meinen, das Bild sei Teil eines professionell durchgeführten Fotoshootings.

»Nein, ist bis dato unbekannt. Weder der Fahrer noch der Wagen sind uns jemals während unseren Observationen aufgefallen«, antwortet Manfred auf die Frage.

Er wundert sich selbst über diesen Umstand. Auf den Bildern wirken sie sehr vertraut, als würden sie sich schon länger kennen.

»Kläre ich noch ab. Wenn ich meine Quellen spielen lasse, haben wir im Nu einen ganzen Roman zusammen über diesen Typen.« Karl wirkt siegessicher. »Bitte erzähl weiter, Otto.«

Dieser versucht den Faden wiederaufzunehmen. Einige Sekunden denkt er nach.

»Ah genau. Jetzt hab ich's wieder. Der Wagen fährt also los, direkt auf mich zu. Um aus der Schusslinie zu geraten und unentdeckt zu bleiben, rette ich mich hinter einen Verteilkasten. Von dort beobachte ich, wie der SUV genau davor anhält und der Mann aussteigt. Keinen Meter neben mir, wohlgemerkt. Mann, war ich vielleicht aufgeregt. Der Unbekannte wirft etwas in den Abfalleimer, steigt wieder ein und fährt weiter.«

Karls Augen leuchten. Hoffnung auf das entscheidende Detail keimt in ihm auf. Doch Otto enttäuscht ihn.

»War nur eine Tüte von McDonald's. Bin dann unauffällig zur Villa zurückgelaufen und unbemerkt über den Zaun geklettert. Die Kellertür bereitete mir Mühe, doch habe sie aufgekriegt.«

Er legt eine Pause ein. Lässt Karl Zeit für Fragen und

Manfred für Ergänzungen. Doch die beiden lauschen gespannt auf seine Fortsetzung.

»Na gut. Der Keller war uninteressant, genauso wie der Rest des Untergeschosses. Wusstet ihr, dass es dort nebst einem Pool sogar ein kleines Fitnessstudio gibt?«

Für einen Augenblick driftet er wieder ab in seine Traumwelt, in der er diese Villa bewohnt. Sonntagmorgen. Manfred, dem Otto nichts vormachen kann, interpretiert seinen Blick goldrichtig und beginnt zu lachen. »Hört sich gar nicht so uninteressant an. Warst du etwa noch schwimmen und hast danach einige Gewichte gestemmt? Würde deiner Figur nicht schaden.«

Otto können fiese Bemerkungen schon lange nichts mehr anhaben, da steht er drüber, besonders, wenn sie von Manfred stammen. Da gibt er gleich zurück.

»Dir Spargeltarzan würde es ebenfalls nicht schaden, ein wenig Masse zuzulegen. Nicht, dass dich die Ritze vom Fussboden noch verschlingt.« Er deutet auf den Spalt des nicht ganz korrekt verlegten Holzfussbodens und Manfred kann sich ein Lachen nicht verkneifen.

»Hilfe, haltet mich doch fest, der Fussboden hat es auf mich abgesehen.«

Karl trommelt sichtlich ungeduldig mit den Fingern auf den Tisch und sieht die Detektive genervt an. Dann blickt er auf seine Armbanduhr. Otto hat verstanden.

»Okay, okay! Da es im Keller, wie bereits gesagt, bevor ich unterbrochen wurde, nichts zu entdecken gab, nahm ich den Lift und fuhr direkt in das erste Obergeschoss. Dort fand ich in einem Arbeitszimmer ein Tagebuch, welches ich abfotografiert habe.« Otto kramt sein Smartphone hervor.

Jetzt leuchten Karls Augen wieder. Ein Tagebuch ist das intimste Dokument, das ein Mensch anfertigen kann. Ihm werden die dunkelsten Geheimnisse anvertraut, die grössten Sünden und alles, was man tief im Herzen mit sich trägt. Sie werden heute und hier der Witwe die Beichte abnehmen wie es sonst nur der Pfarrer in der Kirche tut.

»Sehr gut. Kannst du mir die Dateien mailen?«
Der Detektiv tut, wie ihm geheissen, und keine Minute später ertönt ein »Pling«, welches signalisiert, dass in Karls Postfach eine neue Nachricht eingetroffen ist. Er öffnet die Nachricht und beginnt vorzulesen.

»Liebes Tagebuch.
Die Welt ist ungerecht. Du fragst dich bestimmt, was mich dazu veranlasst, so zu denken. Nach aussen hin scheint alles perfekt. Es ist nicht das Geld, was mir fehlt, oder der Luxus. Von diesen Dingen habe ich viel zu viel. Nur allzu gerne würde ich all diesen Überfluss ablegen und ein Leben im Einklang mit mir selbst führen, geliebt von denen, die mir guttun, verachtet von denen, die mir Schlechtes wollen. Mehr will ich gar nicht. Ist das denn zu viel verlangt, du ungerechte Welt?«

Otto und Manfred haben aufmerksam zugehört und sind verwirrt.

»Hört sich aber nicht danach an, als ob sie ihren Mann wirklich umgebracht hat. Erinnert mich eher an ein pubertierendes Schulmädchen, welches ihren ersten Liebeskummer mit dem Gelernten vom Wahlfach Poesie verarbeitet«, sagt Manfred trocken.

»Könnte es aber nicht auch sein,« wirft Otto ein, »dass das, was wir soeben gehört haben, eine Art Geständnis sein soll? Sie schreibt darüber, dass sie ihren Überfluss ablegen will, vielleicht meint sie damit, ihren Mann loszuwerden.«

»Abwarten!«, meint Karl und liest den nächsten Eintrag vor.

»Heute war ein schlechter Tag, dabei hat er so gut angefangen. Am Morgen, in aller Früh, stand ich auf und verliess das Haus mit dem Hund. Mein Mann schlief noch, ich gab Acht, ihn nicht zu wecken. Das Wetter war herrlich, die Vögel sangen und am See herrschte schon reger Betrieb. Kleine Kinder, die spielten, Hunde, wie meiner, die ausgeführt wurden und lauter verliebte Paare. Ich wünschte, ich wäre so glücklich, nur für diesen einen Moment. Das Leben kann so unbeschwert sein, vergisst man nur für kurze Zeit seinen Kummer. So war es auch heute. Ich fühlte mich jung und vor allem glücklich wie schon lange nicht mehr. Selige Leute winkten mir zu und ich ihnen zurück. Doch es dauerte nicht lange, da holte mich das Unheil wieder ein.

Wieder zu Hause war mein Mann inzwischen aufgestanden und wartete bereits an der Tür auf mich. Er wartete bewusst, bis ich die Tür hinter mir geschlossen hatte, denn niemand sollte mitbekommen, was daraufhin folgte.

Alexander packte mich an den Haaren und warf mich zu Boden. Er schrie mich an, was mir einfalle, einfach so das Haus zu verlassen, ohne Frühstück gemacht zu haben. Es interessiere ihn nicht, was ich zu sagen hatte. Er zerrte mich die Treppe zum Schlafzimmer hinauf und ich wusste, was kommen würde.

Auf dem Bett legte er mich über das Knie und schlug zu, so fest er konnte und solange, bis seine Hand schmerzte. Dann ist er aufgestanden und hat einen Rohrstock geholt. Sicher eine halbe

Stunde versohlte er damit meinen Hintern, bis ich nur noch ein Häufchen Elend war. Daraufhin liess er mich einfach liegen und verliess das Schlafzimmer. Tja, liebes Tagebuch, das ist die dunkle Seite meines Mannes. Ich habe mich damit abgefunden, dass er nicht mehr der Mann ist, den ich geheiratet habe, aber ich weiss nicht, wie lange ich das noch durchstehen kann. Verzeih mir, liebes Tagebuch, dass ich nichts Erfreulicheres zu berichten habe.«

Im Büro herrscht eine gespenstische Stille, dass man eine Stecknadel könnte fallen hören. Der Schock sitzt bei allen tief. Mit so etwas hat keiner gerechnet. Otto durchbricht als Erster die Stille.

»Krass, sowas. Ich könnte fast wetten, dass sie bei der polizeilichen Vernehmung kein Wort darüber verloren hat, wie der Alte sie misshandelte.«

»Das habe ich mir auch schon gedacht«, wirft Manfred ein, »und wenn es wirklich so sein sollte, dann hat sie es nur aus einem einzigen Grund gemacht: Sich selbst nicht zu verdächtigen.«

»Genau! Und wenn sie es getan haben sollte, dann hat sie auch garantiert etwas darüber ihrem Tagebuch anvertraut.«

Jetzt hat auch Karl den Durchblick.

»Das bleibt zumindest zu hoffen. Gerade viel hat sie nicht geschrieben. Es sind nur noch wenige Seiten und diese sind nicht mal vollgeschrieben. Wenn dort von keinem Mord die Rede ist, wird sie es auch nicht getan haben. Aber das wäre schlecht für uns. Wir müssen sie drankriegen, Tagebuch hin oder her.«

Er liest einen weiteren Eintrag vor.

Sonne, oh Sonne. Wie kannst du mich so leiden lassen und gleichzeitig so glücklich machen? Es gibt diesen Mann, der mir wieder ein Lächeln ins Gesicht zaubern kann. Sein Name ist Vincent. Verliebt wie ein kleines Mädchen, ertrage ich auch die körperlichen Schmerzen, die mir mein Ehemann zufügt, etwas besser. Es gibt Hoffnung. Doch ich will Vincent diese Last nicht aufbürden und ihn in Gefahr bringen. Ich traue Alexander zu, dass er auch ihm etwas antun könnte. Aber ich kann dir, liebes Tagebuch, nicht versprechen, ob und wie lange ich diesem Mann, in dessen Händen ich bereits heute schon Wachs bin, noch widerstehen kann.

Langsam lichtet sich der Nebel. Auch wenn bis jetzt noch kein Mord gestanden wurde, dämmert den dreien langsam einiges. Karl steht auf und bedient sich an der Kaffeemaschine. Er muss erst einmal seine Gedanken sortieren und dafür ist Koffein noch immer am besten geeignet.

»Jemand Lust auf Kaffee?«, fragt er die Detektive. Sie verneinen. Karl gibt zwei Stück Zucker dazu, rührt um setzt sich wieder.

»Ich wette mit euch, dass der weisse Freemont auf einen Vincent zugelassen ist. Den Mann, den du gesehen hast, Otto, war vermutlich ihr Liebhaber.«

»Diese Wette wirst du gewinnen, Karl, und das weiss ich nicht nur wegen dem Tagebuch.«

Otto erinnert sich, wie liebevoll Vincent Irene Liebherr auf das Bett geworfen hat. So geht man nur miteinander um, wenn man wirklich verliebt ist.

»Was genau meinst du? Hast du sie in eindeutiger Pose

erwischt? Oder hast du«, und er sieht Manfred an, »etwas durch das Fernglas beobachten können?«

Aber dieser zuckt nur mit den Schultern.

»Ich habe nicht mehr gesehen, wie du auf den Bildern. Was zum Schluss in der Villa vor sich ging, weiss ich nicht, weil der Funkkontakt zu Otto abgebrochen ist.«

Darüber haben sie noch gar nicht gesprochen. Doch die Freude über das gefundene Tagebuch hat das Drama beinahe vergessen lassen.

»Wie bitte? Der Funkkontakt ist abgebrochen? Wieso denn das? Ihr habt die Ausrüstung doch vorher geprüft, oder?«

Er guckt die Detektive vorwurfsvoll an, ohne wirklich verärgert zu sein. Was zählt, ist das Ergebnis, und das stimmt. Scheint auf jeden Fall so.

»Klar haben wie sie geprüft. Sind ja keine Amateure. Irgendwas muss trotzdem schiefgelaufen sein, weil der Kontakt plötzlich verstummte. Zu allem Überfluss kamen die zwei genau dann wieder nach Hause. Ich konnte mich noch hinter den Vorhang retten.«

Otto redet sich um Kopf und Kragen. Auch Manfred springt auf den Zug auf.

»War auch für mich nicht gerade einfach, als plötzlich kein Kontakt mehr herrschte und der Geländewagen wieder im Blickwinkel aufgetaucht ist. Am liebsten hätte ich zu dir herunter geschrien. Doch ich fasste mich wieder, raste den Berg hinab und positionierte mich in unauffälliger Nähe des Anwesens. Da kam mir die Idee mit der Taschenlampe.«

Karl ist bemüht, den Faden nicht zu verlieren, macht aber einen verwirrten Eindruck.

»Der Reihe nach. Also du hast mit deiner Taschenlampe

Zeichen gegeben, um auf dich und die Gefahr hinzuweisen?«

»Genau!«

»Und du«, er zeigt auf Otto, »hast dich in der Zwischenzeit hinter dem Vorhang versteckt. Dabei hast du diesem Vincent und der alten Liebherr beim Schäferstündchen zugeschaut?«

Otto muss kichern. Jetzt so darüber reden zu können, fällt ihm leichter, als die Situation wirklich zu erleben.

»Ungefähr so war es. Als ich dann die Taschenlampe aufblitzen sah, wusste ich sofort, dass Manfred in der Nähe war. Dann bin ich durch das Fenster abgehauen. So war es.«

»Okay. Gibt es irgendwas, dass deinen Besuch verraten haben könnte? Etwas Liegengelassenes oder andere Spuren?«

Otto verneint. Karl nickt zufrieden.

»Für euch ist der Fall vorläufig abgeschlossen. Ich bedanke mich in aller Form für eure tatkräftige Unterstützung. Geht nach Hause und trinkt ein Bier oder zwei, entspannt euch und nehmt für den Rest der Woche Urlaub. Geht natürlich auf mich, habt ihr auch wirklich verdient. Wenn aber noch was sein sollte, bleibt bitte erreichbar.«

Er steht auf, schüttelt zuerst Otto die Hand, dann Manfred, und begleitet sie zur Tür, wo er sie mit einem herzlichen Lächeln auf der Lippe verabschiedet.

Er sieht ihnen noch eine Weile nach, ehe er die Tür schliesst und sich in seinen Sessel fallen lässt. Das Tagebuch. Es wartet darauf, von ihm zu Ende gelesen zu werden.

Liebes Tagebuch

Ich bin stolz auf mich und gleichzeitig voller Scham. Die Sünde hat mich ereilt. Vergebens versuchte ich, dagegen anzukämpfen, doch nun ist es vollbracht. Ich habe ES getan. Voller Sehnsucht erwartet, weiss ich nun wirklich nicht, ob es die richtige Entscheidung war. Diese Gefühle der Freiheit, die mich schon lange nicht mehr beflügelten, kehren zurück und mit ihnen die längst verloren geglaubten Lebensgeister. Dennoch bin ich mir nicht sicher, ob es mir die Freiheit schenken oder mich für immer verdammen wird. Gott vergib mir!

9

Martin ist guter Dinge. Während er auf sein Büro zusteuert, wirft er Charlotte einen vielsagenden Blick zu. Obwohl sie ihn nicht genau deuten kann, fühlt sie sich geschmeichelt und lächelt beherzt zurück. Heute wird ein guter Tag, das spürt sie. Bestimmt wird Martin sie am Ende der Arbeitszeit, wenn alle schon längst gegangen sind, noch zu sich bitten, um die nebensächlichen Dinge des Lebens mit ihr zu zelebrieren. Wie so oft. Sie weiss selbst nicht, ob es die Macht ist oder doch der eher durchschnittliche, aber keinesfalls unattraktive Körperbau dieses Mannes, aber er zieht sie in ihren Bann und lässt sie zur Tagträumerin werden. Doch während sie sich in Gedanken schon ihrem erotischen Abenteuer hingegeben hat, ist Martin bereits durch die Tür und hat sich zurückgezogen.

Wie jeden Morgen fährt er den Computer hoch und öffnet sein Postfach. Wichtige Mails kann er mittlerweile schnell als solche erkennen und sortiert sie aus. Den Rest, darunter Werbung und Spam, löscht er gewöhnlich auf der Stelle, ungelesen. So auch heute. Doch ein Mail von einem kuriosen Absender zieht er gleich wieder aus dem Papierkorb heraus. Denn diese drei Worte im Betreff haben seine Aufmerksamkeit geweckt: unser kleines Geheimnis. Mit einem mulmigen Gefühl und ohne es wirklich zu wollen, öffnet er die Nachricht und beginnt zu lesen. Sein Magen verkrampft sich.

Hallo Martin
Unser kleines Geheimnis ist plötzlich nicht mehr so geheim, solltest du nicht bis Ende des Monats deinen Posten geräumt und die Firma verlassen haben.

Ein Freund

Ein Freund also. Und welcher Freund, um alles in der Welt, würde ihn dazu bringen, sein Amt abzugeben?

Es ist nicht das erste Mal, dass Martin solche Post bekommt. Er kriegt öfters zu spüren, dass er nicht allzu viele Freunde hat auf dieser Welt, und in der Firma schon gar nicht. Doch es beflügelt ihn. Erfolg macht neidisch und geschenkt kriegt man nichts. Sollen diese missgünstigen, verbitterten Neider doch versuchen, ihn klein zu kriegen. Werden sie nicht schaffen. Er sitzt am längeren Hebel und das bekommen sie regelmässig genug zu spüren.

Wenn er wollte, wüsste er noch heute Abend, von wem die Nachricht stammt. Der Verfasser mag vielleicht schlau sein und sich eigens für dieses Anliegen eine nichts aussagende Mailadresse mit dem Namen »Puppy66@Yahoo.com« zugelegt haben. Vielleicht ist er sogar richtig clever und hat es nicht auf einem Firmen - PC erledigt. Auch könnte es sein, dass er so weit ging, sich über einen Proxyserver bei Yahoo zu registrieren. Dann wird es schwieriger.

Ein Proxyserver steht meistens im Ausland und dient dazu,

die Datenspur zu verschleiern, die man im Web unfreiwillig hinterlässt. Anstelle der eigenen, vom Provider festgelegten IP-Adresse, welche schnell einem Benutzer zugeordnet werden kann, wird die des Servers verwendet. So lässt sich die Datenspur nur noch bis dorthin zurückverfolgen.

Doch soweit denken die wenigsten dieser Stümper, welche meinen, ihn mit ein paar primitiven Zeilen ins Bockshorn jagen zu können. Aber es spielt keine Rolle, denn der Aufwand ist ihm zu gross, diese Leute ausfindig zu machen. Sollen sie doch, ihm ist es egal.

Mail wieder gelöscht. Aber Moment. Von welchem Geheimnis spricht der ominöse »Freund« denn überhaupt? Zum zweiten Mal zieht er die Nachricht vom Papierkorb wieder ins Postfach. Und auch sein Magen verkrampft sich zum zweiten Mal. Denn erst jetzt sieht er, dass der Nachricht ein Videoclip angefügt ist. Könnte ein Virus sein. Aber jetzt will er es endgültig wissen und startet mit einem Doppelklick die Wiedergabe. Was er nun zu sehen bekommt, gefällt ihm eigentlich, wäre da nicht der Umstand, dass ein Unbekannter es gefilmt hat.

Er und Charlotte beim Schäferstündchen. Nicht gut.

Sollte der Erpresser seine Drohung wahr werden lassen, ist Martin geliefert. Nicht nur in der Firma wäre seine Glaubwürdigkeit dahin, nein, auch seiner Frau würde es mit Sicherheit nicht gefallen. Die Scheidung wäre die einzige logische Konsequenz und einen Ehevertrag hat er nicht. Er würde auf einen Schlag über die Hälfte seines Vermögens verlieren, vielleicht sogar noch mehr.

Doch so weit darf es nicht kommen. Der Erpresser muss vorher unschädlich gemacht werden. Aber wie?

Martin überlegt. Absolut niemand darf das Video je zu Gesicht bekommen, also kann ihm auch absolut niemand helfen. Dabei wäre er jetzt wirklich auf die Hilfe eines IT-Spezialisten angewiesen. Doch trauen kann er keinem, ausser Charlotte. Die Aufnahme für eine Analyse in fremde Hände zu geben kommt nicht in Frage, da kann er sie genauso gut gleich selbst bei YouTube hochladen.

Nein, diesmal ist er auf sich alleine gestellt. Die Macht, als Direktor auf alle möglichen Spezialisten zurückgreifen zu können, bringt ihm rein gar nichts. Nur die Sekretärin, welche selbst involviert ist, kann ihm beistehen.

Langsam spürt er, wie ihm die Angst den Rücken hochkriecht, wie ein leichter Nebel, der sich langsam und beinahe unsichtbar auf der Haut niederlässt.

Martin steht auf und eilt zum Fenster. Er öffnet es. Frische Luft bringt bekanntlich den Kreislauf in Schwung und das Denken fällt einem leichter. Sie dringt ins Büro und sorgt für eine angenehme, kühle Atmosphäre.

Bevor er sich wieder setzt, dreht er noch zwei Runden auf und ab in seinem grossen Arbeitszimmer, auch das belebt den Körper und regt das Hirn an. Wieder in seinem Sessel, öffnet er den Kühlschrank und nimmt ein Mineralwasser mit Kohlensäure heraus. Er setzt die Flasche an und trinkt. Die pure Erfrischung! Er kann wieder klare Gedanken fassen und fühlt sich wie ein Raubtier auf der Jagd, das alle seine Sinne mobilisiert und schärft, um die Beute aufzuspüren und anschliessend zu töten. Seine Beute ist der Erpresser. Doch noch sitzt der am längeren Hebel.

Martin spielt das Video noch einmal ab. Er achtet besonders auf den Hintergrund. Dieser könnte zumindest Aufschluss darüber geben, wann der Clip aufgenommen wurde. Und das tut er auch, denn die grosse Uhr an der Wand lässt eindeutig die Zeit erkennen. Viertel nach Acht, abends. Jetzt dämmert es ihm. Das ist noch gar nicht lange her, als seine Sekretärin abends noch auf ein Glas Moet vorbeigeschaut und ihn ins unbändige Land der Erotik entführt hat.

Sie muss es erfahren. Jetzt. Er drückt die grüne Sprechtaste.

»Fräulein Huber, ich benötige Sie dringend!«

»Eine Sekunde«, gibt sie zurück. Was er wohl von ihr will? Wäre es bereits spät abends, würde sich die Frage erübrigen. Doch um diese Zeit? Er wird kaum bereit sein, das Risiko einzugehen. Und auch der Tonfall lässt nicht gerade darauf schliessen, dass es sich um ein sexuelles Abenteuer handeln sollte.

Sie betritt den Raum und versucht dabei, ihre Unsicherheit mit einem verlegenen Lächeln zu kaschieren. Doch es gelingt nur bedingt.

»Sie wünschen?«

»Fräulein Huber, die Lage ist ernst. Sehen Sie sich das an.«
Er startet die Aufnahme. Entgeistert starrt sie auf den Monitor. Sie will nicht glauben, was sie da sieht. Doch es ist die bittere Wahrheit, sie und Martin beim Liebespiel, gefilmt von einem Unbekannten.

»Wo…Wo haben Sie das her?«, stammelt sie kreideweiss.

»Jemand versucht, mich damit zu erpressen. Entweder verlasse ich bis Ende Monat die Firma, oder die Aufnahme geht viral.«

Charlotte schluckt leer. Der Schock sitzt tief.

»Und werden Sie Folge leisten?«

Darüber hat Martin noch gar nicht nachgedacht.

»Ich denke nicht daran. Wir werden den Kerl finden, koste, was es wolle. Dann wird ER die Firma verlassen, nicht ich. Sein Büro gegen eine Knastzelle eintauschen.«

»Wir?«, fragt Charlotte ängstlich. »Wie soll ich Ihnen denn dabei helfen können?«

»Das weiss ich noch nicht. Aber Sie sind die einzige Person, die ich in diese Sache einweihen kann und deshalb müssen Sie mir helfen. Es ist auch in Ihrem Interesse, dass dieses Video nicht die halbe Menschheit zu sehen bekommt.«

Welche Konsequenzen das haben könnte, ist Charlotte nicht bewusst. Auf jeden Fall nicht derart drastische wie bei Martin. Sie ist ledig, hat keinen Freund, der sie verlassen könnte und ob es ihr den Job kosten würde, ist ungewiss. Viel wahrscheinlicher ist, dass sie selbst den Arbeitgeber wechseln würde, weil sie es nicht ertragen könnte, wenn sich alle hinter ihr das Maul über sie zerreissen würden.

Langsam hat sie den ersten Schock überwunden.

»Haben Sie einen Verdacht, wer es sein könnte?« fragt sie Martin.

»Nein, nicht den geringsten. Es könnte jeder gewesen sein. Denken Sie nach, vielleicht ist Ihnen in letzter Zeit etwas aufgefallen.«

Sie lässt die letzten Tage und Wochen in Revue passieren, versucht krampfhaft, sich an etwas zu erinnern, was von Bedeutung sein könnte.

»Ich weiss nicht... Der Brechhammer war doch ziemlich aufgebracht, könnte er etwas damit zu tun haben? «

Karl Brechhammer. Jetzt fällt es ihm wie Schuppen von den Augen. Na klar! Dass er da nicht schon selbst draufgekommen ist.

»Der Brechhammer. Bingo! Der hat noch eine Rechnung offen mit mir, weil ich ihm die Kündigung angedroht habe, falls er nicht spurtet. Gleich morgen werde ich ihn entlassen. Fristlos.«

Charlotte mustert Martin wie einen Schuljungen, der zum ersten Mal die Lehrerin angeflunkert hat.

»Und mit welcher Begründung? Sie haben keine Beweise gegen ihn und noch ist nicht mal sicher, ob er es wirklich getan hat. Überlegen Sie doch, wenn er schon Morgen einen Abflug machen muss, haben Sie gar keine Möglichkeit mehr, ihm auf den Zahn zu fühlen. Dann werden sie womöglich nie erfahren, ob er es war.«

Martin schüttelt energisch den Kopf. Er hält grosse Stücke auf Charlotte, doch jetzt kann und will er ihr nicht beipflichten.

»Papperlapapp! Natürlich ist er es gewesen, daran gibt es überhaupt keine Zweifel, Beweise hin oder her. Die krieg ich schon noch. Auf den Zahn fühlen werde ich morgen, wenn ich ihm die Kündigung auf den Tisch knalle. Danach soll die IT unter einem Vorwand seinen PC unter die Lupe nehmen. Ich wette mit Ihnen, dass wir dann fündig werden, was die Beweislast angeht.«

»Ich weiss nicht so recht«, gibt Charlotte zu bedenken, »angenommen, Sie haben Recht, und kündigen ihm morgen, wer sagt uns dann, dass er die Bombe nicht trotzdem platzen lässt, vielleicht sogar schon viel eher?«

»Keine Sorge. Wenn ich mit ihm fertig bin, wird er nicht mal mehr im Traum daran denken, diese Schandtat zu vollenden. Unser Vorteil ist, dass wir wissen, dass er es war. Mit dem rechnet er nicht. Vertrauen Sie mir. Da wird nichts schiefgehen.«

Die Sekretärin guckt ihren Chef skeptisch an. Noch hegt sie viel zu viel Zweifel, um es gutzuheissen, was er vorhat.

»Hoffen wir es! Doch gut finde ich es nicht. Wenn das in die Hosen geht, können wir beide unsere Koffer packen. Aber dennoch vertraue ich Ihnen.«

Bei den letzten Worten war es wieder da, das Funkeln in ihren Augen, welches die Loyalität und Hochachtung vor Martin auch in schwierigen Zeiten zum Ausdruck bringen soll.

»Vertrauen ist das Wichtigste überhaupt«, entgegnet er ihr, »und ich bin froh, Ihr Vertrauen geniessen zu dürfen. Bitte schicken Sie mir diesen Kerl gleich morgen früh zu mir. Ich erledige den Rest.«

Er zwinkert ihr zu. Sie lächelt zurück. Die Stimmung ist wieder entspannter, die alte Vertrautheit zurück. Wer weiss, vielleicht lässt der Abend doch noch auf ein erotisches Abenteuer hoffen, doch diesmal werden sie die Tür abschliessen. Vorsicht ist schliesslich die Mutter der Porzellankiste.

10

Für Karl läuft alles nach Plan. Gut ein Drittel des von Martin gesetzten Ultimatums ist inzwischen verstrichen und er befindet sich schon auf der Zielgeraden. Nicht nur, dass es ihm gelingen wird, die Leistung der Versicherung auf Eis zu legen, er ist mittlerweile auch felsenfest davon überzeugt, eine Mörderin zur Strecke zu bringen. Sie hat genug lang alle an der Nase herumgeführt. Ihn, die Detektive, die Polizei, aber damit ist jetzt Schluss.

Schmücken mit der Tatsache, eine Mörderin dingfest gemacht zu haben, kann er sich leider trotzdem nicht. Er wird die Informationen seinem Kontaktmann von der Polizei übergeben, mit dem er sich heute noch trifft, und sein Name wird aus der Sache herausgehalten, was wohl auch besser ist. Sonst könnte noch Ärger auf ihn warten. Die Detektive haben auf sein Geheiss ohne Durchsuchungsbefehl einen Einbruch begangen und es ist gut möglich, dass er trotz allem von der Justiz dafür zur Verantwortung gezogen wird.

Ihm aber macht das nichts aus. Sein Ziel ist nicht, am Ende der Geschichte als grosser Held dazustehen. Karl hat einen ausgeprägten Gerechtigkeitssinn und wenn er nur schon weiss, dass seinetwegen der Fall geklärt werden konnte, ist er zufrieden und mit sich selbst im Reinen.

Dazu kommt ja auch noch die Anerkennung der Versicherung. Von Martin. Er hat es ihm wieder einmal gezeigt. Das ist Genugtuung genug und die Sache alleine deswegen allemal wert. Vielleicht springt sogar eine Belohnung für ihn dabei raus, auch wenn er niemals damit rechnen würde. Der knausrige Direktor denkt ja nur noch ans Sparen.

Heute wird er den Tag ruhig angehen. Es ist Freitag, die Sonne scheint und er kann auf eine erfolgreiche Woche zurückblicken.

Er hat heute extra lange ausgeschlafen. Das muss auch mal sein und er hat es sich verdient. Auf dem Weg zur Arbeit beschliesst er unterwegs spontan, in einem Café zu frühstücken. Warum nicht. Ein weiterer erfolgreicher Tag benötigt ein weiteres üppiges Frühstück.

»Wo bleibt denn der Kerl solange?«, hört Charlotte ihren Chef durch die Sprechanlage fragen.

Martin kommt langsam ins Schwitzen. Hat Karl womöglich Lunte gerochen und erscheint deshalb nicht in der Firma?

Alle paar Minuten prüft er seinen Maileingang und ist jedes Mal erleichtert, keine neuen Nachrichten zu sehen.

Doch jetzt erscheint ein Hinweis auf neue Post. Martin erstarrt vor Schreck.

Aber Moment. Es ist nur ein »CC« von einem Abteilungsleiter.

Martin wischt sich den Schweiss von der Stirn. Er darf jetzt nicht die Nerven verlieren. Gestern noch war er siegessicher und fühlte sich überlegen und heute bewirken zwei Stunden

Verspätung von Karl bei ihm fast schon Panikattacken.

Karl hat die Rechnung im Café beglichen und ist nun auf dem Weg ins Büro. Heute wird er den entscheidenden Schritt machen und den Kontaktmann ins Boot holen. Dann wird er nur noch einige Tage zu warten brauchen und die Sache hat sich von selbst erledigt.

Gut gelaunt und mit viel Schwung parkt er seinen BMW in der Tiefgarage. Im Fahrstuhl pfeift er gelassen vor sich hin. Heute wird ihm nichts und niemand den Tag vermiesen. Was für ein herrliches Gefühl. Eigentlich braucht er gar nicht lange zu bleiben. Er wird das Treffen mit dem Kontaktmann arrangieren und dann höchstens noch einige Kleinigkeiten erledigen. Der Tag ist ebenso schön wie seine Laune, da wäre es die reinste Verschwendung, auf der Arbeit zu versauern. Er ist fast drei Stunden später gekommen, da kann er auch drei Stunden früher gehen. Er wird seine Frau und sein Töchterchen nehmen und mit ihnen ins Freibad fahren. Herrlich.

Mit einer Tasse heissen Kaffee in der Hand setzt er sich in seinen Sessel, da klingelt auch schon das Telefon. Er scheint heute ein gefragter Mann zu sein, hoffentlich macht ihm das keinen Strich durch seine Feierabendplanung.

Er nimmt den Hörer ab.

»Guten Morgen, Herr Brechhammer. Charlotte Huber hier. Der Direktor wünscht Sie in einer sehr wichtigen Angelegenheit dringend zu sprechen.«

»Komme gleich hoch.«

Worum es geht, kann er sich wohl denken. Martin wird sich über seine Fortschritte informieren wollen. Kann ihm nur recht sein. Mit dem, was er bisher erreicht hat, braucht er sich nicht zu verstecken. Im Gegenteil.

Karl trinkt seinen Kaffee aus und macht sich auf den Weg nach oben zum Direktor. Er klopft bei Charlotte an. Sie bittet ihn herein.

»Der Direktor erwartet sie bereits.«

Wieder klopft er an und öffnet die Tür.

»Guten Tag Herr Sturzenegger. Sie wünschen mich zu sprechen?«

Seine gute Laune ist unübersehbar.

»Allerdings. Können Sie sich denken, warum Sie heute hier sind?«

»Ich gehe davon aus, dass Sie einen Bericht über den Fortschritt in der Angelegenheit um die Witwe Liebherr wünschen. Was das angeht, kann ich nicht ohne Stolz verkünden, dass die Sache kurz vor dem Abschluss steht. Der Fall hat eine unerwartete Wendung genommen. Geben Sie mir noch ein paar Tage, und das Ding ist geschaukelt.«

Er strahlt über das ganze Gesicht. Das ist ein doppelter Triumph für ihn. Eine Mörderin zu überführen und diesen Erfolg dem verhassten Direktor brühwarm vorzutragen.

»Das freut mich. Weniger erfreut bin ich über die Frechheit, welche Sie sich gestern erlaubt haben.«

Das Grinsen ist aus Karls Gesicht verschwunden. Dafür hat er einen nachdenklichen Blick aufgesetzt. Gestern, was soll da gewesen sein? Er hat keine Ahnung, wovon Martin spricht.

»Verzeihung, aber ich kann Ihnen nicht ganz folgen. Von welcher Frechheit sprechen Sie?«

»Ich bin mir sicher, dass Sie haargenau wissen, wovon ich rede. Sie mimen hier nur den Unschuldigen, um Ihre Haut zu retten. Doch das funktioniert nicht. Mein Vertrauen in Sie ist nachhaltig gestört. Es tut mir leid, Ihnen mitteilen zu müssen, dass ich unter diesen Umständen das Arbeitsverhältnis mit Ihnen fristlos auflösen muss.«

Karl wäre beinahe aus den Latschen gekippt. Was er da zu hören kriegt, kann er kaum fassen. Jetzt ist er sich absolut sicher, dass es sich um eine Verwechslung handeln muss. Eine »Frechheit«, wie Martin es nennt, die zur sofortigen Kündigung führt, wäre ihm längstens wieder eingefallen. Da kann es sich nicht nur um eine Lappalie handeln, wie zum Beispiel ein falsches Wort.

»Sie wollen mir fristlos kündigen und mir nicht einmal verraten, warum? Das akzeptiere ich sicher nicht. Mit welchem Recht wollen Sie das denn durchboxen?

Ich habe getan, was Sie von mir verlangt haben. Der Monat ist noch nicht zu Ende, ich habe noch über zwei Wochen Zeit.«

»Begreifen Sie denn nicht, dass es längst nicht mehr um den Fall geht? Sie erhalten kulanterweise zwei Monate lang noch das volle Gehalt, aber Ihren Schreibtisch haben Sie heute noch zu räumen. Den Fall übernimmt Andreas Gruber.«

Das darf doch nicht wahr sein. Er wird nicht zulassen, dass jemand anders einfach so seinen Fall, für den er mühsam gearbeitet hat, zu Ende bringt. Aber vorläufig hat er keine andere Wahl.

»Nein, begreife ich nicht. Ich gehe, aber das letzte Wort ist noch nicht gesprochen. Sie hören von meinem Anwalt.«

Wutentbrannt steht er auf und verlässt das Büro.

»Noch etwas«, ruft ihm Martin hinterher, »sollten Sie Ihre Drohung tatsächlich wahrmachen, hat das weitaus schlimmere Konsequenzen als die Kündigung. Haben wir uns verstanden?«

Das war es wohl mit seiner guten Laune. Was faselt dieser Idiot bloss von Drohung?

Zurück in seinem Büro packt er die wichtigsten Sachen zusammen. Soll er jetzt einfach gehen? Nein, den Kontaktmann muss er noch treffen, egal, was mit seinem Job gerade passiert. Hier geht es nicht mehr um die Versicherung. Nur weil Martin ein unberechenbarer Psychopath ist, darf die Mörderin nicht ungeschoren davonkommen.

Er öffnet seinen Aktenkoffer und nimmt ein altes Mobiltelefon heraus. Es verfügt weder über GPS, noch über eine Kamera. Dafür ist es mit einer unregistrierten Prepaid-Simkarte ausgestattet. Unter »Kontakte« befindet sich die Nummer des Kontaktmannes. Treffen mit ihm laufen streng geheim ab und müssen ebenso streng geheim geplant werden. Nachdem Karl sich vergewissert hat, dass die Tür abgeschlossen ist, wählt er seine Nummer.

Kaum hat Karl das Büro des Direktors verlassen, platzt Charlotte ohne anzuklopfen herein.

»Und, wie ist es gelaufen? Hat er es zugegeben?«

»Zugegeben hat er gar nichts. Hat den Unschuldigen gespielt. Aber ich bin nach wie vor felsenfest davon überzeugt, dass er es gewesen ist. Auch wenn sein Theater sehr glaubhaft war. Ist ein guter Schauspieler.«

»Oder er war es wirklich nicht«, gibt Charlotte zu bedenken.

»Fangen Sie nicht wieder damit an. Das haben wir doch bereits besprochen. Er ist jetzt weg und ziemlich wahrscheinlich hat sich die Erpressung nun auch erledigt.«

»Ziemlich wahrscheinlich ist aber nicht sicher. Was gedenken Sie jetzt zu tun?«

»Nichts. Für mich hat sich die Sache erledigt. Viel machen können wir ja sowieso nicht, ausser seinen PC untersuchen lassen. Das werde ich gleich anordnen.«

Er greift zum Telefonhörer und tippt eine Nummer ein.

»Hallo, hier Martin Sturzenegger. Ich brauche einen detaillierten Auszug der besuchten Internetseiten von Karl Brechhammer. Bitte erstellen Sie mir ausserdem einen vollen Zugriff auf seine Festplatte.«

»Wir kümmern uns schnellstmöglich darum«, ertönt es von der Gegenseite. Ist der Direktor am Telefon, wird gespurtet, ohne Wenn und Aber.

Charlotte hat das Büro inzwischen verlassen und Martin kümmert sich wieder um seine Arbeit. Problem gelöst. Wahrscheinlich.

Keine zwei Stunden später erreicht ihn eine Mail mit dem von ihm angeforderten Auszug. Das ging aber schnell. Ein Lob an die IT, denkt er und öffnet das Dokument. Fein säuberlich ist der gesamte Internetverkehr der letzten dreissig Tage von Karl Brechhammer aufgelistet, Seite für Seite. Solange muss er gar nicht zurückblicken, ihm reichen die letzten paar Tage. Doch allmählich löst sich seine anfängliche Begeisterung in Luft auf. Es scheint, als sei Karl nicht allzu oft im Internet gewesen, schon gar nicht auf privaten Seiten wie Facebook oder YouTube. Auch Yahoo taucht nicht auf.

Er ist wirklich ein gewissenhafter Arbeiter, der Freizeit und Beruf klar trennen kann. Die wenigen Seiten, die im Verlauf erscheinen, lassen klar auf berufliche Interessen rückschliessen. Das war wohl nichts.

Aber Martin bleibt ja noch die Festplatte. Im Mail ist eine Verlinkung auf die Harddisk angegeben. Jetzt wird es richtig interessant. Gespannt wühlt sich Martin durch die Ordner. Was er hier macht, ist ganz klar verboten, aber das ist ihm egal.

Doch langsam kommen ihm Zweifel über die Schuld von Karl. Es finden sich überhaupt keine verdächtigen Dateien, einfach nichts.

Was, wenn Charlotte wirklich Recht behalten sollte? Vielleicht könnte ein Spezialist die Quelle des Videos bestimmen, also den Typ des Aufnahmegerätes. Das würde jedoch bedeuten, dass er es in fremde Hände geben müsste und das wiederum wäre ein neues Risiko, welches er einzugehen nicht bereit ist.

Martin bleibt nichts anderes übrig, als abzuwarten und zu hoffen, dass der Erpresser seine Drohung nicht wahrmachen wird. Seinen Posten räumen wird er auf jeden Fall nicht.

11

Wer in »El Gallinero« leben musste, hatte ein schweres Schicksal. Die Hüttensiedlung nahe Madrid beherbergte die Ärmsten der Armen. Unter menschenunwürdigen Bedingungen versuchten die Menschen hier, ein so erträgliches Leben wie möglich, zwischen Müll und Ratten, zu leben. Doch angesichts der Kriminalität, die das Armenviertel fest im Griff hatte, war das ein Ding der Unmöglichkeit. Die Kinder suchten in den Müllbergen nach Essen und gingen betteln oder klauen, während ihre Eltern den Frust im Alkohol ertränkten. Friss oder stirb, so lautete hier das Motto.

Auch Maria Branco hatte dieses schwere Los gezogen, doch im Gegensatz zu den anderen Bewohnern der Siedlung hatten sie und ihr Mann Javier keine Kinder, um die sie sich sorgen mussten und auch vom Alkohol hielten die beiden nicht viel. Konflikten gingen sie, so gut wie es eben ging, aus dem Weg. Diesen Umständen hatten sie zu verdanken, dass ihr Leben einigermassen in geregelten Bahnen verlief. Sie hatten nicht viel, doch sie hatten sich. Das grösste Glück, das es in »El Gallinero« gab.

Leute, welche so verzweifelt waren, das Essen vom Müll zu

essen und das dreckige Wasser von rostigen Fässern oder von Pfützen am Boden zu trinken, wurden schnell krank, und da sich niemand einen Arzt leisten konnte, starben diese Menschen einen qualvollen, traurigen Tod.

Doch soweit sollte es für Maria und Javier nicht kommen. Um die Kasse ein wenig aufzubessern, ging sie regelmässig am Markt in der Nähe betteln und Javier konnte mit einigen kleinen handwerklichen Diensten einige Peseten dazuverdienen. Das Geld reichte gerade zum Überleben, doch in diesem Viertel gehörten man damit bereits zu den Privilegierten. Um zu verhindern, dass das Geld gestohlen wurde, kauften sie gleich nach dem Erhalt Brot und Wasser. Waren noch ein paar Münzen übrig, gab es auch schon mal ein Stück Fleisch, doch das war die absolute Ausnahme. Das Essen wurde gleich vor Ort nach dem Kauf vertilgt, denn sie wollten das Risiko, wegen einem Stück Brot ermordet zu werden, nicht eingehen. Es war keine Seltenheit, dass so etwas passierte. Die Verzweiflung, gepaart mit schier unendlichem Hunger, kann Menschen zu unberechenbaren Bestien werden lassen.

Wurde jemand ermordet oder starb an einer Krankheit, hatte man die Leiche in den Strassengraben am Ende der Siedlung gelegt, wo sie tagelang dort liegen blieb, bis sie von den Aasgeiern zerhackt wurde. Vor allem im Sommer herrschte deswegen ein fürchterlicher Gestank, doch die Leute hatten andere Sorgen und niemand getraute sich, etwas dagegen zu unternehmen. Die ständige Angst, der Nächste zu sein, der im Graben liegt, war der treue Begleiter eines jeden Viertelbewohners.

Das Leben war grausam, doch es liess sich aushalten. Die

meisten hatten sich und ihr Umfeld schon längst aufgegeben, doch einige, noch nicht zu arg vom Schicksal gebeutelte Arme hofften, »El Gallinero« eines Tages hinter sich lassen zu können und einen Neustart zu beginnen. Die wundersame Geschichte, die von einem reichen Mann, der sich über den verwahrlosten Zustand zweier bettelnden Kinder am Markt derart schockiert gezeigt hat, dass er der ganzen Familie ein Obdach gewährte, ihnen zu Essen gab und sie zur Schule schickte, erzählte, liess viele aufhorchen und auf ein besseres Leben hoffen. Alle drängten sich zum Markt, worauf brutal gegen diese Menschen vorgegangen wurde. Sie hätten sowieso kein Geld, so die Meinung des Betreibers, und man wollte die gutbürgerliche Kundschaft nicht der Gefahr aussetzen, bestohlen zu werden. Der Schuss ging nach hinten los und schon bald durften die verzweifelten Menschen sich nicht einmal mehr in der Nähe des Marktes aufhalten, ohne Gefahr zu laufen, verscheucht zu werden.

Noch wusste man nicht einmal, ob sich diese Geschichte des wunderbaren Mannes tatsächlich so ereignet hat oder nur das Hirngespinst eines Menschen war, der vom Leben längst genug hatte. Aber die Hoffnung blieb.

Doch dann kam die Zeit, in der Maria Branco, die trotz den schwierigen Lebensumständen immer kerngesund geblieben war, immer öfters über körperliche Schmerzen klagte. Mal war ihr übel, mal schmerzte ihr Bauch. Die Intervalle wurden je länger desto kleiner und auch die Intensität nahm zu. Da das Geld für einen Doktor fehlte, blieb ihr nichts anderes übrig, als die Krankheit durchzustehen. Javier umsorgte sie liebevoll und hielt ihre Hand, als sie sich im Bett vor

Schmerzen wand. Als zu den heftigen Schmerzen jedoch noch Heisshungerattacken dazukamen, dämmerte den beiden langsam, was los sein könnte. Sie waren schockiert, denn mit dem hätten sie nie und nimmer gerechnet, obwohl das Risiko immer da, und teilweise auch eingegangen worden war. Nicht immer waren Kondome in greifbarer Nähe, wenn die Lust überhand nahm und nun mussten sie die Konsequenzen dafür ausbaden. Eine Abtreibung kam für Maria überhaupt nicht in Frage, auch wenn diese alleine des Geldes wegen nie zur Debatte stand. Maria war gläubige Katholikin und die Bibel verbot es ihr, noch nicht geborenes Leben auszulöschen. Der Zorn Gottes wäre ihr gewiss gewesen. Dank Gott, so war sie fest überzeugt, hätten sie überhaupt die Kraft, diese schlimme Zeit durchzustehen. Javier sah das anders, denn von Glauben hielt er nichts und von einem Gott schon gar nicht. »Gäbe es einen Gott, wären wir nicht in dieser Scheisse zwischen kriminellem Abschaum, Ratten und Müll, in der wir uns befinden.«

Maria wollte davon nichts hören und legte den erhobenen Zeigefinger auf die geschlossenen Lippen, als hätte sie verhindern wollen, dass der Gott, an den sie so fest glaubte, davon Wind bekommen hätte. »Sei dankbar, für das, was wir haben. Es werden bessere Zeiten kommen und dann wirst du an meine Worte denken.«

Javier schüttelte nur den Kopf. Seit Jahren schon predigte sie ihm diese Worte, und was hat sich seither geändert? Nichts. Absolut gar nichts. Es ist höchstens dem Zufall und gewiss ihrem starken Überlebenswillen zu verdanken, dass sich die Situation in all den Jahren nicht noch verschlimmert hatte. Gott, so konterte er wieder und wieder, habe damit nichts zu tun. Es war ein leidiges Streitthema zwischen den beiden, doch Streit hielt auch zusammen, und sie verstanden auch, warum sie, was den Glauben anbelangt, so unterschiedlich waren. Maria wuchs in einer streng gläubigen Familie auf, wo das Beten an der Tagesordnung stand und Verstösse gegen die Bibel streng bestraft wurden, während Javiers Eltern so hart arbeiteten, um die kleine Familie durchzubringen, dass für einen Gott gar keine Zeit mehr geblieben war.

Nun standen sie vor einem weit grösseren Problem, welches sich nicht einfach ausdiskutieren liess, sondern eine baldige Lösung erforderte. »Wir können das Kind nicht behalten, unter keinen Umständen. Hier hat es doch keine Lebensqualität. Wir können uns ja kaum selbst über Wasser halten«, appellierte Javier immer wieder an Maria, in der Hoffnung, sie würde endlich zur Vernunft kommen. Und auch wenn sie nur schon die Vorstellung, das Kind in fremde Hände zu geben und vielleicht nie mehr zu sehen, einen hysterischen Heulkrampf erleiden liess, wusste sie insgeheim, dass er Recht behielt. Nicht weit von ihrem Viertel befand sich eine Babyklappe. Dort konnte man anonym ein Neugeborenes hineinlegen, in dem Wissen, das Kind zwar niemals wieder zu sehen, doch auch, dass gut für es gesorgt werden würde. Das Kind hätte es so wirklich besser gehabt.

Doch ihr Stolz und der Glaube liessen es nicht zu, es einzugestehen, und so verharrte sie auf ihrem Standpunkt, was Javier zur Verzweiflung trieb. In seiner Not drohte er ihr sogar, sie zu verlassen, was die Fronten aber nur noch weiter verhärtete und sich kontraproduktiv darauf auswirkte, eine gemeinsame Lösung zu finden. Beide waren verzweifelt und beide wussten nicht weiter. Dass es noch schlimmer kommen sollte, ahnte niemand.

Die Schwangerschaft schritt unter Schmerzen und Heisshungerattacken sichtbar voran, und es sollte nicht mehr lange dauern bis zum Tag der Entbindung, welchen Maria ohne Hebamme zu bewältigen hatte. Dann, eines Morgens, war es soweit. Die Fruchtblase war geplatzt. Javier war es zuvor gelungen, auf dem Markt ein Buch über das Wunder der Geburt zu erstehen, wenn sie sich schon keine Hebamme leisten konnten, und so wussten sie sofort, was das zu bedeuten hatte. Er blätterte nervös in dem Buch, obwohl er es schon zigmal gelesen hatte und besser wusste, als kein anderer, was zu tun war. Der Schweiss tropfte ihm von der Stirn und seine Hände zitterten vor Nervosität. Das hier war zweifellos der Ernstfall, ab jetzt gab es kein Zurück mehr. Obwohl dies ein Moment war, von dem er sich stets gefürchtet hatte, merkte er, wie es ihn gleichzeitig auch mit Stolz erfüllte. Der Stolz, Vater zu werden, der er nie sein wollte. Der Stolz, alleine ein Baby zu entbinden, ein unschuldiges Lebewesen, gezeugt von seinem Samen, das ein Recht auf eine heile Welt hat, die sie ihm niemals hätten bieten können. Plötzlich war Javier sich nicht mehr so sicher, ob er das Kind auch wirklich abgeben wollte. Wenn sie das geschafft hätten, hätten sie alles schaffen können. Wirklich alles. Ein Lächeln huschte über sein Gesicht. Er klappte das Buch zu und wusste, was zu tun war. Kerzen sollten für eine entspannte Atmosphäre sorgen. Dazu klebte er die Fenster mit Karton ab. Neugierige Nachbarn sollten schliesslich nichts davon mitbekommen. Dann nahm er seine Frau an der Hand und geleitete sie ins Schlafzimmer. Jetzt galt es, abzuwarten, bis die Wehen einsetzten. Javier wusste, dass das sehr lange, aber auch sehr schnell gehen konnte. Alles war möglich und ohne ärztliche Begleitung höchst riskant. Maria blieb tapfer und atmete tief ein und aus, während ihr Mann noch immer ihre Hand hielt. Dann setzen sie ein. Schubartig überfielen sie die Schmerzen, welche an starke Krämpfe erinnerten, und ihr Mann konnte nur hilflos zuschauen und hoffen, dass alles reibungslos vonstattengehen würde, denn möglichen Komplikationen waren sie heillos ausgeliefert. Nicht selten endeten solche Geburten mit dem Tod der Mutter, doch das Schicksal war gnädig mit Maria und keine drei Stunden später hielt sie ein schreiendes, gesundes Baby auf dem Arm. Sie war überglücklich. War es das, was ihnen zum Glück fehlte?

Auch Javier wurde von Glücksgefühlen überschüttet, denn das, was er sah, erfüllte ihn mit grossem Stolz. Er hatte im Leben nie etwas erreicht, doch das hatte sich an diesem Tag schlagartig geändert. Sein Sohn war geboren, Zeuge unendlicher Liebe und Geborgenheit. Für einen Moment vergassen sie all ihre Sorgen. Doch dann begann Maria sich wieder zu winden. Waren das etwa die gefürchteten Nachwehen, von denen Javier zwar gelesen, aber seiner Frau nichts erzählt hat, um sie nicht zu verängstigen? Die Schmerzen waren schlimmer, als die vor der Geburt und Maria schrie und heulte, was das Zeug hielt, so fest, dass ihr Mann die Nerven verlor und das Zimmer verliess. Er konnte es einfach nicht mehr ertragen. Mit den Händen auf den Ohren, um die schrecklichen Schreie zu unterdrücken, wartete er ab, bis nichts mehr zu hören war. Würde Maria ihm verzeihen? Lebte sie überhaupt noch? Was er dann sah, als er das Schlafzimmer wieder betrat, verschlug ihm die Sprache. Fassungslos hielt er die Hände über den Kopf und starrte mit riesigen Augen auf seine Frau und die beiden Babys in ihren Armen. Zwillinge! Seine Frau hatte Zwillinge geboren! Maria weinte vor Freude und Erschöpfung und schien gar nicht bemerkt zu haben, dass ihr Mann an sie herangetreten war. Er rang noch immer um Worte. Mit vielem hatte er gerechnet, nachdem er den Ratgeber sorgfältig gelesen hatte, doch mit Zwillingen nie und nimmer. Es war Fluch und Segen zugleich. Der Stolz in ihm wuchs heran, seine Leistung war in Stein gemeisselt. Zwillinge, das schaffte wahrlich nur ein Pfundskerl. Doch sobald der erste Höhenflug abgeklungen war, landete er mit beiden Füssen auf dem harten Boden der Tatsachen. Er konnte nicht einmal für ein einzelnes Kind sorgen, wie um alles in der Welt wollten sie ein zweites ernähren, inmitten von Abfall und Gestank? »Wir schaffen das irgendwie!«, sagte Javier anfangs noch optimistisch zu seiner Frau. Und irgendwie klappte es auch, doch nicht lange, dann fehlte es an allem Möglichem. Die Babys mussten gewickelt und gefüttert werden, ein Bettchen musste her und ein wenig Spielzeug hätten sie auch verdient, hatten sie doch keine Schuld an diesen schlimmen Umständen zu tragen. Javier ging fortan etwas länger betteln, um die Familie über Wasser zu halten. Mit einer alten Polaroid-Kamera, die er auftreiben konnte, schoss er ein Bild von seinen Zwillingen, welches er auf einen Karton klebte. Darüber schrieb er »Padre de dos hijos«, Vater von zwei Kindern. Es wirkte. Die Leute erbarmten sich mehr für einen zweifachen Familienvater und zeigten sich etwas grosszügiger, doch es war ein Tropfen auf den heissen Stein. Ein kindgerechtes Leben konnten Javier und Maria den Kindern noch lange nicht bieten. Dazu kam, dass Maria tagelang nicht mehr geschlafen hatte. Die Babys verlangten rund um die Uhr ihre Aufmerksamkeit und liessen sie durch Geschrei wissen, wenn sie etwas benötigten. Kam es doch mal vor, dass die beiden schliefen und Ruhe im kleinen Familienheim einkehrte, liessen Zukunftsängste die Mutter kein Auge schliessen. Es war ein Teufelskreis, aus dem es kein Entrinnen gab. Das Leben der Eheleute rückte plötzlich in den Hintergrund, denn nun galt es, nicht nur sich selbst, sondern vor allem die Kinder über Wasser zu halten und mit dem Nötigsten zu versorgen. War das wenige Geld aufgebraucht und die Zwillinge gefüttert, blieb meistens nichts mehr für die Eltern übrig. Der ständige Hunger sorgte für eine latent angespannte Stimmung, die jederzeit zu kippen drohte. Und das tat sie schliesslich auch. Javier wuchs alles über den Kopf und bei Nacht und Nebel verliess er »El Gallinero«. Seine verzweifelte Ehefrau blieb mit den Zwillingen zurück, ohne zu wissen, was mit ihrem Mann wohl passiert war. Niemand hat ihn je wieder gesehen.

12

Was für ein beschissener Tag. Karl hat den BMW vor seinem Haus geparkt und schliesst die Tür auf. Seine Frau steht vor dem Herd und bereitet das Mittagessen vor.

»Hallo Schatz. Du bist aber früh heute. Setzt dich doch, das Essen dauert noch ein Weilchen«

Der Hunger ist ihm vergangen. Vielleicht auch noch nicht wiedergekommen, denn das Frühstück ist noch nicht lange her.

Er will etwas sagen, doch irgendwas schnürt ihm den Hals zu. Das schlechte Gewissen plagt ihn und dennoch weiss er ganz genau, dass er absolut nichts für diese Misere kann. Aber er muss es Doreen sagen. Sie hat ein Recht auf die Wahrheit.

»Hör zu, Doreen. Aber versprich mir bitte, dass du dich nicht zu sehr aufregst«, beginnt er.

Sie wendet sich vom Herd ab. Ihre Miene wird ernst.

»Karl, was ist los?«

»Ich will nicht lange um den heissen Brei reden. Der Direktor persönlich hat mir gerade eben fristlos gekündigt und ich habe keine Ahnung, wieso.«

Das war's. Jetzt ist es raus. Er fühlt sich besser, nachdem er das Unausweichliche ausgesprochen hat und trotzdem zerreisst es ihm dabei das Herz. Was soll nun aus seiner kleinen Familie werden, wo er ohne Einkommen dasteht?

Doreen weiss indessen nicht, wie ihr geschieht. Sie hofft noch immer, dass Karl anfängt zu lachen und sich für den alles andere als lustigen Scherz bei ihr entschuldigt. Doch mit jeder Sekunde schwindet diese Hoffnung in ihr. Mit weit aufgesperrten Augen starrt sie ihn an.

»Ist... ist das wirklich dein Ernst?«

»Leider ja. Es tut mir leid.«

Doreen ist den Tränen nahe. Sie setzt sich und wirft die Hände vor den Kopf.

»Aber einfach so? Da muss doch irgendwas vorgefallen sein. Was hat er denn gesagt?«

Karl überlegt, ob er ihr von der Sache mit der Witwe erzählen soll. Das hätte er schon längst tun sollen. Doch das macht die Situation auch nicht besser und vermutlich hat es nicht einmal etwas damit zu tun. Zumal er die von Martin verlangten Ergebnisse sogar übertroffen hatte.

»Eben hat er nichts gesagt, das ist schon sehr merkwürdig. Nur, beinahe nebenbei, hat er mir gedroht, dass ich, sollte ich meine Drohungen wahrmachen, noch schlimmere Konsequenzen zu befürchten habe.«

»Was meint er damit? Hast du ihm denn gedroht? Karl, du musst mir die Wahrheit erzählen.«

»Das tue ich ja. Klar, wir hatten nicht das beste Verhältnis zueinander. Martin Sturzenegger ist sehr... eigenwillig und stur. Aber gedroht habe ich ihm nie. Ich wüsste nicht, mit was.«

Doreen schüttelt kraftlos den Kopf. Sie ist in diesen

Minuten um Jahre gealtert.

»Aber das kannst du doch nicht auf dir sitzen lassen. Du musst einen Anwalt herbeiziehen.«

»Selbstverständlich werde ich das tun. Ich treffe mich schon heute Abend mit ihm.«

Wieder meldet sich das schlechte Gewissen bei Karl, doch diesmal gerechtfertigt, denn das war gelogen. Er wird einen Anwalt verständigen, doch einen Termin hat er noch nicht ausgemacht. Heute Abend wird er zuerst den Kontaktmann treffen. Davon erzählt er Doreen aber lieber nichts, denn das würde nur neue Fragen aufwerfen, dessen Antworten er ihr schon lange schuldig ist.

Das Wohl seiner Familie steht auf dem Spiel und Karl wird alles daransetzen, dass er als Sieger aus diesem Kampf hervorgeht, dass Martin von seinem Thron gestossen und für seine Machenschaften zur Rechenschaft gezogen wird. Doch noch ist es ein weiter Weg dorthin.

Den Nachmittag verbringt Karl auf der Terrasse mit einem Bier in der Hand und der Sonne im Nacken. Seine Frau hat seit dem Mittagessen kaum mehr mit ihm gesprochen. Er würde ihr so gerne sagen, wie leid es ihm tut und wieso die Situation mit Martin so verfahren ist, doch die Wahrheit sieht leider so aus, dass er es selbst nicht weiss. Es ist wohl besser, Doreen fürs Erste ein wenig allein zu lassen, denn auch sie muss diesen Schock erst einmal verdauen, genau wie er. Danach wird er weitersehen. Momentan wirkt sie zerbrechlich und entmutigt, aber das ändert nichts an der Tatsache, dass sie eine starke Frau ist und gemeinsam werden sie einen Weg finden.

Die Sonne macht müde. Das bekommt auch Karl zu spüren. Als er wieder zu sich kommt, schmerzt sein Nacken und ihn fröstelt es. Das gibt sicher einen schönen Sonnenbrand. Immerhin ist das Gesicht verschont geblieben. Die halbvolle Bierflasche steht noch immer vor ihm, nur ist die Kohlensäure mittlerweile komplett entwichen und die Temperatur erinnert mehr an einen heissen Tee als an eine kühle Erfrischung. Was soll's. Nach Bier ist ihm jetzt eh nicht mehr zumute. Ängstlich schaut er auf seine Armbanduhr. Wie lange er wohl geschlafen hat?

Glück gehabt, aber viel Zeit bleibt ihm dennoch nicht mehr. In gerade mal vierzig Minuten hat er ein »Rendezvous«. Genug Zeit, um noch eine Dusche zu nehmen und sich frisch zu machen.

Er betritt das Haus. Von Doreen keine Spur. Auch die Kleine hört er nicht schreien.

Ein unbehagliches Gefühl überkommt ihn. Was, wenn sie Hals über Kopf das Töchterchen gepackt und geflohen ist? Weg von ihm Versager, der nicht mal in der Lage ist, seine Familie zu ernähren.

Ihn schaudert es. Wie kann er nur so von seiner Ehefrau denken? Es ist noch nicht lange her, da haben sie gemeinsam vor dem Traualtar gestanden und sich geschworen, zusammenzuhalten, egal was kommt, in guten, wie in schlechten Zeiten. Zweifelsohne kann die aktuelle Situation als schlechte Zeit betrachtet werden, doch das bedeutet ja nicht, dass Doreen all ihre Prinzipien über Bord wirft. An Problemen kann man wachsen, wenn man es denn schafft, sie gemeinsam zu lösen. Es schweisst sie noch enger zusammen. Karl öffnet die Tür zum Kinderzimmer. All seine Zweifel sind in diesem Moment vergessen. Doreen sitzt auf dem Stuhl und schaukelt Lena sanft in den Schlaf. Es gibt nur sie zwei, der Rest um sie herum scheint so fern und verblasst in einer Wolke aus Kummer, Not und Elend.

»Schatz, ich bin dann weg. Muss mich noch um wichtige Angelegenheiten kümmern. Warte nicht auf mich, vielleicht wird es später. Alles wird gut.«

Er hat so sanft und leise wie nur möglich gesprochen, denn er will diese Idylle auf keinen Fall zerstören. Doch Doreen scheint von ihm überhaupt keine Notiz genommen zu haben. Ob sie ihn überhaupt gehört hat?

»Schatz?«

Keine Reaktion. Behutsam schliesst er wieder die Tür und betritt das benachbarte Badezimmer.

Die Dusche tut unendlich gut, als ob sie all seine Probleme einfach weggespült hätte. Er schlüpft in ein weisses Hemd und eine Blue Jeans, darüber ein grauer Cardigan. Stilsicherer Freizeitlook gepaart mit einem Hauch von Geschäftsgespür, gepflegt und unscheinbar.

Genau die richtige Kombination für dieses »Rendezvous« der etwas anderen Art.

Karl prüft noch ein letztes Mal im Spiegel, ob alles richtig sitzt, dann schultert er den Rucksack, verlässt das Haus und schwingt sich auf sein Fahrrad.

Es ist Freitagabend und Zürich putzt sich heraus und bereitet sich auf das Nachtleben vor. Unter dieses Volk mischt sich auch Karl, als er nach zwanzig Minuten nach Aufbruch den Hauptbahnhof erreicht. Er steuert die neue Velostation an der Museumstrasse an und schliesst seinen Drahtesel dort ab.

Dann eilt er zum Perron.

Er ist zu früh. Es dauert noch sieben Minuten, bis der Interregio 2277 auf Gleis neun Richtung St. Gallen einfährt, vorausgesetzt der Zug ist pünktlich. Heutzutage eher selten, aber Karl ist froh, bleiben ihm noch einige Minuten. Die Zeit nutzt er, um ein Erste - Klasse Billett nach St.Gallen auf seinem Smartphone zu lösen, inklusive Rückweg.

Neben ihm drückt ein Raucher seine Zigarette am Aschenbecher aus. Qualm steigt ihm in die Nase. Karl und Doreen haben früher selbst auch geraucht, doch als sie schwanger wurde, und deswegen das Rauchen aufgegeben hat, ist er aus Solidarität zu ihr auch zum Nichtraucher geworden. Bis heute hat keiner der beiden je wieder eine Zigarette angerührt. Er hat auch nie mehr die Lust danach verspürt. Aber jetzt wäre er nicht abgeneigt, sich einen Glimmstängel anzustecken. Ob er den Mann um eine Kippe bitten soll?

Er lässt es bleiben. Von weitem sieht er auch schon den Zug näherkommen, da könnte er die Zigarette gar nicht mehr geniessen.

Der Interregio 2277 fährt am Bahnhof ein und die Bremsen quietschen unter ohrenbetäubendem Lärm. Das Geräusch ist schauderhaft und erinnert ihn an seine Schulzeit, wie der Lehrer in der ersten Unterrichtsstunde mit der Kreide über die Wandtafel gefahren ist. Mit der Zeit gewöhnte er sich an das Geräusch, doch Gefallen daran hatte er nie gefunden.

Das Quietschen ist mittlerweile verstummt und der Zug steht still vor ihm. Die Türen haben sich geöffnet und ein Strom aus Menschen, der nicht abreissen will, strömt aus dem Wagon. Dann endlich ist es vorbei und die Leute steigen ein.

Karl vergewissert sich auf der grossen Anzeigetafel, dass er auch den richtigen Zug vor sich hat und steigt ein.

In der zweiten Klasse kämpfen die Menschen derweil um einen Sitzplatz. Hat jemand einen nicht besetzten gefunden, fragt er auch höflich, ob dieser noch frei sein.

Welch rhetorische Frage. Geister, für gewöhnlich unsichtbar, fahren ja schliesslich nicht mit dem Zuge, deshalb gibt es auch keinen ersichtlichen Grund, die »Freiheit eines Sitzplatzes« anzuzweifeln. Man sieht es doch bereits, ob jemand dort sitzt oder nicht.

Karl schüttelt nur amüsiert den Kopf, als der den überfüllten Wagon durchquert.

Mag die erste Klasse auch noch so teuer sein; diese Probleme gibt es dort auf jeden Fall nicht. Er betritt den nächsten Wagon. Eine grosse Eins signalisiert ihm, dass er nun in der richtigen, von ihm gelösten Klasse ist.

Nur wenige Leute haben hier Platz genommen. Viele Vierer-Abteile sind noch frei. Doch ein solches ist nicht sein Ziel. Langsam und mit suchendem Blick schreitet er voran.

Dann endlich sieht er ihn, den Kontaktmann. Mit einem simplen »Hallo« nimmt er ihm gegenüber Platz.

Der Zug hat sich unterdessen in Bewegung gesetzt und wird voraussichtlich etwas mehr als eine Stunde brauchen, um in St.Gallen anzukommen. Diese eine Stunde hat er Zeit, sein Gegenüber mit den aktuellen Geschehnissen im Fall »Liebherr« zu konfrontieren.

»So sieht man sich wieder«, zwinkert ihm der Mann zu, dessen Namen er nicht kennt. Nicht zu kennen braucht, genauso wenig, wie dieser Karls Namen kennen muss.

»Schön, dass das so kurzfristig noch klappen konnte.« Karl ist erleichtert.

Er öffnet seinen Rucksack und nimmt eine Mappe hervor. Darin befinden sich die Einträge des Tagebuchs, welche er in der Firma ausgedruckt hat. Dazu die Urlaubsfotografie von Alexander und Irene Liebherr, welche die Detektive von Erwin erhalten haben.

Karl reicht die Unterlagen dem Kontaktmann. »Diese Unterlagen enthalten sämtliche Informationen, welche sie benötigen, um Irene Liebherr einen Mord nachzuweisen.«

Seine Stimme klingt trocken, emotionslos. Was er hier tut, tut er aus reiner Notwendigkeit. Pragmatismus. Einfluss auf seine berufliche Karriere hat es sowieso keinen mehr.

Den Kommissaren, dem er die Unterlagen gereicht hat, hat er schon vor einigen Jahren kennengelernt. Karl war gerade zum »Abteilungsleiter Lebensversicherung« ernannt worden und befasste sich mit einem ähnlichen Fall. Es handelte sich um einen Mann, der im Verdacht stand, seine eigene Mutter getötet zu haben. Der wohlhabende Vater war schon früh gestorben und hinterliess seiner Familie ein kleines Vermögen, welches die Mutter des Verdächtigten jedoch im Laufe der Jahre aufgrund ihrer Alkoholsucht verprasste. Ihrer Schuld und ihres nahenden Todes bewusst, schloss sie eine Lebensversicherung zugunsten des Sohnes ab. Das waren die Fakten. Was danach geschah, konnte man erst nur mutmassen. Um die hohe Geldsumme, welche im Todesfall ausbezahlt wird, zu erhalten, habe der Sohn seine Mutter erdrosselt. Dies war nicht nur die Überzeugung der Versicherung, sondern auch die der Polizei. Zum Verhängnis wurde ihm aber erst eine Observation von Detektiven der

Versicherung, genau wie im aktuellen Fall.

Der Mord konnte dem Sohn zweifelsohne nachgewiesen werden. Was aber während dem Prozess für Erstaunen sorgte, war der Umstand, dass der Sohn zum Tatzeitpunkt gar nicht über die Existenz der Lebensversicherung gewusst hatte. Er tötete nicht aus Habgier, sondern aus Verzweiflung. Die Wohnsituation mit der alkoholkranken Mutter war so schlimm für ihn, dass er keinen anderen Ausweg mehr sah, als sie zu töten. Erst beim Aufräumen des Arbeitszimmers, welches total heruntergekommen war, stiess er neben dutzenden leeren Schnapsflaschen und ungeöffneten Rechnungen auch auf die Versicherungspolice.

Der Kontaktmann war noch ein junger Polizist und dies sein erster eigener Fall. Karl hat ihm die Ergebnisse der Observation, welche in vielen Belangen nicht legal vonstattenging, zugesteckt und im Gegenzug brachte dieser den Fall in Windeseile zum Abschluss, ohne Fragen zu stellen. Alle waren glücklich und weil sie ahnten, dass sich die Situation eines Tages wiederholen könnte, hat man die Möglichkeit offengelassen, jederzeit wieder in Kontakt treten zu können, nicht ohne gebührende Sicherheitsmassnahmen.

Der Kommissar begutachtet die Unterlagen. Dass er, seit der letzten Begegnung, eine Blitzkarriere hingelegt hat und mittlerweile beim Morddezernat arbeitet, ist für den Fall mehr als nur hilfreich.

»Damit können wir etwas anfangen. Wo haben Sie das her?«, möchte er von Karl wissen.

»Die Fotografie hat sie im Wald verloren. Das Tagebuch haben meine Ermittler in ihrer Villa gefunden.«

Der Kommissar guckt skeptisch. »Im Wald verloren? Wer

verliert schon eine Fotografie im Wald.«

»Es ist die Wahrheit. Aber schon merkwürdig. Vielleicht hat sie Angst gehabt, dass sie bei einer Hausdurchsuchung gefunden werden könnte und sie deshalb immer auf sich getragen.«

»Könnte sein. Aber hätte sie das Bild nicht viel einfacher vernichten können statt im Wald zu verlieren? Irgendwie passt das nicht zusammen.«

Diese Gedanken sind Karl auch schon gekommen. Warum verliert die Witwe eine so belastende Aufnahme einfach so? War es Absicht? Wollte sie, dass man sie findet?

Vielleicht hat sie das schlechte Gewissen nicht mehr ertragen und wollte so ihrem Schicksal auf die Sprünge helfen. Sich selbst ihrer gerechten Strafe zuführen, ohne den nötigen Schritt zur Polizei machen zu müssen.

»Das Bild wäre ohne ihre falsche Aussage ja nicht einmal belastend. Hätte sie die Wahrheit gesagt, hätten wir gar nichts in der Hand gegen sie«, meint Karl dazu.

Dass Irene Liebherr sich ausgerechnet mit der Wahrheit niemals in Verdacht begeben hätte, grenzt beinahe schon an Ironie. Das hat auch der Kommissar gemerkt. Ein Lächeln huscht über seine Lippen.

Nun hat er sich dem Tagebuch angenommen, dessen Einträge Karl ausgedruckt hat.

»Das ist ja interessant«, bemerkt der Kontaktmann. »Die Einträge passen inhaltlich zur Tat. Das könnte vor Gericht durchaus Bestand haben. Und ich bin mir sicher, wenn wir genug Druck ausüben, wird sie die Tat früher oder später gestehen.«

»So soll es auch sein. Sie kriegt das, was sie verdient. Und der Witz an der Geschichte ist ja, wäre mein Chef nicht ein ausgekochter Geizkragen, wäre die Sache niemals ans Licht gekommen.«

Der Kommissar schaut Karl fragend an. »Das verstehe ich jetzt nicht.«

Er erklärt es ihm. »Die Lebensversicherung von Alexander Liebherr sollte an Irene ausbezahlt werden, ohne Wenn und Aber. Doch unser Boss wollte das Geld sparen und sie um die Versicherung prellen. Ich musste also ein Schlupfloch finden, das vor Gericht Bestand gehabt hätte, um die Leistung zu verweigern. So sind wir ihr dann aber tatsächlich auf die Schliche gekommen.«

»Tja, Geiz ist wohl doch geil.«

Beide lachen herzhaft. Der Zug verlangsamt sein Tempo. St.Gallen ist in greifbarer Nähe, die Stunde ist auch schon vorbei. Sie stehen auf und verabschieden sich mit einem starken Händedruck. Zwei Geschäftspartner, die einen Deal abgeschlossen haben. So oder ähnlich.

Der Zug hat angehalten. Karl läuft wieder in die zweite Klasse zurück, wo er aussteigen wird, während der namenlose Kontaktmann den Ausgang in der anderen Richtung ansteuert. Es ist besser, wenn sich nicht zusammen gesehen werden. Bloss zwei Menschen, die sich zufällig im Zug begegnet sind und einen Schwatz über Gott und die Welt gehalten haben. Nichts Besonderes.

Der Kommissar ist in der Dunkelheit verschwunden und Karl steht am Perron. Der nächste Zug zurück nach Zürich fährt erst in fünfunddreissig Minuten. Zeit genug, der Baracca Bar noch einen kurzen Besuch abzustatten.

»Eine Stange bitte!«, antwortet er dem Kellner auf die

Frage, was er gerne trinken möchte und spielt mit dem Gedanken, mit dem Wechselgeld eine Schachtel Zigaretten am Automaten zu holen. Er verwirft den Gedanken ebenso schnell wieder, wie er gekommen ist. Das Bier schmeckt viel zu gut und lockert seine Stimmung auf, sodass er gleich noch ein zweites bestellt. Als er auf die Uhr schaut, merkt er, dass er seinen Zug verpasst hat. Da muss er wohl oder übel auf den nächsten warten. Immerhin reicht die Zeit dann noch für ein drittes und letztes Bier.

13

Der Kommissar, welcher als Kontaktmann fungierte, ist gar nicht so namenlos, wie Karl angenommen hatte. Eigentlich sogar hat er einen ganz gewöhnlichen Allerweltsnamen. Einer, wie es ihn tausendfach gibt, verteilt auf dem ganzen Planeten. Sogar eine amerikanische Horrorfilmfigur wurde so benannt.

Michael Meier. Seine Vorgeschichte ist bekannt. Nun liegt es an ihm, die Ermittlungen im Fall Liebherr zu leiten. Das tut er mit grossem Erfolg. Keine vierundzwanzig Stunden nach dem Treffen mit Karl Brechhammer im Interregio 2277 nach St.Gallen wurde Haftbefehl gegen die Witwe erlassen und sie zu Hause festgenommen. Nun sitzt sie im Verhörraum und wartet darauf, dass Michael sie durch die Mangel dreht.

Er betritt den Raum und setzt sich wortlos ihr gegenüber. Ausser ihnen ist niemand anwesend, nur das Aufnahmegerät auf dem Tisch zwischen ihnen wartet darauf, eingeschaltet zu werden, um jede Bemerkung, jeder auch noch so unbedachte Kommentar von Irene Liebherr minutiös festzuhalten, unwiderruflich, um dann später als Grundlage für eine Verurteilung zu dienen.

Michael starrt die Witwe nur an, macht einen

nachdenklichen Eindruck, eine ganze Minute lang. Er bereitet sich innerlich auf das Gespräch vor, versucht, sich ein Bild von ihrem Inneren zu machen.

Dann endlich drückt er die Aufnahmetaste. Das Verhör beginnt. Er klärt die Witwe über ihr Recht auf, einen Anwalt herbeizuziehen. Sie lehnt ab. Es kann immer nützlich sein, diese Belehrungen auf Band zu haben. Nur für den Fall.

»Frau Liebherr, ich nehme an, Sie wissen, warum sie heute hier sind.«

»Nein. Ich bin unschuldig.«

»Wie wollen Sie wissen, ob Sie unschuldig sind, wenn Sie nicht einmal wissen, was wir Ihnen vorwerfen?«

Die Frage ist so simpel, wie gemein und doch reicht sie aus, Irene Liebherr ein erstes Mal aus der Spur zu bringen. Sie antwortet nicht.

Michael kramt in seinen Unterlagen auf dem Tisch vor sich und setzt seine Lesebrille auf.

»Ah, da haben wir es ja. Wissen Sie, was das ist?« Er zeigt auf das Blatt vor ihm.

»Nein.«

»Dann will ich es Ihnen mal erklären. Das ist der Auszug davon, was sie nach dem Tod ihres Mannes bei uns zu Protokoll gegeben haben.«

»Na und?« Die Witwe ist sichtlich ungerührt.

»Na und? Wenn Sie nicht eine sehr lange Zeit hier bei uns verbringen wollen, sollten Sie sich ernsthafte Gedanken machen, mit uns zu kooperieren. Sie haben ausgesagt, dass sie am Tag des Unfalls das Hotel nicht verlassen haben, weil sie unter Migräne litten. Demnach waren sie nicht bei Alexander Liebherr, als er verunfallte, richtig?«

»Ja, so war es auch.« Wieder keine Emotionen.

Michael Meier knallt das Foto auf den Tisch. »Und was können Sie mir darüber erzählen?«

Jetzt regt sich etwas bei der Witwe. Wie ein kleines Schulmädchen, das ertappt wurde, wie es die Hausaufgaben bei einer Freundin abgeschrieben hatte, schaut sie verstohlen, aber eher genervt den Kommissar an. Mit dem hat sie nicht gerechnet.

»Wo haben Sie das her?« Wut keimt in ihr auf.

»Das tut nichts zur Sache. Was können Sie uns über diese Aufnahme erzählen?«

»Haben Sie keine Augen im Kopf? Zwei Menschen am Strand. Mein verstorbener Ehemann und ich.«

Michael bleibt gelassen. Er hat den ganzen Tag Zeit, wenn es denn sein muss, und auch den nächsten und den übernächsten. Er kann nach Hause gehen zu seiner Familie, wenn die Zeit um ist. Die Witwe dagegen geht zurück in die Zelle. Ein Gefühl der Überlegenheit.

»Jetzt wo Sie es sagen! Tatsächlich, das sind ja Sie. Habe Sie mit dem braunen Teint gar nicht erkannt.«

Michael hat an der Polizeiakademie gelernt, dass Leute, die verwirrt werden, unter psychischem Stress stehen, welcher bewirkt, dass man eher dazu neigt, die Wahrheit zu sagen, weil das Erfinden einer Lüge noch mehr Stress verursachen würde, und das Hirn Stress instinktiv ablehnt. Vielleicht funktioniert dies auch im aktuellen Fall. Es schadet ja nicht, es auszuprobieren.

Irene Liebherr ist gestresst. Was soll das hier werden? Eine lustige Runde mit einem Kriminalbeamten? Michael wartet einen Moment, dann fährt er fort.

»Sehen Sie sich das Datum unten rechts an. Haben Sie nicht gesagt, dass Sie das Hotel nicht verlassen haben?«

»Das Datum war falsch eingestellt, na und? Dann war es ein Tag früher. Oder zwei, was weiss ich.«

»Das haben wir natürlich auch in Erwägung gezogen. Kann ja vorkommen, dass man sich beim Datum vertut. Nur gibt es da ein kleines Problem.«

Er legt eine Canon Powershot Digitalkamera auf den Tisch.

»Diese Kamera dürfte Ihnen vertraut sein. Wir haben Sie in ihrer Villa bei der Hausdurchsuchung beschlagnahmt, welche nach Ihrer Festnahme stattfand. Da es Ihre Kamera ist, wissen Sie sicher bereits, dass sie mit einem GPS Empfänger ausgestattet ist. Dieser Chip empfängt nicht nur den Standort, sondern auch das aktuelle Datum sowie die Uhrzeit. Es ist also unmöglich, dass das Datum auf der Aufnahme falsch ist.«

»Computer machen Fehler«, gibt die Witwe wieder etwas selbstsicherer zurück.

»Nein! Menschen, die sie bedienen, machen Fehler, nicht die Computer. Es ist offensichtlich, dass sie gelogen haben. Die Frage ist nur, warum.«

Es herrscht eisiges Schweigen. Michael gibt ihr einen Moment, um eine Antwort zu geben, doch er wartet vergebens.

»Sie wollen es uns also nicht verraten. Schade. Wird sich nicht strafmildernd auswirken.«

Michael kramt wieder in den Unterlagen. Er legt eine Aufnahme von dem Unbekannten mit dem weissen Fiat Freemont hin. Manfred hat so nahe heran gezoomt, dass nur der Kopf zu sehen ist, allerdings in bester Qualität.

»Was können Sie uns über diesen Mann erzählen?«

»Nichts. Noch nie gesehen.«

»Das ist allerdings sehr merkwürdig, wurden Sie doch beobachtet, wie Sie in seinen Wagen gestiegen sind.« Er zeigt ihr die nächste Aufnahme. Darauf sind nun auch der Wagen und die Witwe zu erkennen. Sie schweigt.

»Wen wollen Sie hier eigentlich verarschen? Sie wollen nichts sagen? Na gut. Ich kann das Verhör jederzeit abbrechen und Sie wandern wieder zurück in die Zelle. Sollte es zu einer Verurteilung wegen Mord aus niedrigen Beweggründen kommen, und das ist ziemlich wahrscheinlich, wenn Sie nicht endlich reden, werden Sie das Gefängnis wohl kaum mehr lebend verlassen. Das wird die nächsten zwanzig Jahre Ihr neues Zuhause und vielleicht auch Ihr Grab. Also reden Sie, Herrgott nochmal!«

Die Farbe ist aus Irene Liebherrs Gesicht gewichen. Wie ein Todeskandidat, der seine letzte Mahlzeit einnimmt, sitzt sie blass und starr vor Schrecken auf ihrem Stuhl. Die Worte des Kommissars haben bei ihr einen Schalter umgelegt. Verdammt, er hat recht. Wenn sie nicht endlich den Mund aufmacht, ist es schlecht um sie bestellt.

»Ich habe gelogen, weil ich mich schützen wollte. Verstehen Sie denn nicht? Es gibt eine Lebensversicherung. Der Verdacht würde doch sofort auf mich fallen, wenn ich Ihnen sage, dass ich die letzte war, die ihn lebend gesehen hat.«

Jetzt hat er sie dort, wo er sie schon die längste Zeit haben wollte. Das Vögelchen singt.

»Und da dachten Sie, mit einer kleinen Lüge würden Sie den Verdacht, der wahrscheinlich nicht einmal aufgekommen wäre, hätten Sie die Wahrheit gesagt, aus dem Weg räumen?

Damit haben Sie sich keinen Gefallen getan.«

»Ich war verzweifelt, konnte kaum mehr klar denken. Mein Mann ist tödlich verunfallt und da stellen Sie mir am nächsten Tag solche Fragen. Es tut mir leid.«

»Gut, gehen wir mal davon aus, Sie sagen die Wahrheit. Wir haben mit dem Mobilfunknetzbetreiber auf Menorca Kontakt aufgenommen und Ihr Telefon orten lassen. Am Tag des Unfalls haben wir aber kein Signal. Vermutlich war es ausgeschaltet.«

Die Witwe weiss nicht, worauf Michael hinauswill. »Das Telefon habe ich im Hotelsafe zurückgelassen. Dort kann man es vermutlich auch nicht lokalisieren. Wer nimmt schon sein Smartphone mit an den Strand?«

»Sie! Es gab nur diesen einen Tag ohne Signal. Bei allen anderen davor konnte ein hervorragendes Bewegungsprofil erstellt werden. Sie haben es sehr wohl an den Strand mitgenommen. Warum ausgerechnet an dem verhängnisvollen Tag nicht? Um die Lüge mit der Migräne zu bekräftigen? Das konnten Sie dann doch noch gar nicht gewusst haben, vorausgesetzt es war wirklich ein Unfall.«

Wieder ertappt! »Ich habe es im Safe vergessen. Sonst war es immer in meiner Handtasche, die ich an den Strand mitgenommen habe.«

»Also doch! Sie lügen hier in einer Tour. Erst wenn wir Sie mit unseren Beweisen konfrontieren, packen Sie aus. So wird das nichts.«

Er schaut ihr tief in die Augen. Für ihn haben sich mit diesem Gespräch sämtliche Zweifel, die geblieben sind, erübrigt. Bleibt nur noch, ihr ein Geständnis zu entlocken.

Er schiebt das Bild mit dem Unbekannten näher zu ihr.

»Was können Sie uns zu diesem Mann erzählen? Immer noch nie gesehen?«

»Verdammt, ich hatte eine Affäre mit ihm. Nach dem Tod meines Mannes hat er mir Trost gespendet.«

»Wann begann das Ganze?«, will Michael wissen.

»Etwa vor einem Jahr. Die Ehe war die Hölle, mein Mann schlug mich fast täglich. Da lernte ich Vincent kennen.«

»Den Mann auf dem Bild?«

»Genau. Wir begegneten uns oft draussen am See mit den Hunden. Er hatte einen Labrador und ich war mit unserem Pinscher dort. Die beiden mochten sich, wie Vincent und ich. Anfangs blieb es bei ausgiebigen Spaziergängen und oberflächlichen Gesprächen. Später dann verabredeten wir uns. Dieser Mann gab mir seit langem wieder das Gefühl, etwas wert zu sein. Er hörte mir zu und sah mich an, als wäre ich eine Göttin. Er begehrte mich. Es entstanden beidseitig tiefe Gefühle.

Ich musste aber höllisch aufpassen, dass Alexander nichts davon erfuhr. Weiss Gott, was er mit mir angestellt hätte. Und mit Vincent.«

Michael ist unschlüssig, ob er ihr glauben soll. Sie hat schon so viel gelogen und es spricht alles gegen sie. Ausserdem kann er auch nicht glauben, dass Alexander Liebeherr vom Obergericht Zug ein Schläger gewesen sein soll. Andererseits wäre das aber auch ein hervorragendes Motiv.

»Haben Sie je daran gedacht, ihren Mann zu verlassen?«

»Ich habe oft mit dem Gedanken gespielt. Aber die Angst lähmte mich, es wirklich zu tun. Alexander hatte nicht nur auf mich sehr viel Einfluss. Er hätte mich vernichten können, ohne mit der Wimper zu zucken.«

120

»Verstehe. Was ist dann passiert?«

»Ich konnte die Beziehung, wenn man das so nennen kann, erfolgreich vor Alexander verbergen. Ich war sehr vorsichtig. Geschlafen mit Vincent habe ich aber erst kurz vor dem Unfall. Alexander war begeisterter Klippenspringer, ausserdem diente der Urlaub auch dazu, den äusserlichen Schein einer glücklichen Ehe zu wahren. Mir war es recht, im Urlaub behandelte er mich etwas besser, schlug mich auch nicht. Die blauen Flecken konnte man im Bikini ja auch viel besser sehen, da wäre er noch in Erklärungsnot gekommen. Trotzdem vermisste ich Vincent in der Zeit.«

Der Polizist kramt wieder in den Unterlagen.

»Wir haben Auszüge aus Ihrem Tagebuch. Darin haben Sie geschrieben, dass Sie es getan haben. Was meinen Sie damit?«

Irene Liebherr erblasst. Dass fremde Leute ihr Tagebuch gelesen haben sollen, kann Sie fast nicht glauben. Sie ringt nach Luft, probiert aber, die Fassung zu wahren.

»Ich habe mit Vincent geschlafen, das meine ich damit. Wissen Sie, ich wurde streng katholisch erzogen und Ehebruch ist sowas wie ein Todesurteil, auch wenn mein Mann der Teufel in Person war.«

»Verstehe. Was wissen Sie über diesen Vincent? Name, Adresse, Beruf, Alter. Soviel Zeit, wie Sie mit ihm verbracht haben, sollte Ihnen das doch geläufig sein.«

»Darüber haben wir uns nie wirklich unterhalten. Mir reichte es, dass er Vincent heisst. Er erzählte mir, dass er seit einigen Jahren geschieden ist und seither keine ernsthafte Beziehung mehr geführt habe. Sonst hat er nicht viel über sich preisgegeben.«

»Hat sie das nicht misstrauisch werden lassen?«

»Im Nachhinein vielleicht schon. Aber es gab nie einen Grund, an ihm zu zweifeln. Er war nicht der Mann der grossen Worte, aber hat mir stets geschmeichelt mit dem, was er gesagt hatte. Ein Frauenversteher eben. Vielleicht wollte er mich auch nicht langweilen. Er hat einmal erwähnt, dass er selbstständiger IT-Supporter ist. Davon verstehe ich nicht viel.«

IT-Supporter also. Das wird Michael nachprüfen. Wenn es einen selbständigen IT-Supporter mit dem Name Vincent gibt, wird er ihn auch finden.

»Wo und wie wohnte er? Waren Sie jemals bei ihm zu Hause?«

»Warum interessiert Sie das überhaupt so dringend? Er hat mit der Sache genauso wenig zu tun, wie ich. Nein, ich war nie bei ihm. Seine Wohnung sei zu klein und zu unaufgeräumt, hat er mir einmal gesagt. Irgendwo am Zugersee.«

»Okay, okay!«, sagt Michael und stoppt die Aufnahme. Das reicht fürs Erste. Es wird einige Zeit in Anspruch nehmen, die neuen Informationen auszuwerten. Doch für ihn ist der Fall sowieso klar. Nur zählt das nicht. Die Staatsanwaltschaft wird über Irene Liebherr richten, aber es ist davon auszugehen, dass sie aufgrund der aktuellen Beweislage zu dem gleichen Entschluss kommen wird, wie er.

»Was geschieht jetzt mit mir?«, will sie wissen.

»Sie werden zurück in die Zelle gebracht. Dort bleiben Sie auch die nächste Zeit, wenn der Staatsanwalt die Untersuchungshaft verlängern sollte, was anzunehmen ist.«

Die Tür öffnet sich und ein Gefängniswärter führt die Witwe heraus. Michael Meier bleibt noch eine Zeit lang sitzen und versucht, die Puzzlestücke in seinem Kopf in die richtige Reihenfolge zu bringen. Doch das Puzzle ist längst vollständig, das weiss er. Aber irgendwas lässt ihm trotzdem keine Ruhe.

14

Die Zeit nach dem Verschwinden ihres Mannes wurde für Maria die härteste überhaupt. Sie konnte nicht länger zu Hause bleiben und die Kinder umsorgen, sondern musste selbst betteln gehen. Die Abwärtsspirale drehte sich weiter, die Umstände verschlechterten sich zusehends von Tag zu Tag. Das blieb auch den Marktbesuchern, die zu hunderten täglich an ihr vorbeiströmten und ihr manchmal eine kleine Münze hinterliessen, nicht verborgen. Nicht alle führten Gutes im Schilde.

An einem sonnigen Dienstagmorgen trat ein junger, gutaussehender Mann zu der sichtlich abgemagerten und verwahrlosten Maria heran und warf ihr mehrere Münzen in den Becher. Ungläubig schaute sie zu ihm hoch. So etwas kam nur höchst selten vor. »Ich kann Ihnen helfen«, sprach der Mann in leisem Ton zu ihr. Der Klang seiner Stimme verriet Maria, dass er es ernst meinte. Ihre Augen weiteten sich vor Freude. Sofort rückte die Geschichte um den reichen Mann und die verwahrlosten Kinder wieder in ihr Bewusstsein. Das Schicksal hatte sie arg gebeutelt, vielleicht aber war dies nun der Tag, an dem sich alles ändern würde.

»Folgen Sie mir!«, forderte der Unbekannte sie auf. Im

Taumel der Euphorie und zugleich der Verwirrtheit, realisierte Maria erst gar nicht, was der Fremde gesagt hat. Erst als er seine Aufforderung wiederholt hatte, raffte sie sich auf. »Und was geschieht mit meinen Kindern?« Sie zeigte auf die Zwillinge, die neben ihr in einem Körbchen, abgeschottet vor neugierigen Blicken, friedlich schlummerten. Der junge Mann lachte herzhaft. »Die nehmen Sie ganz einfach mit.«

Die Mutter wusste gar nicht, wie ihr geschah. Ehe sie sich versah, fand sie sich auf dem Rücksitz einer flotten Limousine wieder. Sie genierte sich erst, einzusteigen, da sie mit ihren schmutzigen Kleidern nicht die edlen Ledersitze verdrecken wollte, doch als der Fremde, der ihr Unbehagen spürte, ihr versichert hatte, dass es kein Problem sei, ist sie schliesslich eingestiegen. Der junge Mann nahm auf dem Beifahrersitz Platz. Vom Fond des Wagens aus konnte Maria die Augen des Fahrers im Rückspiegel erkennen. Sie wirkten kalt und müde. Der Mann schien nicht glücklich zu sein. »Wie dumm von mir. Ich habe mich ja noch gar nicht vorgestellt. Gestatten Sie: Louis mein Name«. Der Mann auf dem Beifahrersitz drehte sich um und reichte Maria die Hand. Während sie seine Hand schüttelte, beschlich sie ein ungutes Gefühl. Was wollten diese Menschen, die in einer Welt lebten, in die sie nicht hineinzupassen schien, von ihr? Warum sass sie in einem Wagen mit zwei wildfremden Menschen? »Sie wollen mir wirklich helfen?«, fragte sie zaghaft, nicht ohne Scham in der Stimme, die sie kaum verbergen konnte. Stellte sie etwa die selbstlose Hilfe dieser Leute in Frage? War sie wirklich so selbstlos, wie sie schien, oder steckte mehr, gar Bösartiges, dahinter? Eine Entführung konnte Maria jedenfalls erleichtert ausschliessen. Wer sollte sie denn schon entführen? Und wer würde das Lösegeld bezahlen? In den Kreisen, in denen sie verkehrte, war man schon froh, wenn man täglich ein Stück Brot auf dem Teller hatte. »Ja, vertrauen Sie mir«, entgegnete er ihr.

»Warum ausgerechnet ich? Was muss ich dafür tun? Kann ich mit den Kindern in einem Haus leben?« Die Fragen sprudelten nur so aus Maria heraus. Ihre Menschenkenntnisse verrieten ihr, dass sie dem Mann trauen konnte. Seine Augen logen nicht. Sie war nun wieder optimistisch und sah sich vor ihren geistigen Augen schon in einem schicken Häuschen wohnen. Sollte doch Javier weiterhin unter der Brücke oder wo auch immer hausen. Ihr konnte es egal sein. Es war der gerechte Lohn für jemanden, der seine Familie im Stich lässt. Karma!

Nach rund zehn Minuten, die die Insassen schweigend verbrachten, steuerte der Wagen eine abgelegene Villa auf dem Land an. Marias Herz schlug höher. Der Fahrer stieg aus und öffnete ihr die Tür, während der junge Mann ein Zeichen gab, ihm zu folgen. Die Limousine fuhr indessen wieder davon. Ein Zurück schien es also nicht zu geben.

Das Haus war pompös und erinnerte an alte Villen aus Mafiafilmen. An den Wänden hingen überall teure Bilder und die Türgriffe waren allesamt vergoldet. Maria, die noch den Korb mit den schlafenden Zwillingen zu tragen hatte, schossen tausende Gedanken durch den Kopf. War das hier der Hauptsitz einer kriminellen Organisation oder bloss das Zuhause eines erbarmenden Kunsthändlers?

Vor einer Tür im oberen Stock blieben sie stehen und Louis klopfte an. Ein voluminöses »Herein!« signalisierte ihnen, einzutreten. Louis öffnete bedächtig die Tür. Marias Puls schoss in die Höhe. Was würde sie dahinter erwarten?

Der in die Jahre gekommene Raum schien als Büro zu dienen. Kalter Zigarrenrauch lag in der Luft, der von dem rotierenden Deckenventilator noch mehr verteilt wurde. Der Tisch aus Wurzelholz und die Sessel aus Echtleder schienen von hoher Qualität zu sein. Auch an diesen Wänden hingen Bilder. Im Sessel sass ein alter Mann mit einem freundlichen Gesicht, der in den Händen ein Cognacglas hielt, das noch bis zur Hälfte gefüllt war. Im Aschenbecher qualmte eine Zigarre munter vor sich hin. Maria verabscheute diesen Gestank. »Freut mich, Sie endlich kennenzulernen. Man nennt mich ›El Gorila‹, der Gorilla«, sagte er mit nettem Tonfall und streckte seine Hand aus. Die Mutter, welche nicht so recht wusste, was sie von dieser Szene halten sollte, machte zaghaft einige Schritte in Richtung Schreibtisch und reichte ihm die Hand. Sein Händedruck war fest, sodass ihre Hand zu schmerzen begann. Eingeschüchtert machte sie einen Satz nach hinten, was dem alten Mann nicht entging. »Oh, tut mir leid, das wollte ich nicht. Bitte verzeihen Sie!« Er machte eine kurze Pause, in der er Maria Zeit liess, sich zu sammeln.

»Zwei hübsche Babys haben Sie da. Darf ich mal sehen? « Maria erstarrte. Woher wusste er, dass es zwei waren? Sollten etwa die Kinder der Grund sein, warum sie heute hier war? Zögernd stellte sie den Korb auf den Schreibtisch und schob die Decke im Korb beiseite. Der Mann streichelte den Zwillingen über den Kopf und deckte die beiden wieder zu. Dann kam er zur Sache. » Sie fragen sich sicher, warum wir Sie hierher bestellt haben, nicht wahr? Nun ja, gewissermassen geht es nicht um Sie.« Marias spürte, wie sich ihr Magen verkrampfte. Also doch! »Sie sind uns schon seit geraumer Zeit aufgefallen. Sie und ihre wunderbaren Kinder. Uns ist auch nicht entgangen, dass ihr Mann Sie im Stich gelassen hat. Zufälligerweise kennen wir seinen Aufenthaltsort. Möchten Sie ihn wissen?«

Sie wollte antworten, doch irgendwas schnürte ihr die Kehle zu. Nur mit Müh und Not brachte sie ein dünnes Nein hervor. Das wollte sie nun wirklich nicht erfahren. Mit diesem Mann hatte sie abgeschlossen, er ist für sie gestorben.

»Nicht? Nun, ganz wie Sie wollen«, fuhr der alte Mann in noch immer sehr freundlichem Ton fort. »Tut sowieso nichts zur Sache. Doch kommen wir zum Wesentlichen. Wir sind uns ihrer prekären finanziellen Lage durchaus bewusst. Lange werden Sie ihre kleine Familie ohne fremde Hilfe nicht mehr über Wasser halten können. Jetzt kommen wir ins Spiel. Zweihunderttausend für einen, das Doppelte für beide. Mit einem Schlag wären Sie all ihre Sorgen los.«

Nun zog es Maria endgültig den Boden unter den Füssen weg. In einer Sekunde zerplatzte die Illusion von einem besseren Leben. Stattdessen war sie an einen Menschenhändlerring geraten. Sie wollte nur noch schreien, diesen Raum in ein Flammeninferno verwandeln.

»Nein, lieber sterbe ich!«, brüllte sie mit voller Kraft. Dann ergriff sie den Korb und rannte zur Tür hinaus. Louis wollte ihr hinterher, doch El Gorila hielt ihn zurück.

»Lass sie gehen. Die kommt schon wieder!«

»Was macht dich da so sicher?«, wollte Louis von ihm wissen.

»Ich habe ihr meine Visitenkarte hinterlassen«

»Wo denn?«

»Im Korb der Kinder!«

»Nicht dein Ernst!« Louis schüttelte ungläubig den Kopf. Dann begannen beide laut zu lachen.

Die verzweifelte Mutter rannte solange, bis die Villa aus ihrem Blickwinkel verschwand und sie erschöpft auf dem Boden zusammenbrach. Hatte sie noch vor wenigen Minuten die Kraft gefunden, ihre Meinung lautstark kundzutun, so war sie jetzt nur noch ein schluchzendes Häufchen Elend, das sich vor Scham und Verzweiflung auf dem Boden krümmte. Durch die Rennerei waren die Kinder aufgewacht und schrien im Duett mit ihrer Mutter.

15

Einige Tage sind vergangen und Andreas Gruber hat sich dem neuen, unverhofft zugespielten Fall angenommen. Das alles ist schon sehr merkwürdig. Ein Staatsanwalt verunfallt tödlich, eine Versicherung will nicht zahlen, kommt einem Mord auf die Schliche und der zuständige Versicherungsmann wird entlassen. Und dann kommt er ins Spiel, als ob er sich je mit diesem Fall befasst hätte. Mit etwas Glück hat Karl bereits genug Vorarbeit geleistet, sodass er jetzt nur noch die Lorbeeren zu ernten braucht. Das ist eigentlich gar nicht seine Art, aber er hat es sich ja auch nicht ausgesucht. Andreas mochte Karl, auch wenn er nie wirklich viel mit ihm zu tun hatte. Man grüsste sich auf dem Flur und es kam auch mal vor, dass man gemeinsam das Mittagessen zu sich nahm, das war es dann aber auch schon wieder. Wenn sie enger miteinander gearbeitet hätten, wären sie vielleicht dicke Freunde geworden. Daraus wird wohl nichts mehr werden. Warum er wohl einfach so Hals über Kopf die Firma verlassen musste? Oder war er gar freiwillig gegangen? Am liebsten würde Andreas ihn sofort anrufen und ihn mit diesen Fragen konfrontieren, aber es ist nicht der beste Zeitpunkt, noch viel zu früh. Besser noch ein wenig warten, dann wird sich eine passende Gelegenheit ergeben.

Sollte der Direktor seiner Forderung Folge leisten und den Posten räumen, wäre es nicht gänzlich ausgeschlossen, dass er die Funktion übernehmen wird. Klar gibt es noch andere Anwärter auf das Amt, aber Andreas hat den entscheidenden Vorteil, dass er sich bereits jetzt schon auf diesen Tag vorbereiten und sich Argumente zurechtlegen kann, während die anderen aus heiterem Himmel von Martins Abschied erfahren werden.

Sollte es klappen, wird er Karl wieder einstellen, vorausgesetzt dieser möchte das auch. Auf jeden Fall wird er das Gespräch mit ihm suchen.

Doch noch darf er sich nichts anmerken lassen. So weitermachen wie bisher, lautet die Devise. Bloss nicht übermütig werden.

Der Fall ist komplizierter als gedacht, vor allem, weil Karl kaum auffindbare Unterlagen zurückgelassen hat. Andreas steht bei Null und ehe er sich eingearbeitet hat, sollte die Geschichte sowieso längst erledigt sein. Bis Ende Monat. Aber egal, Martin ist dann eh weg und er braucht nichts mehr zu befürchten vor ihm. Dann hat er alle Zeit der Welt.

Für was jetzt noch eine Hektik veranstalten? Die Dinge, die ihren Lauf nehmen, kann er auch nicht beeinflussen. Füsse hoch und zurücklehnen. Oder Kaffee trinken.

Er verlässt sein Büro und sucht die Kantine auf. Hier herrscht tote Hose, scheinbar sind alle übereifrig an der Arbeit. An der Kaffeemaschine gönnt er sich einen Cappuccino und setzt sich damit an einen der leeren Tische. Sein Blick fällt auf die »Neue Zürcher Zeitung«, welche aufgeschlagen vor ihm liegt. Besonders ein Artikel, nur eine kleine beiläufige Randnotiz, zieht ihn in seinen Bann. Was er da liest, löst zwar ein kleines Problem für ihn, doch er empfindet auch gleichzeitig tiefes Mitgefühl.

Tod in Untersuchungshaft
Wie die Staatsanwaltschaft Zürich bestätigt, ist es gestern zu einem tragischen Suizid in der JVA Pöschwies gekommen. Die Ehefrau des kürzlich tödlich verunfallten Alexander Liebherr, Irene Liebherr, sei gegen Abend leblos in ihrer Zelle aufgefunden worden. Fremdeinwirkung kann ausgeschlossen werden. Nähere Umstände zur Tat sind zurzeit noch nicht bekannt. Alexander Liebherr war national bekannter Richter am Kantonsgericht Zug und eine der schillerndsten Figuren der Schweizer Justiz.

Irene Liebherr ist also tot. Suizid in der JVA. Er wusste nicht einmal, dass sie verhaftet wurde. Ob Karl dafür gesorgt hat oder die Polizei ihr von selbst auf die Schliche gekommen ist, spielt jetzt auch keine Rolle mehr. Der Fall ist versicherungstechnisch erledigt und kann endgültig zu den Akten gelegt werden. Das bedeutet, dass Arbeit, die er nie wollte und ihm trotzdem aufgedrängt wurde, ihm erspart bleibt. So weit, so gut. Doch merkwürdigerweise fängt sein Interesse genau jetzt, wo er vom Tod der Witwe erfährt, erst an, jetzt, wo es ihn überhaupt nicht mehr zu interessieren braucht. Was treibt einen Menschen dazu, sich selbst das Leben zu nehmen? Ist es die pure Angst davor, für etwas belangt zu werden, was man nicht getan hat oder doch das schlechte Gewissen, das Menschen von innen auffrisst und zu so einer Tat verleiten kann? Gut möglich, dass Irene Liebherr einen Abschiedsbrief hinterlassen hat, doch den wird er wohl kaum jemals zu Gesicht bekommen.

Noch mehr als ohnehin schon verspürt er das Verlangen, Karl anzurufen und ihm von dieser Schlagzeile zu berichten, auch wenn dieser Mann, welchen er kaum kennt, die Neuigkeit vermutlich schon längst selbst gelesen hat.

Auf einmal steigt Reue in ihm auf, die Reue, Karl nicht besser gekannt zu haben. So viele Gelegenheiten, die sich ergeben haben und die er nicht genutzt hat. Am liebsten würde er jetzt sofort zu ihm fahren, ihn am Arm packen und in die nächste Kneipe schleppen. Dort könnte man bei paar Bieren über alles reden, was es zu reden gibt, stundenlang. Über die Kündigung, über Martin, über die Liebherr, einfach über alles, sogar die Erpressung. Karl hasst Martin genau wie er, dass weiss er und gemeinsam hasst es sich schliesslich immer noch besser als alleine.

Doch Priorität hat nun, das gemeinsame Hassobjekt, der Direktor, über die Entwicklung des Falles zu unterrichten. Dabei kann Andreas gleich auch die Lage abchecken, ob er bereits das Feld am Räumen ist oder sonstige Anstalten macht, die darauf schliessen lassen, dass er in dieser Firma bald Geschichte sein wird.

Er greift zum Telefon und wählt seine Nummer. Eigentlich gehört es sich nicht, den Direktor persönlich anzurufen, denn man lässt sich normalerweise einen Termin von seiner Sekretärin, Charlotte, geben. Doch Andreas fühlt sich ihm so überlegen, dass er es dennoch tut.

Es klingelt und Martin Sturzenegger nimmt ab. Nachdem Andreas diesem von einer sensationellen Wendung erzählt hat, kann der Direktor nicht anders, als ihn sofort in sein Büro zu bitten. Diese Einladung nimmt Andreas dankend an.

Charlotte weiss bereits Bescheid und winkt ihn mit einem »Der Herr Direktor erwartet sie bereits!« durch. Selbstsicher schreitet Andreas zur Tür, klopft, und tritt ein, ehe er eine Aufforderung dazu gehört hätte.

Martin sitzt hinter seinem Schreibtisch, sicherlich nicht erfreut über das ungebetene Eintreten, aber auch nicht erschrocken, denn er hat ihn ja bereits erwartet. Ehe er reagieren kann, holt Andreas tief Luft und holt weit aus.

»Guten Tag Herr Sturzenegger. Ich kann nicht anders, als Ihnen hier und jetzt von meinen Ermittlungsergebnissen von dem Ihnen mir zugeteilten Fall zu berichten.«

Andreas legt bewusst eine Pause ein und wartet die Reaktion von Martin ab. Dieser guckt ihn skeptisch an, sagt aber nichts, nur seine Körpersprache spricht Bände, denn seine Augen sind zu dünnen Schlitzen zusammengekniffen, sodass man sie mit Zahnseide hätte verbinden können. Andreas lässt sich nicht beirren und fährt, noch selbstbewusster als zuvor, fort.

»Verzeihen Sie, dass ich so ungefragt hereinplatze, aber«, er kann den Spott in seiner Stimme nicht verkneifen, »aber ich darf feierlich berichten, dass der Fall Liebherr abgeschlossen ist, durchaus im positiven Sinne.«

Wieder wartet er. Martins Gesichtsausdruck hat sich kein bisschen verändert. Immer noch verharrt er hinter seinem Schreibtisch, jederzeit bereit, sich auf die feindliche Bestie zu stürzen. Andreas wartet. Allmählich heitert sich der Gesichtsausdruck des Direktors auf.

»Ich wusste, dass Sie der Richtige dafür sind. Gut gemacht, Sie bekommen mit der nächsten Lohnabrechnung eine gebührende Prämie.«

Stille. Keiner sagt etwas und das verwirrt Andreas. Er hätte nie gedacht, dass Martin so knausert mit Worten, immerhin hat er einen wichtigen Fall, bei dem es um sehr, sehr viel Geld geht, abgeschlossen.

»Das ist alles?«, will er wissen. Es scheint den Boss nicht einmal zu interessieren, wie er es geschafft hat. Auch wenn ihm Karls Arbeit und der Zufall in die Hände gespielt haben und Andreas nichts weiter zu tun brauchte, als einen Artikel in der NZZ zu lesen, welcher zufällig, beinahe schon vom Schicksal extra für ihn aufbereitet, vor seiner Nase gelegen und nur darauf gewartet hat, von ihm gelesen zu werden. Es spielt keine Rolle. Martin hat Andreas darum gebeten, ja eher gezwungen, den Fall zu übernehmen und zu beenden, und das hat er getan. Wie, ist nicht von Belang. Er mag zwar eine Prämie bekommen, doch er will mehr, nicht nur eine simple Anerkennung, sondern den Ruhm, der ihm gebührt.

»Ja, das ist alles. Was erwarten Sie? Dass ich Ihnen die Füsse küsse? Meinen Respekt haben Sie, dazu noch eine stattliche Prämie. Das muss reichen. Job erledigt, gut gemacht. Und jetzt genauso weiterarbeiten. Sie entschuldigen mich, ich habe zu tun.«

Andreas muss sich selbst zwingen, nicht ausfallend zu werden. Er schluckt den Groll hinunter und verlässt wortlos das Büro des Direktors. Eigentlich läuft alles nach Plan, er sackt für den Abschluss eines enorm wichtigen Falls, der ihm keinerlei Arbeit bescherte, eine vermutlich hohe Prämie ein. Doch die selbstgefällige Art von Martin, der selbst überhaupt nichts auf die Reihe bringt und seinen Rang in der Firma einem Umstand verdankt, den niemand, aber wirklich niemand auch nur erahnen, geschweige denn, kennen kann, treibt ihn noch zur Weissglut. Doch der wird sich noch wundern. Das kleine Filmchen von ihm und Charlotte, das er ihm hatte zukommen lassen, scheint ihn nicht zu beeindrucken. Aber eines wissen nur sie beide: Die Tage des Direktors sind gezählt.

Andreas wird alles besser machen, wenn es denn soweit ist. Und es dauert auch nicht mehr lange. Er reibt sich die Hände. Sein Lachen klingt diabolisch und voller Schadenfreude. Noch eine Woche, dann ist Zahltag.

16

In der JVA Pöschwies herrscht gedrückte Stimmung. Dass sich hier vor kurzer Zeit eine Insassin das Leben genommen hat, rückt das Untersuchungsgefängnis in kein gutes Licht. Wie konnte das bloss passieren? Es werden sämtliche Vorkehrungen getroffen, um so eine Tat zu verhindern, und dennoch liess sich Irene Liebherr nicht davon abhalten, es trotzdem zu tun. Ausserdem ist es nicht das erste Mal, dass so etwas geschehen ist. Vor gar nicht langer Zeit hat schon ein männlicher Häftling, der im vorzeitigen Strafvollzug sass, seinem Leben jäh ein Ende bereitet.

Auch Michael Meier, der den Fall leitet, ist zutiefst bestürzt. Keinen Vorwurf macht er dem Wärter, welcher der Witwe auf ihr Verlangen einen Notizblock und einen Kugelschreiber in die Zelle brachte. Hätte er es nicht getan, würde es keinen Abschiedsbrief geben, welcher vielleicht ein wenig Licht in den eigentlich so gut wie abgeschlossenen Fall werfen könnte.

Zur Seite steht ihm Tim Gautschi, sein persönlicher Assistent, auf welchen er grosse Stücke hält. Tim erinnert Michael, wie er selbst einmal war, als er die Polizeischule mit grossem Erfolg abgeschlossen hat und am Anfang der polizeilichen Karriereleiter stand, welche er in all den Jahren mühelos erklimmen konnte. Es war nicht immer leicht, doch ohne Fleiss kein Preis, das musste er schon früh lernen und so ist es überall im Leben. Wer immer nur den einfachsten Weg wählt, wird keinen Erfolg erzielen, so seine Meinung.

Tim hat die erste Hürde, die Polizeischule, mit Bravour gemeistert und nimmt jetzt die nächste in Angriff. Michael begleitet ihn auf diesem Weg und steht ihm mit Rat und Tat zur Seite. Doch er konnte in vielen Situationen auch schon von ihm profitieren, wenn er selbst den Wald vor lauter Bäumen nicht mehr gesehen hat. Es ist ein Geben und ein Nehmen und sie ergänzen sich gegenseitig wunderbar.

An diesem Morgen sitzen sie zusammen mit einer Tasse Kaffee in der Hand in Michaels Büro im Zürcher Hauptquartier und gehen die Tragödie, welche sich in der JVA Pöschwies ereignet hat, nochmals im Detail durch.

»Traurig, dass es soweit kommen musste. Hätte ich nicht so viel Druck auf sie ausgeübt, wäre sie wahrscheinlich noch am Leben.«

»Das konntest du doch nicht ahnen«, entgegnet ihm aufmunternd sein Kollege Tim, »und ein schlechtes Gewissen macht sie ja auch nicht wieder lebendig.«

Michael ist sichtlich mitgenommen, denn das hätte er nie gewollt, selbst wenn er der Meinung ist, dass eine Mörderin wie sie den Tod verdient hat. Doch mittlerweile weiss er selbst nicht mehr, ob sie es wirklich getan hat. Nach dem Verhör war er sich sicher und der Selbstmord bekräftigt diese Meinung nur noch zusätzlich, doch irgendwie will alles nicht so recht zusammenpassen.

»Ausserdem konnten wir ja nicht wissen, dass sie schwer herzkrank ist und ohne ihre Tabletten nicht lange überleben kann. Hätte sie doch etwas gesagt. Wir hätten ihr die Tabletten besorgen können.«

Auf den ersten Blick sah es gar nicht aus wie ein klassischer Selbstmord. Dieser wäre auch schwierig zu bewältigen gewesen, weil seit dem ersten Zwischenfall die Sicherheit drastisch erhöht wurde. Die Autopsie ergab, dass Irene Liebherr einen Herzstillstand erlitt, welcher durch die passende Medikation zu verhindern gewesen wäre. Auch fand man Rückstände dieses Mittels im Blut; sie wusste also um ihre Krankheit und behandelte sie bis zu ihrer Festnahme auch entsprechend.

Doch seit sie unter Mordverdacht stand, wollte sie ihrem Leben ein Ende setzen und brach die Behandlung ab. Da sie keine Tabletten auf sich trug, hätte sie die Polizeibeamten auf ihre Situation aufmerksam machen müssen, doch das unterliess sie und schrieb stattdessen einen Abschiedsbrief in ihrer Zelle, im Wissen, dass sie diese Nacht wohl nicht überleben wird. So war es dann auch. Der Wärter, der ihr am Morgen das Frühstück in die Zelle bringen wollte, fand sie leblos in ihrem Bett. Sämtliche Wiederbelebungsversuche schlugen fehl und man konnte sie nur noch für tot erklären.

»Vielleicht haben wir ja irgendwas übersehen«, meint Michael. Der Abschiedsbrief, der in Form eines letzten Tagebucheintrages geschrieben wurde, liegt vor ihm auf dem Tisch. Sie haben ihn schon zigmal gelesen und doch liest er ihn noch ein weiteres Mal. Laut, sodass auch Tim es nochmal hören kann.

Nun ist es soweit, meine Zeit ist gekommen und der Abschied naht. Tut mir leid, dass es so enden muss, doch es geht nicht anders. Ich war mein Lebtag unglücklich mit einem Mann verheiratet, der mich schlägt und für dessen Tod ich jetzt noch verantwortlich gemacht werde. Auch wenn ich mir inständig gewünscht habe, er wäre tot, habe ich mit seinem Ableben nichts zu tun. Doch es spielt keine Rolle mehr, ob mir nun jemand glaubt oder nicht. Nur Gott war dabei und weiss, wie es wirklich war. Er allein wird über mich richten.

Anne, bitte pass gut auf Fido auf.

Lebt wohl

»Fido ist wohl der Pinscher der Witwe. Bei der Hausdurchsuchung wurde der Hund mitgenommen und vorläufig im Tierheim abgegeben. Kümmert sich ja sonst keiner mehr um ihn. Dann wird wohl diese Anne sein neues Frauchen werden«, fasst Tim zusammen.

»Genau«, stimmt ihm Michael zu, »wir müssen unbedingt mit ihr reden. Vielleicht hat sie noch Informationen für uns, die uns weiterbringen könnten.«

»Wenn wir uns nochmals in der Villa umsehen, finden wir bestimmt einen Hinweis, wo diese Anne zu finden ist. Eine Adresse oder Telefonnummer. Scheint ja eine enge Bekannte von der Liebherr gewesen zu sein, wenn sie schon im Abschiedsbrief erwähnt wird. Und diesem Vincent will ich auch noch auf den Zahn fühlen.«

Michael nickt ihm zu. Noch heute werden sie zum Anwesen fahren und alles auf den Kopf stellen, bis sie die gesuchten Informationen zu dieser Anne gefunden haben.

»Da wäre noch was«, sagt Michael, »der Staatsanwalt hat

heute Abend zum Apéro geladen. Scheinbar will er etwas verkünden. Kommst du auch mit?«

»Klar. Lasse mir doch diese Gelegenheit, ihm privat die Hand zu schütteln, nicht entgehen. Vielleicht bietet er mir ja sogar das ›Du‹ an«, erwidert Tim schmunzelnd.

Am schwarzen Brett hängt schon seit einer Woche die Einladung.

»Der Herr muss ja ein grosses Haus haben, wenn er in Kauf nimmt, dass alle Leute, die er eingeladen hat, auch kommen. Bestimmt über zweihundert.«

»Gehört sich ja auch so für einen Staatsanwalt. Ausserdem glaube ich kaum, dass auch nur die Hälfte kommt. Lassen wir uns überraschen. Erstmal fahren wir nach Meilen und decken die Identität dieser ominösen Anne auf. Beeil dich bitte, ich möchte gleich los.«

Keine zehn Minuten später sitzen die beiden im Wagen, Tim fährt und Michael geniesst ausnahmsweise als Beifahrer die Landschaft an diesem schönen Oktobertag.

Der Verkehr läuft ruhig und so erreichen sie die Villa in weniger als vierzig Minuten. Mit dem Schlüssel verschaffen sie sich Zutritt zu dem pompösen Anwesen, welches Ehrfurcht einflössend ihnen zu Füssen liegt.

Darin riecht es modrig und abgestanden. Wäre wieder mal an der Zeit, ordentlich zu lüften. Doch das ist nicht ihre Aufgabe. Seit der Festnahme und der anschliessenden Hausdurchsuchung scheint niemand mehr hier gewesen zu sein. Wer sollte auch, jetzt, wo beide Bewohner tot sind.

Wie es mit dem Anwesen weitergehen soll, ist noch unklar. Kinder hatten die beiden keine und ein Testament konnte auch noch nicht gefunden werden. Gut möglich, dass die Villa öffentlich versteigert wird und der Erlös der Staatskasse zugutekommt. Das wäre sehr zu begrüssen, denkt Michael, denn die Sparmassnahmen des Bundes werden immer drastischer.

»Hier drüben!«, ruft Tim Michael zu. »Sieh dir das mal an!« Er hält ein gerahmtes Foto in der Hand, das auf dem Nachttischchen stand. Darauf zu sehen sind Irene Liebherr, Fido, und eine unbekannte Frau.

»Könnte doch die Anne sein, meinst du nicht auch?«

Michael bejaht. Er öffnet den Rahmen und nimmt das Foto heraus. Die Rückseite gibt das Aufnahmedatum, aber leider keinen Namen preis. Ist schon eine ältere Fotografie. Er setzt sie wieder in den Rahmen und stellt diesen zurück. Hier werden sie nichts mehr finden.

Doch plötzlich fällt es ihm wie Schuppen von den Augen: das Festnetztelefon.

»Hier gibt es bestimmt ein Telefon, und wo so eins ist, sind auch die ganzen Nummern.«

Michael rennt die Treppe hinunter und Tim folgt ihm hinterher. Tatsächlich, auf dem Kaminsims im Wohnzimmer steht es aufrecht in einer Ladestation. Gierig stürzt sich der Ältere darauf. Da die Namen alphabetisch geordnet sind, scheint schon der erste Eintrag ein Volltreffer zu sein. Anneliese Schmid, dazu eine 044er Festnetznummer. Die Dame wohnt scheinbar in unmittelbarer Umgebung.

Tim zückt sein Smartphone, startet eine App und tippt die Nummer ein. Nach einer kurzen Wartezeit erscheint auch schon die Adresse.

»Bingo! Ist gleich hier um die Ecke, irgendwo in Stäfa.

Wollen wir gleich hinfahren?«

»Nein, heute lieber nicht mehr. Möchte mich erst im Internet ein wenig schlaumachen über diese Frau, wenn es denn auch etwas über sie zu erfahren gibt. Du weisst schon, ältere Leute sind meistens nicht so stark im Web vertreten wie die jüngeren.«

Er zwinkert ihm zu und Tim versteht die Anspielung auf all seine Social-Media-Kanäle, auf denen er ein Profil unterhält und seinen gestählten Körper zur Schau stellt.

»Ausserdem haben wir sowieso nicht mehr viel Zeit, wenn wir uns noch frischmachen und pünktlich beim Staatsanwalt in Küsnacht auf der Matte stehen wollen.«

Tim pflichtet ihm bei und zufrieden treten sie den Heimweg an. Sogleich zurück im Büro startet Michael seine Internetrecherche, doch wie er befürchtet hat, gibt es keine brauchbaren Informationen zu dieser Person im Web.

»Kannst ja mal auf deinen Plattformen nach dieser Anneliese Ausschau halten, wenn du magst«, meint er zu Tim, welcher laut zu lachen beginnt.

»Das meinst du nicht ernst, oder?«, gibt er Michael zurück. Dieser schüttelt genervt den Kopf. »Mach doch, was du willst!«

Den Rest des Nachmittags verbringt der Kommissar mit längst überfälliger Schreibarbeit, die zu seinem Leidwesen auch dazu gehört, aber in letzter Zeit von ihm vernachlässigt worden ist. Der junge Polizist befolgt währenddessen den Rat seines älteren Kollegen und durchforstet seine Kanäle nach der Zielperson, ohne Erfolg.

»Zeit, zu gehen«, meint Michael nach einer Weile emsigen Arbeitens. »Sonst kommen wir zu spät! Du kannst mit mir fahren, dann setze ich dich zu Hause ab und hol dich dann wieder, wenn wir zum Staatsanwalt fahren.«

Dass die beiden nur einen Häuserblock entfernt voneinander wohnen, ist nicht nur praktisch, sondern auch noch umweltfreundlich, da sie oft eine Fahrgemeinschaft bilden. So auch heute.

Der Kommissar hat sich frisch gemacht und sich in Schale geworfen. Er ist unterwegs zu Tim, welcher schon am Strassenrand auf ihn wartet, ebenso adrett gekleidet.

»Gut siehst du aus«, meint dieser, als sie losgefahren sind.

»Danke ebenso«, gibt Michael zurück. »Habe nur etwas Angst, dass wir total overdressed sind. Ist ja kein Opernball.«

»Bestimmt nicht. Das sind alles einflussreiche Leute dort, die laufen immer so rum. Wir wollen ja nicht auffallen.«

»Hast recht. Und selbst wenn wir auffallen sollten, dann zumindest nicht im negativen Sinn.« Michael schaut auf die Uhr. »Sind viel zu früh dran. Ich glaube, ich drehe noch eine Extrarunde um den Block.«

Artur Julius von Felten steht kurz vor seiner Pensionierung und war sein Leben lang als wohlhabender, sanftmütiger Mann bekannt, der auch mal ein Auge zudrückt, wenn ein Angeklagter wahre Reue zeigt.

Doch heute zeigt er sich von seiner spendablen Seite.

»Die Extrarunde hätten wir uns sparen können«, meint Michael, als er seinen Wagen in einer Blechkolonne am Strassenrand abstellt.

»Wären wir etwas früher gekommen, hätten wir nicht am Arsch der Welt parken müssen. Sind scheinbar doch ein paar

Leute mehr gekommen, als wir gedacht haben.«

Mit einem mulmigen Gefühl laufen sie die Strasse entlang.

»Ah, die Herren von der Polizei. Welch eine Freude«, begrüsst sie Artur Julius im Garten des Anwesens, wo der Apéro abgehalten wird.

Michael und Tim bedanken sich für die Einladung und bekommen von einer jungen, charmanten Frau ein Glas Sekt in die Hand gedrückt, ehe sie der Staatsanwalt den anderen Gästen vorstellt. Die meisten Leute haben sie noch nie gesehen und scheinen eher private als geschäftliche Freunde des Gastgebers zu sein.

Die Stimmung ist ausgelassen und die beiden finden schnell Anschluss. Das Buffet, welches um den Pool herum aufgebaut wurde, lockt mit vielen kleinen kulinarischen Köstlichkeiten und im Hintergrund dudelt leise alter Klavierjazz aus einem Lautsprecher.

Ein Klopfen an das Sektglas verrät den Gästen, dass der Staatsanwalt eine Ansprache halten möchte. Augenblicklich wird es still und alle Augen richten sich auf den Gastgeber, welcher, den Gästen zugewandt, vor dem Buffet steht.

»Geschätzte Freunde«, beginnt er, »es freut mich ausserordentlich, dass ihr so zahlreich erschienen seid. Wie ich bereits gehört habe, wird fleissig über den Grund für diese Veranstaltung gemunkelt.«

Unter den Gästen wird leise getuschelt. Das entgeht auch nicht Artur Julius.

»Nun, die Zeiten sind alles andere als leicht. Wie ihr sicher bereits erfahren habt, ist ein guter Freund von mir, vielleicht auch von euch, von uns gegangen. Alexander Liebherr ist unter mysteriösen Umständen verunfallt.«

Michael und Tim gucken sich skeptisch an. Den beiden war gar nicht bewusst, wie nahe sich die Staatsanwälte standen.

Und was meint er mit »mysteriösen Umständen«? Glaubt er etwa auch an die Mordtheorie? Die ebenfalls verstorbene Witwe wird mit keinem Wort erwähnt.

»Doch so sehr wir diesen Verlust bedauern, soll das hier keine Trauerrede werden. Mein Ruhestand befindet sich in greifbarer Nähe und ich bereite mich schon jetzt auf das Rentnerleben vor.«

Ein Lachen geht durchs Publikum.

»Doch Langeweile fürchte ich keine, denn«, er hält einen Moment inne, »es freut mich, hier und heute verkünden zu können, dass ich nochmal Vater werde.«

Jetzt waren alle baff. In diesem Alter noch ein Kind grossziehen statt den Ruhestand zu geniessen?

»Meine liebe Frau Tanja«, und er zeigt auf die junge Dame, welche den Gästen den Sekt serviert hat, »ist im ersten Monat schwanger. Ich denke, das ist eine kleine Gartenparty unter Freunden wert.«

Die Menge beginnt zu applaudieren und der Staatsanwalt verneigt sich. Danach läuft wieder Musik und die Gäste bedienen sich am Buffet.

»Ist ja ein Ding«, meint Michael mit einem Schmunzeln zu Tim, »der hat es ja faustdick hinter den Ohren. Für mich wäre das nichts. Meinen Ruhestand werde ich, wie es der Name schon verrät, in Ruhe verbringen.«

Die beiden unterhalten sich noch lange angeregt mit den anderen Gästen, während die Sonne langsam untergeht und die Dunkelheit übers Land hereinbricht.

Als Michael das Bedürfnis verspürt, die Toilette

aufzusuchen, begibt er sich über die Veranda ins Haus, wo er im Wohnzimmer den Staatsanwalt vor dem Kamin stehen sieht, nachdenklich, mit einem Bild in den Händen. Michael ist fasziniert von dem Anblick und beobachtet die Szene, da dreht Artur Julius sich um und Michael, der sich ertappt fühlt, ringt um Worte. »Verzeihung, ich wollte nicht unhöflich sein.«

Der Mann stellt das Bild zurück auf den Kaminsims. »Kommen Sie ruhig näher«, sagt er mit freundlicher, tiefer Stimme. Michael macht einige Schritte auf ihn zu. Das Bild, welches er in den Händen hielt, zeigt zwei enge Freunde: Artur Julius von Felten und Alexander Liebherr. Michael versteht, um was es hier geht und nimmt all seinen Mut zusammen.

»Mein aufrichtiges Beileid. Schlimm, was passiert ist. Wie Sie wissen, kümmere ich mich um den Fall. Sie kannten den Alexander wohl besser als ich. Was ist denn Ihre Meinung?«

Artur Julius von Felten setzt einen nachdenklichen, ja beinahe schon gequälten Gesichtsausdruck auf. Es geht ihm sichtlich nahe.

»Wissen Sie, ich kann mir beim besten Willen nicht vorstellen, dass er ein Schläger gewesen sein soll. Nein, das kann nicht sein. Aber es ist auch schwierig zu glauben, dass die Tagebucheinträge, die Sie gefunden haben, eine Lüge sein sollen. Warum sollte die Irene das tun?

Die beiden führten eine Vorzeigeehe, alles war immer so perfekt.«

»Es macht leider alles den Eindruck, dass diese Ehe nur gegen aussen perfekt war. Sowas kommt öfters vor, als Sie vielleicht denken«, entgegnet ihm Michael. Dieses zufällige

Gespräch ist sehr wichtig für ihn und vielleicht auch für die Ermittlungen.

Der Staatsanwalt fährt fort: »Hören Sie, ich möchte, dass Sie die Wahrheit ans Tageslicht bringen. Sonst habe ich keine ruhige Minute mehr. Scheuen Sie weder Zeit noch Geld.«

Michael gibt ihm die Hand. »Ich verspreche Ihnen, dass ich alles in meiner Macht Stehende tun werde, um den Fall zu lösen. Zurzeit jedoch deutet alles auf einen Mord hin, dessen Täterin sich selbst gerichtet hat. Sehr wahrscheinlich wird das Verfahren eingestellt werden.«

»Nicht, solange ich nicht das Okay gegeben habe.«

Der Staatsanwalt geht wieder zurück in den Garten zu seinen Gästen und Michael sucht nun endlich die Toilette auf und verschafft sich die Erleichterung, für welche er das Haus ursprünglich betreten hat.

17

Mehrere Monate sind vergangen, seit Maria das unmoralische Angebot erhalten hatte, ihre Kinder zu verkaufen. Die Situation hat sich weiter zugespitzt und bald schon stand der Winter vor der Tür, die härteste Zeit für die Ärmsten der Armen. Zwar zeigen sich die Marktbesucher in dieser Jahreszeit spendabler als sonst, doch der Körper wird anfälliger für Infektionen und die Kälte hat schon manchem den Garaus gemacht. Für Maria würde es der erste Winter ohne Javier werden, dafür mit den Zwillingen. So sehr sie auch darüber nachdachte, wusste sie ohne Zweifel, dass sie ohne fremde Hilfe verloren waren und den kalten Winter wohl kaum überlebt hätten. In ihrem Kopf spukte in diesen Tagen wieder das Angebot der Menschenhändler herum, doch sie hasste sich selbst dafür, auch nur daran zu denken. Aber eine Wahl hatte sie nicht. Sie musste auf das Angebot eingehen, einen Zwilling zu opfern, um das Überleben der Familie zu sichern. Noch eher hätte sie sich selbst geopfert, aber der Menschenhandel bot keinen Platz für eine Frau wie sie. Welchen Sohn, der sie für den Rest des Lebens hassen würde, sollte dieses Schicksal ereilen? Fernandes oder Ricardo? Äusserlich glichen sie wie ein Ei dem andern, doch im Charakter konnten sie unterschiedlicher nicht sein. Während Fernandes der aufgeweckte Laute mit dem beinahe unstillbaren Hunger war, schlief Ricardo die meiste Zeit und stellt auch sonst wenig Ansprüche. Sollte eine Münze, vom Schicksal angestachelt, über die düstere Zukunft des einen Zwillings entscheiden? Ihr zerriss es das Herz, wenn sie daran dachte, wie sie schon bald ihr eigenes Kind verkaufen würde.

Bevor sie die Münze warf, sprach sie ein kurzes Gebet. Maria hoffte inständig, der Allmächtige möge ihr doch verzeihen, doch tief im Innern wusste sie bereits, dass ein solcher Verrat niemals heiliggesprochen werden konnte. Ein Leben zu opfern, um zwei zu retten. Deal or no Deal?

Die Münze klimperte gefühlte Stunden, ehe sie zum Stillstand kam. Maria beobachtete sie wie gebannt. Kopf für Fernandes, Zahl für Ricardo. Nun lag die Münze da. Kopf! Die Entscheidung war gefallen.

In den Händen hielt sie die Karte, die ihr der alte Mann unbemerkt in den Korb gelegt hatte. Verbrecher mit einer eigenen Visitenkarte, gab es denn sowas überhaupt? Darauf notiert war bloss eine Nummer. Ihr Herz pochte wie wild, als sie das öffentliche Münztelefon mit einigen erbettelten Peseten fütterte und die Nummer von der Karte wählte. Das Freizeichen erklang, kurz darauf meldete sich eine tiefe Männerstimme, die nicht sehr vertrauenserweckend klang. Maria nahm all ihren Mut zusammen und schilderte kurz und knapp ihr Anliegen. Daraufhin war plötzlich nichts mehr zu hören am anderen Ende der Leitung, nur ein leises Knacken verriet ihr, dass der Angerufene nicht aufgelegt hatte. Kurz darauf kehrte er zurück. »Morgen am Markt,

14:00 Uhr!« Dann hat er aufgelegt. Die verzweifelte Mutter wusste, dass sie nur diese eine Chance haben würde. Eine zweite gab es nicht. Also schaute sie, dass sie pünktlich war.

Es lief fast genauso ab, wie beim ersten Mal. Nur dass sich Louis nicht mehr bemühte, freundlich zu sein. Diesmal zeigte er seinen wahren Charakter. Vielleicht aber hatte er einfach nur einen schlechten Tag. Auch der Fahrer war wieder der gleiche Mann, der nach einer kurzen Weile das gleiche Ziel ansteuerte: die alte Villa.

Maria fühlte sich wie eine Marionette, die durch einen dumpfen Schleier aus Wut, Hass und Verzweiflung erkannt hatte, wie sie von fremdem Leuten, die ihren Willen gebrochen haben, ferngesteuert wird. Das konnte unmöglich real sein und dennoch wusste sie genau, dass es das war. Möge der Allmächtige ihr verzeihen!

Auf wackeligen Beinen folgte sie Louis in das Innere des Hauses, das zweite Stockwerk, in dem hinter einer Tür schon der alte Mann mit einem breiten Grinsen im Gesicht wartend in seinem Ledersessel sass. Diese Fratze sollte sie noch bis in ihre tiefsten Träume verfolgen.

»Ich grüsse sie, Maria« Seine Freundlichkeit war im Gegensatz zu Louis nicht gespielt. Dieser Mann verstand es, hinter all den kriminellen Machenschaften einen Hauch von Anstand und Aufrichtigkeit zu versprühen, zumindest in seinen Umgangsformen. Doch das hiess noch lange nicht, dass man ihm über den Weg trauen konnte.

»Wie ich sehe, haben Sie nochmals über mein Angebot nachgedacht. Das freut mich!«

Maria war angeekelt. Am liebsten hätte sie wieder laut

losgeschrien und wäre davongerannt, doch wenn das schiefgegangen wäre, hätten sie in der Kälte den sicheren Tod gefunden. »Ein Kind für zweihunderttausend, wie abgemacht«, sagte sie knapp, aber entschlossen. Jetzt gab es kein Zurück mehr.

»Bedaure, aber die Marktlage hat sich mittlerweile geändert. Mehr als hundertfünfzigtausend kann ich nicht mehr lockermachen. Nehmen Sie's oder lassen Sie es bleiben!«

Marktlage! Wie Maria dieses Wort hasste. Es vermittelte ihr das Gefühl, als wäre sie bei einem Gebrauchtwagenhändler, wo man den Preis für eine alte Kiste aushandelte. Denn genau das machte sie ja auch. Nur dass sie keinen Wagen, sondern ihren erst wenige Monate alten Zwilling ins Verderben stürzte, in dem sie ihn von seiner Familie trennte und einen kriminellen Bande überliess, um das eigene Überleben zu sichern. Für läppische hundertfünfzigtausend Peseten. Für die arme Frau war dies gewiss ein Vermögen, doch hatte die Währung eine hohe Inflation über sich ergehen lassen müssen und massiv an Wert verloren. Für ein besseres Leben aber reichte es allemal.

»Gut. Hundertfünfzigtausend. Jetzt! In bar!«, forderte Maria emotionslos.

»Aber gewiss!« El Gorila öffnete die Verschlüsse des Lederkoffers, der auf dem Tisch lag. Darin stapelten sich Unmengen an Geld. »Hier! Wie abgemacht. Zählen Sie ruhig nach! «

Sie nahm ein Bündel in die Hand, und prüfte die Scheine auf ihre Echtheit. Der Mann übte trotz Allem einen ehrlichen Eindruck auf Maria aus. Die Noten waren echt und auch die

Summe stimmte. Wortlos schloss sie den Koffer. Dann ging sie zum Körbchen, und hob Fernandes heraus. Ricardo schlief. Sie war nicht imstande, ihm in die Augen zu sehen, denn das wäre ihr sicherer Untergang gewesen. Stattdessen drückte sie ihm mit verheulten Augen einen letzten Kuss auf die Stirn, bevor sie ihn dem Mann reichte. Danach nahm Maria den Koffer an sich. «Einen letzten Gefallen schulden Sie mir noch!« Der Mann war sichtlich überrascht. »Jeden, den Sie wünschen.«

»Fahren Sie mich in die Stadt!«

Eine knappe Stunde später fand sich Maria in einem unscheinbaren Viertel am Ende von Madrid wieder. Hier erregte sie zumindest keine Aufmerksamkeit, nicht solange, bis alles erledigt war und sie dieses beschissene Leben hinter sich lassen konnte. Mit einem Kind und einem Koffer voll Geld.

Sogleich suchte sie ein günstiges Modegeschäft auf und kaufte anständige Kleidung für sich und Ricardo. In dem kleinen Supermarkt nebenan erwarb sie zudem alltägliche Hygieneartikel wie Zahnpasta und Shampoo, aber auch Wimperntusche, Mascara und Lippenstift. Welch ein Luxus! Ein kurzer Glücksrausch überflog Ricardos Mutter, als sie diese Dinge in den Händen hielt. Sobald sie aber in das Körbchen schaute, wo er friedlich drin schlummerte, überkam sie wieder das heulende Elend.

Eine Strasse weiter checkte sie in einem heruntergekommenen Stundenhotel ein. Es war ihr vollkommen egal, dass die Bude aussah, als wäre seit der Eröffnung im vorletzten Jahrhundert nichts mehr getan worden. Hauptsache, die Dusche funktionierte. Und das tat sie auch. Das warme Wasser plätscherte auf Marias Körper und sie fühlte regelrecht, wie der Schmutz der letzten Jahre langsam von ihr wich, nur der seelische Schmutz blieb haften und sollte viel Zeit brauchen, bis er sich losgelöst hatte. Doch fürs Erste reichte es. Sie musste sich nur noch dezent schminken und eine neue Frau war geboren, durchaus attraktiv, mit einem hübschen Gesicht. Endlich konnte sie sich selbst wieder schön finden. Absolut niemand hätte sie so auf der Strasse erkannt. Genau das, worauf es ankam.

Nachdem sie auch ihren Sohn gewaschen hatte, bestellte sie über das Telefon im Zimmer ein Taxi und checkte aus. Rund zehn Minuten später stand der Wagen mit dem gelben Schild auf dem Dach auch schon vor dem Hotel.

»Zum Flughafen bitte!«, erklärte sie dem Fahrer, welcher kopfnickend zustimmte und mit quietschenden Reifen davonbrauste.

Der Schritt in ein neues Leben war zum Greifen nah. Sie brauchte nur noch den Flughafen zu erreichen und in einen Flieger zu steigen, um den alten Leben endgültig den Rücken zuzukehren. Noch wusste sie nicht, wohin. Doch das würde sich dann schon ergeben. Das Bauchgefühl sollte ihr die Richtung weisen.

Und so war es dann auch.

Mutter und Sohn stiegen in ein Flugzeug und verschwanden von der Bildfläche. Vorläufig, zumindest!

18

Andreas Gruber sieht den Tag der Abrechnung näherkommen, Stück für Stück, langsam und kontinuierlich. Doch ein Anliegen brennt ihm noch immer auf der Seele, er hat nur noch nicht den richtigen Zeitpunkt dafür gefunden. Jedenfalls ist er dieser Meinung. Viel eher hat er Angst davor, diesen Schritt zu wagen, denn wann ist schon der richtige Zeitpunkt, einen ehemaligen, flüchtig bekannten Arbeitskollegen anzurufen, um ihn auf den neusten Stand der Entwicklungen in einer Firma zu bringen, in der er nicht mehr arbeitet?

Andreas schaut auf die Uhr. Es ist Dienstag, elf Uhr morgens. Einen besseren Zeitpunkt als jetzt sollte es doch gar nicht geben. Egal, ich tu es, denkt er sich, hebt den Hörer ab und wählt Karls Nummer.

Der Hörton erklingt. Insgeheim hofft er, dass niemand abnimmt und doch wäre er enttäuscht darüber. Sein Herz schlägt wie verrückt.

»Brechhammer?«, ertönt am anderen Ende der Leitung eine weibliche Stimme.

Andreas räuspert sich.

»Guten Tag, Frau Brechhammer. Hier ist Andreas Gruber

von der EVA. Wäre Ihr Mann zu sprechen?«

»Einen Moment«, spricht sie in den Hörer und legt ihn beiseite.

Jetzt gibt es kein Zurück mehr. Andreas' Herz schlägt noch fester. Er atmet tief ein und aus. Vor was hat er eigentlich solche Angst?

Karl meldet sich ebenfalls mit seinem Nachnamen am Telefon.

»Hallo Karl«, beginnt Andreas, »hier ist Andreas Gruber von der Firma. Sie erinnern sich an mich?«

Karl bejaht. »Was kann ich für Sie tun?«

»Mir ist bewusst, dass wir uns nicht sonderlich nahestanden, doch hätte ich trotzdem gerne einmal in Ruhe mit dir über einige Dinge gesprochen. Natürlich nur, wenn es dir nicht zu viele Umstände bereitet.«

Karl wird hellhörig. Weiss Andreas möglicherweise mehr darüber, warum er gekündigt wurde? Das könnte eine Chance sein, diese Rätsel endlich aufzudecken und vielleicht den alten Job sogar wieder zu bekommen. Ihm wird direkt warm ums Herz.

»Sehr gerne sogar«, sagt er mit freundlicher Stimme. »Heute Abend?«

Sie verabreden sich für sieben Uhr abends im Restaurant Kronenhalle und Andreas hat sich bereit erklärt, die Reservierung vorzunehmen.

Was er ihm wohl zu berichten hat?

Wenige Minuten vor sieben Uhr trifft Karl mit dem Elfer Tram am Bellevueplatz ein. Das Restaurant Kronenhalle befindet sich nur wenige Meter daneben, wo Andreas mit einer Kippe in der Hand vor dem Eingang bereits wartet. Wieder überkommt ihn das Verlangen nach Nikotin, doch er bleibt stark und widersteht der Versuchung. Nachdem man sich gegenseitig begrüsst und Andreas fertig geraucht hat, betreten sie die Kronenhalle.

Karl mag das Lokal. Früher war er oft mit Doreen hier gewesen, doch seit der Geburt von Töchterchen Lena sind solche Auswärtsbesuche immer seltener geworden. Einen Babysitter zu finden ist auch alles andere als leicht.

Die beiden ehemaligen Arbeitskollegen sind ein wenig angespannt, denn seit der Begrüssung herrscht peinliches Schweigen, das keiner wirklich zu überwinden weiss. Da kommt es ihnen nur recht, als der Ober auf dessen Wunsch die Speisekarte reicht.

»Habe gehört, hier soll es gutes Rindsfilet geben«, meint Andreas beim Durchblättern.

»Ja, das beste überhaupt, aber das Lammnierstück an einer Pilzsauce ist auch nicht zu verachten.«

Angeregt unterhalten sie sich nun über die kulinarischen Köstlichkeiten und führen noch belanglosen Smalltalk, der den Einstieg in die eigentliche Thematik erleichtern soll. Der Kellner kommt und die beiden bestellen. Karl geschnetzelte Kalbsleder mit Zwiebeln und Rösti, Andreas das Kalbssteak an Morchelsauce und Spätzli. Dazu gönnen sie sich eine Flasche Merlot.

»Habe mich doch schon ziemlich gewundert, dass du so plötzlich nicht mehr da warst von heute auf morgen. Du warst, ach was sage ich, bist ein sehr geschätzter Mitarbeiter. Was ist denn da bloss vorgefallen? Wenn du nicht darüber reden willst, ist es auch völlig okay.«

Karl erzählt ihm die kurze, knappe Wahrheit. »Ich habe keine Ahnung. Sturzenegger hat mir ziemlichen Druck mit dem Fall Liebherr, welcher ja ohnehin schon abgeschlossen war, gemacht. Ich sollte bis Ende Monat ein Schlupfloch finden, um die Versicherung nicht zu bezahlen. Dann bestellt er mich eines Tages in sein Büro und spricht mir die fristlose Kündigung aus, einfach so. Ich habe natürlich mehrmals nachgehakt, doch es war einfach nichts aus ihm rauszubekommen.«

»Und was hast du dann unternommen? So etwas lässt ja kein Mensch einfach so auf sich sitzen. Du ja erst recht nicht, so wie ich dich kenne, oder?«, will Andreas wissen.

»Ich konnte nicht anders, als die Kündigung erst einmal zu akzeptieren. Den vollen Lohn kriege ich ja immerhin noch für zwei Monate. Ich räumte also mein Büro und fuhr nach Hause zu meiner Familie, welcher ich sofort erzählte, was sich zugetragen hatte. Später habe ich mich mit einem Anwalt getroffen, der mir dazu geraten hat, die Kündigung anzufechten. Das sollte auch klappen, aber ganz ehrlich, ich wüsste nicht, ob ich mit diesem... Menschen jemals wieder unter einem Dach arbeiten könnte. Doch nun zu dir. Was gibt es Neues, was habe ich verpasst?«

Andreas erzählt ihm, wie Martin Sturzenegger ihm den Fall zugeteilt hat und wie er sich anfangs schwer damit tat. Dann greift er in seine Jackentasche und holt einen Zeitungsartikel hervor. Den Zeitungsartikel, der ihn klar werden liess, dass die Witwe nicht mehr unter den Lebendigen weilt.

Karl fällt beim Lesen fast die Kinnlade runter. »Das wusste ich ja gar nicht, obwohl wir die NZZ zu Hause auch abonniert haben. Weisst du mehr darüber?«

Andreas verneint. »Muss ich auch nicht, der Fall ist ja versicherungstechnisch abgeschlossen, mit positivem Ausgang, wenn man so will. Mag vielleicht etwas geschmacklos klingen, ist aber so.«

Dann berichtet er, wie Martin darauf reagiert hat. »Der hat so getan, als ob es das Normalste der Welt wäre. Hat mich tierisch aufgeregt. Doch wenn wir schon bei Martin sind: Es ist gut möglich, ja beinahe beschlossene Sache, dass er nur noch wenige Tage Oberhaupt der EVA ist.«

Jetzt ist Karl Feuer und Flamme. Er drängt Andreas förmlich dazu, ihm alles detailliert zu schildern, jede noch so winzige Kleinigkeit. Dieser druckst ein wenig herum, denn plötzlich ist er sich gar nicht mehr so sicher, ob es eine gute Idee sei, in einem öffentlichen Restaurant von einer Erpressung zu erzählen. Doch der Tisch liegt ein wenig abseits und nachdem er sich vergewissert hat, dass niemand, den er kennen könnte, sich in Reichweite befindet, beugt er sich über den Tisch, und deutet Karl mit dem Zeigefinger, es ihm gleichzutun.

»Habe den Sturzenegger in flagranti mit seiner Sekretärin erwischt. Sie haben mich zum Glück nicht bemerkt, doch ich konnte ein hübsches Filmchen drehen.«

Mit einem Schmunzeln reicht er Karl sein Smartphone, auf dem die Videosequenz schon vorgeladen ist. »Brauchst nur noch auf Play zu drücken.«

Dessen Augen werden immer grösser und in seinem Gesicht lässt sich eine Mischung aus Schadensfreude und Ekel ablesen, doch die Freude überwiegt eindeutig. Was er hier sieht, öffnet ihnen Tür und Tor, um Martin den Garaus zu machen. Diese Idee hatte Andreas wohl sicher auch schon.

»Ist ja 'ne Nummer. Gut möglich, dass er mich für den Absender hält und mir deswegen gekündigt hat. Dazu passt auch seine Bemerkung, dass, sollte ich meine Drohung wahrmachen, es schlimme Konsequenzen haben werde.«

»Das könnte tatsächlich sein. Aber keine Sorge, wenn er weg ist, bist du schneller wieder bei uns, als du auf drei zählen kannst. Ich habe ihm den Clip per Mail geschickt, mit der Androhung, ihn publik zu machen, sollte er bis Ende Monat nicht weg sein.« Er kann sich ein Lachen nicht verkneifen.

»Hast du denn keinen Bammel, dass er anhand der Absenderadresse die IP-Adresse lokalisieren lassen könnte? Bestimmt hat er schon die ganze IT drauf angesetzt.«

Die Bedenken, welche Karl äussert, sind nicht aus der Luft gegriffen. Doch Andreas winkt ab.

»Mach Dir da mal keine Sorge. Ich bin ja auch nicht dumm. Die Mailadresse habe mit einem öffentlichen Internetzugang erstellt, und selbst da habe ich sicherheitshalber noch einen Proxyserver dazwischengeschaltet. Selbstverständlich wurde auch das Senden des Clips so vorgenommen.«

Karl versteht nicht viel davon, doch für ihn hört sich das alles sehr überzeugend an.

»Der Monat ist bald um. Springt er denn darauf an?«, will er noch wissen.

»Es scheint ihn nicht besonders zu beeindrucken«, meint Andreas schulterzuckend, »vielleicht denkt er sich, dass die Gefahr gebannt ist, jetzt wo du weg bist. Doch ich werde meine Drohung eiskalt wahr werden lassen und dann ist er sowieso nicht mehr tragbar als Direktor und wird sich selbst verfluchen, dass er nicht von alleine gegangen ist. Eine andere Sprache versteht dieses Ekel sowieso nicht.«

Der Kellner unterbricht die beiden jäh, als er das Essen serviert und den Wein einschenkt. Doch so schnell, wie er gekommen ist, verschwindet er wieder in der Küche.

»Und was hast du für Pläne für nächsten Monat? Bei dir ist eine Beförderung ja längst überfällig, wurde fleissig gemunkelt. Oder verwechsle ich da etwas?«

»Nein, das ist schon richtig so«, sagt Andreas mit geschwellter Brust, »wenn alles nach Plan läuft, trete ich in Martins Fussstapfen, geschäftlich zumindest. Dann wirst du nicht nur wieder eingestellt, sondern auch noch gleich befördert. Sollte es jedoch nicht klappen, werde ich trotzdem auf jeden Fall ein sehr gutes Wort für dich einlegen und auf deine Situation aufmerksam machen.«

»Warten wir's mal ab. Auf jeden Fall danke ich dir schon im Voraus.«

Die beiden stossen an und widmen sich dem Essen. Es schmeckt ausgezeichnet, die Kronenhalle hat ihren guten Ruf zu Recht. Es wird nun wieder belangloser Smalltalk geführt, doch Martin kann sich sowieso nicht auf das Gespräch konzentrieren. Viel zu sehr freut er sich über das soeben Gehörte. Martin kriegt endlich, was er verdient und er, Karl, wird nicht nur wieder eingestellt, sondern erklimmt auch gleich noch die nächste Sprosse auf der Karriereleiter. Das ist alles zu schön, um wahr zu sein. Wie soll er Andreas bloss danken?

Als nach dem Espresso der Kellner die Rechnung bringt, lässt Andreas Karl keine Chance, diese zu begleichen. Verdammt, das wäre die erste Möglichkeit gewesen, sich erkenntlich zu zeigen, aber bestimmt nicht die letzte.

Als die beiden das Restaurant verlassen, verspürt noch keiner den Drang, nach Hause zugehen. Viel lieber gönnt man sich noch einen Absacker im nahe gelegenen Andorra. Keine zehn Minuten später sitzen sie mit einem Bier in der Hand am Tresen.

Karl weiss gar nicht, wie ihm geschieht. Hätte man ihn noch heute Morgen gefragt, wie dieser Tag enden würde, hätte er alles Mögliche in Betracht gezogen. Aber dass er mit einem ehemaligen Arbeitskollegen, den er kaum gekannt hatte, zuerst essen und dann noch ein Bier trinken ginge, daran hätte er im Traum nicht gedacht und jeden, der sowas erzählte, ausgelacht. Doch das hier ist Wirklichkeit und sie fühlt sich verdammt gut an. Aus dem einen Bier wurden schnell ein paar mehr und gut angetrunken wanken die beiden Richtung Tür, wo sie sich verabschieden und jeder seines Weges geht.

»Andreas!«, ruft ihm Karl hinterher, »noch eine Frage: Wofür das Alles?«

Er dreht sich um und zuckt nur mit den Schultern. Dann verschwindet er in der Nacht und Karl beschliesst, ein Taxi zu bestellen.

Er schaut auf die Uhr. Doreen wird keine Freude haben, wenn er um diese Zeit betrunken nach Hause kommt, vor allem angesichts seines Jobverlusts. Doch sie wird Verständnis haben, wenn er ihr die frohe Kunde überbringt. Vielleicht lässt er aber die Sache mit der Erpressung, die ja nicht mal auf seinem Mist gewachsen ist, besser weg. Doreen ist ein sehr gewissenhafter Mensch, und sowas würde sie auf keinen Fall gutheissen. Wahrscheinlich aber schläft sie eh schon, und die Standpauke würde sich auf den nächsten

Morgen verschieben,

Mit einem guten Gefühl im Bauch winkt er dem heranfahrenden Taxi zu und steigt ein.

19

»Na, ausgeschlafen, altes Haus?«, fragt Tim mit einem breiten Grinsen im Gesicht den über eine Stunde zu spät eintreffenden Michael.

»Jaja, frag lieber nicht«, gibt dieser mürrisch zurück. Scheint, als wäre er heute mit dem falschen Fuss aufgestanden. Doch Zeit für einen stimmungsaufhellenden Kaffee muss sein, und so begibt er sich in die Kantine, ehe er endlich an seinem Arbeitsplatz sitzt und den Rechner hochfährt. Auf seinem Desktop sticht im ein virtuelles Post-It entgegen, welches er eigenhändig am Vortag dort »befestigt« hat. »Halter Freemont« steht auf dem gelben Zettel. Die Halterabfrage, welche sich aufgrund des fehlenden Eintrages im öffentlichen Index etwas schwieriger gestaltet hat, ist vom Strassenverkehrsamt eingetroffen. Von einem Vincent aber ist nicht die Rede, viel eher von einem Egon Probst, wohnhaft in Winterthur an der Breitestrasse. Dem werden sie heute ein wenig auf den Zahn fühlen, dann wird sich zeigen, ob und was er auf dem Kerbholz hat. Doch vorerst wartet, wie könnte es anders sein, die ungeliebte Büroarbeit auf ihn.

Michael beschliesst, ihn zusammen mit Tim um die

Mittagszeit in Zivilkleidung aufzusuchen. Auch wenn es unhöflich sein mag, sind um diese Zeit die meisten Menschen doch zu Hause.

»Tim, bist du soweit? Du fährst, okay?«, fragt er seinen Schützling, als es soweit ist. Dieser bejaht und schon kurze Zeit später befinden sie sich auf der A1 Richtung Winterthur. Der Verkehr ist nicht sonderlich dicht, und so lotst das Navi die beiden eine halbe Stunde später mit einem »Sie haben Ihr Ziel erreicht« in die Breitenstrasse.

Vor dem Mehrfamilienhaus steht ein weisser Fiat Freemont auf einem der reservierten Parkplätze. Hier sind sie definitiv richtig.

Michael sucht den passenden Namen am Klingelbrett und betätigt den Knopf. Spanungsvolle Sekunden verstreichen bis endlich das Summen des Türöffners zu hören ist. Sie betreten das Haus. Jetzt gilt es ernst.

Bereits im ersten Stock steht ein Herr an der Tür, der auf jemanden zu warten scheint und eine frappante Ähnlichkeit mit dem Mann auf der Nahaufnahme der Detektive aufweist.

»Egon Probst?«, fragt Michael.

»Ja. Und Sie sind?« Beide zücken ihre Dienstausweise.

»Ich bin Michael Meier und das ist Tim Gautschi. Wir sind von der Kantonspolizei und hätten einige Fragen an Sie.«

Für einen Moment erstarrt Egon und fasst sich mit beiden Händen an den Kopf.

»Himmel, ist etwas passiert?«

Der Kommissar versucht sogleich, ihn zu beschwichtigen. »Nein, keine Sorge, es handelt sich nur um ein paar Formalitäten.«

Die beiden werden hereingebeten. Die 2.5 Zimmerwohnung

ist klein und einfach eingerichtet. Vermutlich wohnt er hier allein.

»Setzen Sie sich bitte«, fordert er Michael und Tim auf. »Darf ich Ihnen etwas zu trinken anbieten?« Sie verneinen. Dann setzt auch er sich.

Ohne Umschweife kommt der Kommissar zur Sache. »Wir möchten uns mit Ihnen über Irene Liebherr unterhalten. In welchem Verhältnis standen Sie zu dieser Frau?«

Egon Probst schaut ihn ungläubig und irritiert an. »Irene Liebherr sagen Sie? Noch nie gehört, tut mir leid.«

Da haben sie es scheinbar mit einem Lügner und Salamitaktiker zu tun. Immer erst alles abstreiten und nur so viel zugeben, wie einem gerade nachgewiesen werden kann. Doch der wird sie noch kennenlernen. Fest steht schon jetzt, dass er Dreck am Stecken hat.

Tim knallt die Aufnahme, auf welchem die Witwe, der Fiat und der Halter eindeutig zu erkennen sind, auf den Tisch.

»Und wie erklären Sie sich das?« Tim wähnt sich auf der sicheren Seite, doch er hat die Rechnung ohne den charmanten Mittfünfziger gemacht, denn dieser bricht in schallendes Gelächter aus, als der das Bild in den Händen hält.

»Und das soll ich sein? Sehen Sie mal genauer hin: Dieser Typ auf dem Foto trägt einen Ohrring, den ich nicht habe, hat blaue, und nicht braune Augen wie ich und zudem ist eine Tätowierung am rechten Oberarm zu erkennen.« Er zieht den rechten Ärmel seines Hemdes hoch. »Et voilà: Keine Tätowierung. Zudem hat mein Wagen hinten getönte Scheiben, was dieser hier«, und er zeigt auf das Foto »ganz offensichtlich nicht hat. Sie sollten Ihre Zeit besser in die

Suche dieses Typens investieren, der die Nummer meines Wagens gefälscht hat. Aber eine gewisse Ähnlichkeit mit mir ist tatsächlich nicht von der Hand zu weisen.«

Wie vom Blitz getroffen schauen sich der Kommissar und der junge Polizist an. Sie ringen um Worte, doch egal was sie nun sagen, es macht die ohnehin schon endlos peinliche Situation höchstens noch schlimmer, deshalb schweigen sie beide. Diese Panne hätte niemals passieren dürfen. Sie sind einem Betrüger auf den Leim gekrochen und haben sich gleichzeitig vor einem unbescholtenen Bürger zum Narren gemacht. Die sture Versessenheit auf das vermeintlich korrekte Nummernschild ist ihnen zum Verhängnis geworden. Niemals hätten sie damit gerechnet, dass es gefälscht sein könnte und auch nur deshalb haben sie die kleinen, aber feinen Details nicht bemerkt, welche den Unterschied gemacht haben.

Der Rückzug ist angebracht und ehe Michael noch eine halbherzige Entschuldigung murmelt, stehen sie wieder draussen vor der Tür.

»Gib mir die Schlüssel, ich fahre!«, befiehlt der Kommissar und sein Kollege reicht sie ihm wortlos. Die Laune der beiden hat ihren absoluten Tiefpunkt erreicht, doch dem zum Trotz knurren die leeren Mägen.

»Hunger?«

»Oh ja.«

Michael steuert das erstbeste Restaurant an und parkt den Wagen. Sie betreten das Lokal durch den Vordereingang. Keine Gäste hier. Ist es überhaupt geöffnet?

Schnurstracks kommt der Kellner mit der Speisekarte auf sie zu und fragt nach ihren Wünschen.

»Eine Stange und das Tagesmenü, bitte«, sagt der Kommissar trocken und ohne auch nur einmal in die Karte geschaut zu haben.

»Und Sie?«, fragt der Kellner Tim.

»Eine Cola und ebenfalls das Tagesmenü, bitte.«

Normalerweise trinkt Michael nicht im Dienst. Doch nach dieser Schlappe braucht er unbedingt einen Schluck, um wieder klare Gedanken fassen zu können.

Der Kellner kommt sogleich mit den Getränken und verkündet, dass das Menü noch einen Moment benötige. Frische Zubereitung brauche halt seine Zeit.

Die ersten Schlucke des Bieres spült er herunter, als wäre er beinahe am Verdursten. Tim macht grosse Augen.

»Das bleibt unter uns, hast du mich verstanden?«

»Keine Sorge, Chef«

Beide trinken und schweigen dann wieder, bis Tim endlich das Eis, welches sich seit dem peinlichen Vorfall zwischen ihnen gebildet hat, bricht.

»Lass den Kopf nicht hängen. Ist doof gelaufen, aber immerhin wissen wir jetzt, dass der Mann auf dem Foto definitiv etwas zu verbergen hat.«

Michael sieht ihn eine Weile eindringlich an, dann wendet er seinen Blick ab und schüttelt resigniert den Kopf.

»Ja, das denke ich auch.« Wieder schüttelt er den Kopf. Dann endlich fasst er einen klaren Gedanken.

»Die Villa. Wir müssen nochmals dorthin. Angenommen, Irene Liebherr und dieser Vincent haben sich in der Zeit vom Tod ihres Mannes bis zu ihrem eigenen Ableben öfters dort getroffen, und davon ist auszugehen, dann hat er bestimmt Spuren hinterlassen und die werden wir finden.«

Gut möglich, dass in dem Haus noch gewisse Dinge zu finden sind, die auf die Anwesenheit des ominösen Verehrers deuten. Dabei denkt Michael nicht einmal an Fingerabdrücke oder Haare, sondern an Gegenstände, die er zurückgelassen haben könnte. Die Spurensicherung aufzubieten erachtet er als übertrieben und nur als letzten Strohhalm, an den er sich klammern würde, wenn alles andere versagen würde, denn die Villa ist kein Schauplatz eines schrecklichen Verbrechens geworden, sie dient vielmehr zur Unterstützung der Klärung, wie Alexander Liebherr wirklich ums Leben gekommen ist.

Doch Tim äussert Bedenken. »Sind wir überhaupt noch berechtigt, dort aufzukreuzen und im Besitz des Hausschlüssels zu sein? Du willst ja wohl kaum einbrechen, oder?«

»Solange wir noch ermitteln, sind wir sehr wohl dazu berechtigt. Wäre ja noch schöner, wenn nicht. Der Schlüssel ist in der Obhut des Staatsanwaltes bis die Frage geklärt ist, was mit dem Anwesen geschehen soll. Ich ruf ihn gleich an und informiere ihn vorweg. Dann fahren wir nach Zürich, holen den Schlüssel und brechen gleich nach Meilen auf. Ich möchte keine Zeit verlieren.«

Nachdem das überaus leckere Mittagessen, Rösti mit Spiegelei, von den Ermittlern hastig vertilgt wurde, lässt sich der Kommissar die Rechnung bringen, welche er mit einem grosszügigen Trinkgeld bezahlt. Den Beleg steckt er in sein Portemonnaie, denn er achtet penibel darauf, sich sämtliche auswärtigen Auslagen über die Spesenabrechnung rückvergüten zu lassen. Danach führt er, wie besprochen, ein Telefonat mit dem Staatsanwalt, der ihm zusichert, den Schlüssel zu hinterlegen, weil er selbst nicht mehr in Zürich sein wird, wenn die beiden zurückkehren. Dann brechen sie auf.

Die erneute Durchsuchung der Villa hat nicht viel zu Tage gefördert, doch genug, um die DNA dieses Vincents einem Abgleich mit der Datenbank zu unterziehen.

Es wurden drei Zahnbürsten gefunden, zwei elektrische mit stationärer Ladestation und eine herkömmliche. Bei den elektrischen Modellen, die identisch sind, ist davon auszugehen, dass sie dem verstorbenen Ehepaar gehört haben. Die dritte, eine gewöhnliche Handzahnbürste, befand sich im Gästebadezimmer, was darauf schliessen lässt, dass sie von der Zielperson benutzt werden musste.

Dazu haben sie zwei Sektgläser, welche auf dem Wohnzimmertisch gefunden wurden, eingepackt. Die Witwe muss kurz vor ihrer Verhaftung noch mit jemandem angestossen haben. Den Ermittlern war sofort klar: Das kann nur einer sein!

»Bleibt nur zu hoffen, dass unser unbekannter Freund in der Vergangenheit so nett war, den Erkennungsdienst zu besuchen. Sonst haben wir immer noch nichts.«

Das gefälschte Nummernschild wurde zusammen mit dem Fahrzeugtyp und einer Personenbeschreibung zur Fahndung ausgeschrieben.

Egon Probst hat man telefonisch angeraten, sich ein neues Kennzeichen zu besorgen. Bei dieser Gelegenheit hat der Kommissar sich gleich auch für das peinliche Versehen entschuldigt. Es wurde mit dem gleichen Lachen quittiert, welches Michael und Tim heute bereits gehört haben. Live bei ihm in der Wohnung.

20

Fernandes Kindheit war keine Kindheit. Alles, was ihm von seiner alten, glücklicheren Kindheit blieb, war ein Kettchen mit seinem Namen drauf, das er stets um den Hals trug. Sonst war sein einziges Glück, dass er sich an die Ausbeutung, die dann begann, als seine Mutter ihn an die Menschenhändler verkauft hatte, später nicht erinnern konnte. Wer kann sich denn schon erinnern, was in diesem Alter passiert ist? Die Übergriffe waren erst rein sexueller Natur. Mit welchen kriminellen Machenschaften könnte man mit einem Kleinkind denn auch sonst viel Geld verdienen? Es fanden sich immer ein paar kranke Perverslinge, die einige Scheine für solche Dienste springen liessen und im Nu hatten die Menschenhändler die Ausgaben, die sie der armen Mutter bezahlt hatten, gedeckt. Der alte Mann rieb sich die Hände. Fernandes war eine wahre Goldgrube. Gut nur, dass er das alles, was mit ihm passierte, gar nicht registrieren konnte. So war es auch leichter für das Gewissen der Kriminellen, das sie nicht hatten. Es geschehe ja nur zu seinem Wohl, und sie geben dem Kind eine Überlebenschance, die es sonst nie gehabt hätte, redeten sich diejenigen ein, die noch nicht allzu lange dabei und total abgebrüht waren. Doch auch sie wussten, dass sie am Ende ihrer Tage dafür in der Hölle landen würden. Für solche Verbrechen gab es keine Rechtfertigung. Man konnte sich höchstens daran gewöhnen.

So wuchs der kleine Fernandes heran, verkauft von einer verzweifelten Mutter, die keinen anderen Ausweg mehr sah, und umgeben von Vergewaltigern, die nicht nur seine Kindheit zerstörten, sondern auch seinen Körper. Als er grösser wurde und zu sprechen und laufen begann, konzentrierte man sich ausschliesslich darauf, ihn in die Welt des Diebstahls einzuführen und ihm das Klauen auf professionellem Niveau beizubringen. Der Junge hatte Talent, das erkannten die Menschenhändler schon früh. Seine filigrane, unscheinbare Statur und sein unschuldiger Kinderblick harmonierten einfach perfekt mit seinen flinken Fingern. Tagtäglich wurde er auf Beutezug in die umliegenden Städte geschickt und kehrte immer mit prall gefüllten Taschen zurück. Er war stolz auf sich, und seine Bosse lobten ihn himmelhoch. Dass er etwas Unrechtes, Verwerfliches tat, wäre ihm nie in den Sinn gekommen, denn er kannte es nicht anders. Man hatte ihm stets eingebläut, dass er für seinen Lebensunterhalt, den die Kriminellen ihm ermöglichten, auch etwas beizusteuern habe. So tat er, wie ihm geheissen und wie es ihm gezeigt wurde. Er lernte schnell und waren es am Anfang noch Geldbörsen, die er nichtsahnenden Menschen in der U-Bahn geklaut hatte, wurden daraus schon bald teure Diamantcolliers, die er direkt vom Hals der Opfer entwendete, ohne dass diese es bemerkt hätten. Fernandes war der König der Trickdiebe, ein wahrer Meister seines Faches. El Gorila hatte Freude.

Der Junge wurde grösser und kräftiger. Der unschuldige Blick aus seinen kindlichen Augen wich immer mehr den kaltblütigen Zügen eines heranwachsenden, ausgemachten Psychopathen, doch das verschaffte ihm nicht nur Nachteile. Konnte er früher aus Mitleid seine Opfer in die Falle locken, war es nun die Kaltblütigkeit in seinen Augen, die sie eingeschüchtert alles tun liessen, was er verlangte, wollten sie nicht seinen Jähzorn zu spüren bekommen. Mittlerweile benutzte er statt seinen flinken Fingern immer öfters einfach die Fäuste, um ans Ziel zu gelangen und ihm wurde zunehmend bewusst, dass das, was er tat, zwar nicht in Ordnung war, doch es kümmerte ihn nicht im Geringsten. Er nahm sich, was er brauchte. Das betraf auch seinen durchaus ausgeprägten Sexualtrieb. Dutzende unschuldige Mädchen sind ihm schon zum Opfer gefallen. Fernandes hinterliess eine Spur der Zerstörung und die Polizei war ihm dicht auf den Fersen, schaffte es jedoch trotzdem nie, ihn zu schnappen. Er war ein Tick schneller und keineswegs dumm. Der alte Mann zeigte sich besorgt. »Übertreib es bloss nicht!«, mahnte er den Jungen jeweils, wenn dieser sich tagelang nicht blicken liess und schliesslich mit völlig zerfetzten Kleidern, die auf einen Kampf mit den Mädchen, die er vergewaltigte, schliessen liessen, wieder bei ihm in der Villa auf dem Lande aufkreuzte. »Unsere Organisation steht und fällt mit dir! Wirst du geschnappt, sitzen wir alle in der Scheisse. Willst du das etwa?« Reuig schüttelte Fernandes den Kopf. Dies waren die einzigen Momente in seinem von Gewalt geprägten Leben, die ihn spüren liessen, dass er doch so etwas wie Emotionen empfinden konnte. »Die Organisation«, wie El Gorila es nannte, bedeutete ihm alles und sein Leben war komplett von ihr abhängig. Dieses einzige Glück sollte und wollte er nicht aufs Spiel setzen, doch wenn ihn die unbändige Gier nach unschuldigem Mädchenfleisch packte, konnte er sich kaum mehr beherrschen und verwandelte sich zur rasenden Bestie, die sich auf alles stürzte, was sie zu fassen kriegte und hinter sich eine Spur der Zerstörung herzog.

»Nimm dir so viel Geld wie du brauchst und geh in den Puff damit. Aber behandle die Mädchen anständig und bezahle sie wie vereinbart, auch wenn es dreckige Nutten sind. Wir können wirklich keinen Ärger gebrauchen. Die Gewalt gegenüber den Prostituierten hat in den letzten Jahren massiv zugenommen und das hat zur Folge, dass in den Rotlichtvierteln weiss Gott wie viele zivile Bullen unterwegs sind, die, solltest du Scheisse bauen, sofort zur Stelle sind. Hast du mich verstanden?« Fernandes nickte. Langsam wurde ihm bewusst, auf welch dünnem Eis er sich bewegte. Es war wohl besser, den Rat des Alten zu befolgen. Dieser reichte ihm einen Briefumschlag. Der Junge öffnete ihn. Darin befanden sich einige Tausend Peseten. »Nimm es und lass dich vom Fahrer in die Stadt bringen. Dort wimmelt es nur so von Schlampen. Und sauf nicht so viel, hörst du? Aber zieh zuerst etwas Anständiges an. Man soll dir ja schliesslich nicht gleich ansehen, woher du kommst!« Fernandes nickte heftig mit dem Kopf. Diesmal würde er es nicht verbocken. Mit dem Geld, das mindestens ein Mädchen vor der sicheren Vergewaltigung retten sollte, würde er eine ganze Nacht durchficken können, auch wenn es nicht sonderlich viel war. An Tagen, an denen er sich unter Kontrolle halten konnte und besonders flinke Finger hatte, spülte er locker das Zehnfache in die Kasse. Aber er hatte den Segen des Alten und nur das zählte. Fernandes hatte sich so hochgearbeitet, dass er schliesslich sogar in der Villa mit Personal hausen durfte. Hier wurde so gut gekocht und geputzt, dass man als Aussenstehender gar nie auf die Idee gekommen wäre, dass es sich um die Zentrale von Schwerkriminellen handeln könnte. Es war die perfekte Tarnung.

Der Junge hatte sich die Haare mit Gel hochgekämmt, ein schickes Hemd angezogen und ein Parfüm aufgetragen, dass seinen männlichen Geruch mit einer Note Moschus betonte. Auch die Goldkette durfte natürlich nicht fehlen. Rein äusserlich eine gelungene Mischung aus Gentleman und Playboy, wobei der verdorbene Charakter umso mehr in den Hintergrund rückte. So konnte er los. Draussen wartete auch schon der Fahrer, seine Befehle entgegenzunehmen und Fernandes hatte schon die Hand auf dem Türgriff des Wagens, als er eine Frau in der Spiegelung der Autofenster beobachten konnte, wie sie unsicher das Haus hinter ihm betrat. Er stutzte. Was sie wohl hier wollte? Sicher war sie falsch, er hatte sie ja noch nie hier gesehen. Doch die Sache liess ihm keine Ruhe.

»Warten Sie hier!«, befahl er dem Fahrer, ehe er wieder zurück zur Villa lief. Leise öffnete er die Eingangstür, denn er wollte nicht von der unbekannten Frau gesehen werden. Er wusste nicht wieso, es war einfach nur ein ungutes Bauchgefühl. Sie war aus seinem Blickwinkel verschwunden, doch die Tür zum Arbeitszimmer des Alten war angelehnt und Stimmen drangen aus dem Raum in seine Ohren. Die eine erkannte er nur zu gut. Es war die des Gorillas. Die

Frauenstimme hatte er noch nie zuvor gehört, und doch merkte er, dass es ihm eiskalt den Rücken runterlief, als er die Frau sprechen hörte. Warum nur? Fernandes stand elektrisiert an der Stelle und rührte sich keinen Millimeter. Er lauschte aufgeregt dem Gespräch zwischen den beiden.

»Mein Sohn. Lassen Sie mich zu ihm. Bitte!«, sagte die Frau mit tränenerstickter Stimme. Der Alte lachte nur. »Was denken Sie wohl, wo sie hier sind? Im Kindergarten? Wir haben keinen Sohn und jetzt verschwinden Sie von hier! Unverzüglich!« Die Sache war ihm scheinbar unangenehm. Doch wer war sie? Eine von den Irren, die ihre Kinder verkauften? Fernandes hasste solche Leute bis auf den Tod. Er vermutete, dass seine eigene Mutter auch zu diesen abartigen Kreaturen gehören musste, doch das waren nur Mutmassungen. Niemand hatte ihn je aufgeklärt, wieso er hier war und was mit seinen Eltern geschehen ist. Irgendwann wollte er es auch nicht mehr wissen. Alles war ihm egal, solange er Frauen vergewaltigen und reiche Leute, die es besser hatten als er, bestehlen konnte. So war halt das Leben. Sein Leben.

Die Frau im Arbeitszimmer blieb, sehr zum Erstaunen des Gorillas, hartnäckig und liess sich nicht so einfach wegschicken. »Ich gehe erst, wenn Sie mir versichern, dass es ihm gut geht.« Der Alte schüttelte genervt den Kopf. Wer hat ihr bloss den Floh ins Ohr gesetzt, dass ihr Sohn hier sein sollte? »Wieso sollte er hier sein? Wir handeln doch bloss mit Immobilien«, sagte er so unschuldig wie ein kleiner Schuljunge. Immobilien. Das war die Standardauskunft, wenn jemand ungebeten hereinschaute und ungemütliche Fragen stellte. Um die Deckung zu wahren, lagen im ganzen

Haus einige Hochglanzmagazine aus der Immobilienbranche herum und auf Verlangen konnten sogar Verkaufszahlen vorgewiesen werden.

»Dass ich nicht lache! Vor exakt zweiundzwanzig Jahren haben Sie gebettelt, meine Kinder für ein paar läppische Peseten zu kaufen, und ich dumme Kuh war verzweifelt genug, meinen Fernandes Ihnen zu übergeben. Und jetzt wollen Sie mir weismachen, Sie würden mit Immobilien handeln?« Sie redete sich in Rage, doch der Alte blieb gelassen. Dieses Spiel spielte er öfters. »Hören Sie, ich bin mir sicher, dass es sich um eine Verwechslung handeln muss. Vom Kinderhandel distanzieren wir uns vehement. Bitte verlassen Sie jetzt das Gebäude, sonst sehe ich mich gezwungen, die Polizei zu rufen!«

Maria Branco knickte ein. Sie hatte keine Chance. »Gut, Sie haben gewonnen. Aber bitte«, und sie schaute den Alten flehend an, »bitte geben Sie ihm diesen Brief, wenn Sie ihn sehen.« Sie legte einen Umschlag auf den Tisch. Der Gorilla wurde ungeduldig.

»Gehen Sie jetzt!«

Kaum war sie draussen, landete der Umschlag im Papierkorb. Für wen die sich wohl hält? Er hatte Wichtigeres zu tun, als zerrüttete Familien wieder zu vereinen. Dann stand er auf und verliess die Villa. Der »Immobilienmarkt« erwartete ihn bereits.

Fernandes konnte sich gerade noch mit einem Satz zur Seite in die Abstellkammer retten. Der Alte mochte es nicht, wenn man lauschte. Das galt auch für ihn. War diese Frau seine Mutter? Der Namen und das Alter würden passen. Bestimmt gab es nicht viele Jungen, die vor zweiundzwanzig Jahren mit dem Namen Fernandes hier verkauft worden sind. Es konnte nur er damit gemeint sein.

Der Brief! Fernandes musste ihn lesen. Obwohl er wusste, dass der Gorilla die Villa längst verlassen hatte, schlich er sich auf Zehenspitzen in das Arbeitszimmer und fischte den Umschlag, der zuvor in den Mülleimer geschmissen wurde, heraus. Mit zittrigen Fingern öffnete er ihn und entfaltete das Blatt. Dann begann er zu lesen.

Lieber Fernandes

Bestimmt erinnerst du dich nicht mehr an mich, deine Mutter. Vor zweiundzwanzig Jahren wurde ich schwanger, doch mein Mann und ich hatten kaum Geld und mussten betteln gehen, um über die Runden zu kommen. Sehr zu unserem Erstaunen gebar ich Zwillinge, was eine zusätzliche Belastung bedeutete, der mein Mann nicht standhielt. Er verliess uns bei Nacht und Nebel. Ich war nun alleine mit meinen kleinen süssen Zwillingen und schaffte es kaum noch, etwas zu Essen aufzutreiben. Die drohende Kälte des Winters kam immer näher, und da kam ein Mann, und machte mir ein Angebot. Er bot mir eine Menge Geld an für dich, und in meiner Not habe ich zugesagt. Ich hatte keine Wahl. Dann verliessen wir das Land, denn nichts hielt uns mehr hier. In Frankreich lernte ich einen reichen Spanier kennen, wir heirateten und kehrten einige Zeit später nach Spanien zurück. In das Land, in dem alles begann.

Dir, und nur dir, haben dein Bruder und ich das Überleben zu verdanken. Es tut mir unendlich leid. Zu gerne würde ich dich wiedersehen und in meine Arme schliessen. Bitte melde dich doch! Die Adresse findest du auf der Rückseite.

178

In Liebe, deine Mutter

PS: Solltet du nicht sicher sein, ob du meinen Worten Glauben schenken kannst, dann betrachte deine rechte Fusssohle! Etwa in der Mitte befinden sich dort drei Muttermale so angeordnet, dass sie ein Dreieck bilden.

Der Junge stand fassungslos da, tausende Gedanken schossen ihm durch den Kopf. Sofort zog er seinen rechten Schuh und die Socke aus. Er hoffte, ja betete beinahe, dass sich die im Brief erwähnten Muttermale nicht auf der Sohle finden würden. Denn das hätte bedeutet, dass der Brief wirklich von seiner Mutter war. Die Mutter, die ihn vor zweiundzwanzig Jahren an Menschenhändler verkauft hatte und jetzt, wo sie an Geld gekommen ist, wieder aufkreuzt mit einem Brief im Gepäck, mit dem sie um Verzeihung bettelt, um ihr Gewissen reinzuwaschen.

Doch sie waren da. Drei Stück, in einem Dreieck angeordnet. Verdammt!

Das was er schon immer befürchtete, doch nie mit Sicherheit wusste, schien plötzlich real zu werden. Langsam spürte er, wie die seit Jahren angestauten Aggressionen hochkamen. Sie transformierten zu einem emotionalen Gefühlschaos, das ihn auf dem Fussboden in Tränen zusammenbrechen liess, wie ein Blitzlichtgewitter, das über ihm tobte und mit Groll und Donner einherging.

Einige Zeit verharrte er so. Sitzend am Boden, die Hände über dem Kopf, der in seinem Schoss lag, schweissgebadet. Eine salzige Mischung aus Tränen und Schweiss. Ausnahmezustand!

Dann besann er sich wieder und rappelte sich auf. Der

Brief, der vor seinen Füssen am Boden lag, steckte er ein. Er würde ihn später noch brauchen.

Ein Blick in den Spiegel verriet ihm, dass seine makellose Fassade, die er vor Kurzem sorgfältig im Badezimmer zurechtgelegt hat, bröckelte. Flüchtig zupfte er mit den Händen das Hemd wieder zurecht und fuhr sich durch die Haare. So passte er ihm schon besser.

Dann verliess er das Haus. Der Fahrer war in der Zwischenzeit verschwunden.

21

Martin Sturzenegger schreckt schweissgebadet hoch. Einen Moment lang überbekommt ihn die Panik und etwas droht, ihm die Luft abzuschneiden, dann fällt er zurück und ist wieder bei Verstand. Die Digitalanzeige des Weckers zeigt zwei Uhr morgens an. In den letzten Tagen traten diese Angststörungen gehäuft auf, meist sogar um die gleiche Uhrzeit und auch seine Frau ist in grosser Sorge um ihn, denn niemand weiss, was der Auslöser dafür sein könnte. Niemand. Nur Martin. Denn dem Aufwachen geht stets ein und derselbe Traum voran: Alle in der Firma tuscheln und zeigen mit dem Finger auf ihn, nachdem sie das Video gesehen haben. Er verlässt panikartig das Gebäude, rennt auf die Strasse und wird direkt von einem Auto erfasst, hinter dessen Steuer niemand geringeres sitzt als Karl, welcher ein satanisches Lachen von sich gibt. Dann geht alles in Flammen auf.

So auch diese Nacht. Doch Martin hofft, dass diese nächtlichen Plagen bald ein Ende haben werden, denn die Digitalanzeige des Weckers verrät nebst der Uhrzeit auch das Datum. Der erste Tag des neuen Monats ist angebrochen. Was auch immer passieren wird, wird mit grosser

Wahrscheinlichkeit heute passieren, da ist er sich sicher. Vielleicht geschieht auch gar nichts und der Tag wird so durchschnittlich, wie die meisten anderen auch. Vielleicht schlägt der Täter auch erst dann zu, wenn er es am wenigsten erwartet. Es wird sich zeigen.

Vier Stunden später steht er auf, getrieben von der Angst, was ihn an seinem Arbeitsplatz erwarten könnte. Normalerweise fährt er erst gegen acht Uhr zur Arbeit. Martin ist zwar der Boss und bestimmt wichtig für die Firma, doch diese Funktion beinhaltet auch gleichzeitig, dass man seine Arbeitszeiten selbst festlegen kann. Dazu gehört für ihn, nicht zu früh aufzustehen und am Morgen ausgiebig zu frühstücken. Heute bleibt das auf der Strecke.

Leise zieht er sich an und verlässt mit einem unguten Gefühl das Haus.

Als er zehn Minuten später in der Firma eintrifft, scheint er der Erste zu sein. In seinem Betrieb gelten flexible Arbeitszeiten, die es den Angestellten ermöglichen, selbst zu bestimmen, wann man mit der Arbeit beginnt und für wie lange. Lediglich das Wochenpensum und die Rahmenzeiten sind vorgegeben.

Die meisten Leute trudeln um halb acht ein, wenige kommen davor und noch weniger danach.

Als Martin am schwarzen Brett vorbeiläuft, fällt ihm ein erster Stein vom Herzen. Keine Screenshots von diesem verhängnisvollen Video zu sehen.

Er fährt den Rechner hoch und sein Herz schlägt wie wild. Was wird wohl gleich in seinem Postfach zu finden sein?

Zu seiner Erleichterung nichts, wovon er sich seit Tagen schon so fürchtet. War der ganze Spuk bereits vorbei, als er

Karl auf die Strasse gestellt hat, oder ist das hier bloss die Ruhe vor dem Sturm?

Kurz nach sieben trifft endlich seine Sekretärin, Charlotte Huber, ein. Gut gelaunt prüft sie die Post. Keine Spur von Nervosität, dabei betrifft es sie doch genauso wie ihn. Oder hat sie die ganze Angelegenheit etwa schon vergessen?

Martin wünscht sich manchmal, über die Coolness von Charlotte zu verfügen und mit der gleichen Leichtigkeit durchs Leben zu gehen wie sie. Doch momentan ist er meilenweit davon entfernt. Viel eher sitzt er auf heissen Kohlen, die seinen Allerwertesten verbrennen und ihn mit angstverzerrtem Gesicht vor Schmerzen aufheulen lassen. So beschreibt sich seine Gefühlslage am besten.

»Guten Morgen Charlotte.« Sie erschrickt, denn sie hat nicht damit gerechnet, dass er schon vor ihr in der Firma ist. Das kommt höchstens einmal im Jahr vor.

»Guten Morgen Martin. Sie sind aber früh dran heute.«

»Ich konnte sowieso nicht schlafen. Heute ist Monatsanfang, Sie wissen schon.«

Charlotte scheint nicht zu begreifen, worauf Martin hinauswill, doch nach einem Moment des Überlegens ist der Groschen bei ihr gefallen.

»Ah, Sie meinen bestimmt diese Erpressungssache. Das hat sich doch erledigt, oder haben Sie wieder etwas von diesem Mistkerl gehört?« Diese Leichtigkeit, mit der sie diesen Satz gesagt hat, beeindruckt Martin. Er wünscht sich, er könnte so darüber denken.

»Nein, bis jetzt blieb alles ruhig. Hoffen wir, dass es auch so bleibt. Ich möchte heute nicht gestört werden. Bitte sorgen Sie dafür.«

Mit diesem Satz dreht er sich um und verschwindet wieder in seinem Büro. Zurück bleibt eine verwirrte Charlotte, die nicht so recht weiss, was sie davon halten soll. Gibt es noch einen Grund zur Besorgnis? Sollte sie sich ernsthaft Sorgen machen?

Den ganzen Tag bleibt es ruhig ohne besondere Vorkommnisse. Beinahe im Minutentakt checkt er seinen Posteingang auf Mails vom Erpresser. Doch nichts passiert. Martins Laune bessert sich stetig mit dem Fortschritt der Tageszeit. Langsam fängt er an zu glauben, dass er sich tatsächlich nur unnötig den Kopf darüber zerbrochen hat, was nach dem Ablaufen des Ultimatums passieren würde. Der Tag ist fast um, was soll da jetzt noch grossartiges geschehen?

Gegen fünf Uhr macht sich endgültige Erleichterung in ihm breit. Er hat es geschafft, die schlimmsten Befürchtungen sind nicht eingetroffen. Martin fühlt sich unbesiegbar. Bevor er den Rechner herunterfährt, beschliesst er, ein letztes Mal noch seinen E-Mail-Account zu prüfen. Doch was er nun zu sehen bekommt, lässt sein Herz in die Hose rutschen. Zwei neue Nachrichten von »Puppy66@Yahoo.com«. Er öffnet die erste, welche nur an ihn adressiert ist.

Du hast meinen Anweisungen keine Folge geleistet. Schade! Was jetzt kommt, hast du dir selbst zuzuschreiben.

Ein Freund

Wieder diese ominöse Freund. Was er wohl in der zweiten Mail zu sagen hat? Martin öffnet sie. Sie enthält keinen Betreff und auch keinen Text. Nur das Video ist angefügt und als Martin den Verteiler begutachtet, weiss er sofort, dass er geliefert ist. Jeder in der Firma hat diese Nachricht erhalten. Sofort ruft er Charlotte über die Sprechanlage zu sich. Ihrer Gesichtsfarbe nach zu urteilen, hat sie die Mail auch schon gekriegt. Den Tränen nahe ringt sie um Fassung.

»Verdammt nochmal, dass darf doch nicht wahr sein. Was sollen wir jetzt bloss noch tun?«

Martin weiss es nicht. Er hat sich schon überlegt, die interne IT anzurufen und zu fragen, ob es möglich sei, die Mail vom Server zu löschen, so dass alle, die sie noch nicht gesehen haben, sie auch nie zu Gesicht bekommen werden. Doch er weiss, dass das absolut zwecklos ist. Selbst wenn es möglich wäre, was er stark bezweifelt, würde es reichen, wenn nur schon eine Person den Clip in Augenschein genommen hat. Und mit jeder Sekunde werden es mehr. Zum Glück sind viele schon in den Feierabend gegangen, doch spätestens am nächsten Morgen wird es endgültig zu spät sein.

Martin und Charlotte bleibt nichts anderes mehr übrig, als die Firma freiwillig zu verlassen, denn wenn sie es nicht selbst tun, wird ihnen spätestens morgen der Aufsichtsrat nahelegen, aufgrund mangelnder Glaubwürdigkeit zu kündigen. Zudem bezweifelt Martin, dass er und Charlotte dem Spott sämtlicher Angestellten auf Dauer standhalten können. Es gibt keinen anderen Ausweg. Es steht fest.

»Wir können hier nicht bleiben. Packen Sie ihre Sachen. Morgen treffen wir uns auf neutralem Boden und dann schauen wir weiter. Haben Sie mich verstanden?«

Mittlerweile hat sie ihren Tränen freien Lauf gelassen und bringt nicht mehr als ein Kopfnicken zustande. Dann verlässt sie sein Büro. Martin räumt seine wichtigsten Sachen in seine

Aktentasche, dann verlässt er das Gebäude. Für immer.

Mit leerem Kopf fährt er nach Hause. Vielleicht ist das wieder nur ein Alptraum, aus dem er jeden Moment aufwachen wird. Doch heute nicht. Heute ist es real. Die Träume dienten nur als Vorbereitung für den Ernstfall, der jetzt leider Gottes eingetroffen ist.

Doch die Katastrophe ist noch nicht vorbei, sondern fängt erst richtig an. Als er sein Haus betritt, merkt Martin sofort, dass etwas nicht stimmt. Es liegt kein Geruch vom Abendessen in der Luft und die Küche ist auch nicht aufgeräumt. Dafür liegt ein Zettel auf dem Esstisch.

Ich will die Scheidung. Bin bei einer Freundin, such mich nicht. Komme nur noch meine Sache abholen. Kannst dich ja mit deiner Sekretärin trösten.

Zum zweiten Mal an diesem Tag spürt er, wie ihm der Boden unter den Füssen weggerissen wird. Verdammt! Sie weiss es also auch. Aber woher? Bestimmt konnte es irgendjemand aus der Firma nicht lassen, ihr den Clip auch noch zuzuspielen. Alles Verräter. Doch dieses Leben lässt er von nun an hinter sich. Finanzielle Schwierigkeiten hat er durch den Jobverlust vorläufig sicher keine zu befürchten, denn es befindet sich noch genug Geld auf der hohen Kante. Viel mehr Sorge bereitet ihm die Tatsache, dass seine Frau die Scheidung einreichen will. Er muss versuchen, das Ruder noch herumzureissen, sonst würde dies sein finanzieller Ruin bedeuten. Doch ihre Worte waren unmissverständlich. Ob er noch eine Chance hat? Zwanzig Jahre Ehe schmeisst man ja nicht von heute auf morgen weg. Oder doch?

22

Fernandes war wütend. Auf sich, seine Mutter, den Alten, die Umwelt, einfach alles und jeden. Seine Lebensumstände hatte er zweifellos seinem Erzeuger und noch viel mehr seiner Erzeugerin zu verdanken. So viel stand fest, seit er den Brief, den sie für ihn geschrieben hatte, las. Erbärmlich, wie sie nun plötzlich, wo sie doch zu Geld gekommen ist, angekrochen kam. Jetzt passte er, der verlorene Sohn, wieder in ihr Leben, und er musste ihr natürlich vergeben, da sie sonst in ihrem weichen, teuren Bett kein Auge zubekommen hätte. Doch ihm war die Alte egal. Sollte sie in der Hölle schmoren für das, was sie ihm angetan hatte. Auf gar keinen Fall wollte er sich bei ihr melden.

Fast noch wütender war er auf den Gorilla. Wer gab ihm das Recht, dieses persönliche Schreiben, das ausschliesslich für seine Augen bestimmt gewesen wäre, einfach in den Müll zu werfen? Nur weil er hier das Sagen hatte? Oder wollte er ihn gar beschützen? Beschützen vor diesem Loch, in das zu fallen er nun drohte?

Fernandes fand keine Antwort. Nur Wut und Zorn. Einsam und alleine sass er hier auf einem Bänkchen in einem Park am Rande Madrids mit einer Falsche Wodka in der Hand, die er schon zur Hälfte leergetrunken hatte. Von irgendwoher hörte er eine Kirchenglocke Mitternacht schlagen. Der Alkohol strömte langsam in seine Blutbahn und entfaltete rasch seine Wirkung. Er gab ihm Halt und half ihm, den ganzen Kummer zu verdrängen. Gleichzeitig verstärkte er aber auch seine Wut. Ein Teufelskreis!

Was hatte er schon erreicht in diesem Leben? Einen Haufen Ärger, sonst nichts. Seine einzige Gabe war das Klauen. Bravo! Andere konnten singen, tanzen, malen oder rechnen. Und was konnte er? Klauen.

Andere wuchsen in intakten Familien auf, während er in einem Armenviertel geboren, vom Vater verlassen und von der Mutter verkauft wurde. Als Versager geboren und bis heute hatte sich nichts daran geändert.

Was also wollte er noch hier? Er hätte sich im nächsten Moment von der erstbesten Brücke stürzen können, und kein Mensch hätte es je erfahren, geschweige denn interessiert. Wer hätte ihn schon vermisst? Der Alte? Wohl kaum. Dieser wäre höchstens über den Verlust von seinem besten Pferd im Stall bestürzt gewesen. Dem Menschen hinter der Fassade schenkte er keine Beachtung. Das war knallhartes Business. Wer viel leistet, wird reichlich belohnt, doch nicht auf eine emotionale, soziale Art, sondern auf eine rein materielle.

»Verdammt nochmal!«, brüllte er in die schwüle, glasklare Sommernacht hinaus und zerschlug mit der rechten Hand die mittlerweile leere Wodkaflasche über einem Abfalleimer. Sie zersprang mit lautem Klirren in tausend Scherben, welche sich in Fernandes' Hand bis auf den Knochen bohrten, was er mit einem lauten Schrei quittierte. Das hatte ihm gerade noch gefehlt. Doch spielte es jetzt noch irgendeine Rolle? Es war der Tropfen, der das Fass, sein Fass, endgültig zum Überlaufen brachte, in dieser schwarzen, einsamen Nacht, die schwärzer war, als alle anderen zuvor.

Zweiundzwanzig Jahre musste es dauern, bis er endlich in der Lage war, zu begreifen, welchen Platz er in dieser verkorksten, ungerechten Welt einnahm. Es fiel ihm wie Schuppen von den Augen. So konnte und wollte er nicht mehr weiterleben.

In einem Akt der puren Verzweiflung verliess er Hals über Kopf den Park und rannte zur nahe gelegenen Brücke. Der Manzanares führte wenig Wasser, was in einem heissen Sommer wie diesem eher der Normalfall als eine Seltenheit war. Fernandes beugte sich über das Geländer und sah in die Tiefe hinab. Einen solchen Sturz hätte er auf keinen Fall überlebt, doch genau das wollte er ja. Er hatte sich noch nie vor dem Tod gefürchtet, sondern lebte, wonach ihm der Sinn stand. Aber jetzt, wo er ihm in die Augen sehen konnte, versagten seine Nerven, und er hasste sich selbst dafür. Für ihn wäre es nur ein kleiner Schritt nach vorne gewesen, der sein Ableben besiegelt hätte, doch für die Menschheit ein grosser, der etliche Frauen hätte retten können und den Planeten Erde in einen besseren, sicheren Ort verwandelt hätte.

Sein Höhenflug war vorbei, seine Zeit abgelaufen. Zeit zu gehen. Er schloss die Augen.

»Hey Kumpel, mach keinen Scheiss. Komm da runter!«

Der Fremde hinter ihm sprach mit sanfter Stimme auf ihn ein und näherte sich Fernandes langsam. Dieser erschrak so fest, dass er beinahe vom Geländer gefallen wäre. Verdammt! Mit dem hatte er nicht gerechnet, dass mitten in dieser

Sommernacht ein Wildfremder auftaucht und ihm seine Tour versaut. Jetzt, wo er den Menschen zum ersten und gleichzeitig auch letzten Mal einen Gefallen erweisen wollte. Aber nein, es musste ja etwas schieflaufen.

»Scheisse, Sie bluten ja!«, bemerkte der Mann, als er die blutverschmierte Hand und das Geländer sah, das sich rot gefärbt hatte. »Sie brauchen dringend einen Arzt, sonst gehen Sie noch drauf, ehe Sie den Mut gefunden haben, zu springen.«

Die Entgeisterung des Fremden mischte sich mit einem warmen Lächeln. »Kommen Sie schon!«

Fernandes schaute in die Tiefe, dann drehte er sich um und sah den Mann an. Er war kaum älter als er selbst und hatte eine sympathische Erscheinung. Dies war mitunter auch der Grund, warum er schlussendlich klein beigab und über das Geländer auf den sicheren Boden zurückkehrte. Heute war kein guter Tag zum Sterben.

Der Lebensretter kramte indessen ein unbenutztes Stofftaschentuch aus seiner Hosentasche hervor und band es Fernandes um den Arm. Ein Druckverband. Dieser wirkte und die Blutung stoppte augenblicklich. Er war vorerst gerettet, doch ärztliche Hilfe war unabdingbar und ohne sie hätte er wahrscheinlich nicht lange überlebt. Das versuchte der fremde Mann ihm zu erklären. Ohne Erfolg.

»Das krieg ich noch alleine hin! Doch vielen Dank für ihre Hilfe!«, sagte er und machte sich schlagartig aus dem Staub. Es war das erste Mal überhaupt in seinem jungen, verpfuschten Leben, dass er sich bei jemandem bedankte. Es war auch das erste Mal, dass er Hoffnung schöpfte. Ein Neuanfang!

Der Überlebenswillen nahm Überhand und so lief er im Eiltempo zur Villa zurück, wo er sich von einer ausgebildeten Sanitäterin, die ebenfalls zum Personal gehörte, professionell die Hand verbinden liess. Danach legte er sich ins Bett und dachte nichts mehr. Sein Kopf war leer.

Er schlief ein und träume zum ersten Mal von seiner Mutter, seinem Bruder und dem Vater.

Was für ein Tag.

Der Schädel brummte und die Kehle war trocken und staubig, als Fernandes am nächsten Morgen erwachte. Er raffte sich auf und betrachtete sich vor dem Spiegel. Was er sah, stimmte ihn nachdenklich. Krampfhaft versuchte er sich zu erinnern, was am Vorabend wohl vorgefallen sein musste, dann erst bemerkte er den Verband um seiner Hand, der sich in der Zwischenzeit rot gefärbt hat und viel zu viel Druck ausübte. Langsam kehrte die Erinnerung zurück, nicht schlagartig, sondern Stück für Stück, wie ein Puzzle, das sich langsam zu einem Gesamtbild zusammenfügte.

Ja, er trank viel zu viel Wodka, ja er verletzte sich selbst. Und ja, er wäre beinahe von einer Brücke gestürzt, was ein wohltätiger Erzengel gerade noch so verhindern konnte.

Der Junge schämte sich, wie er so vor dem Spiegel stand und sein bemitleidenswertes Ich betrachtete. Verstossen, verarmt, verdorben und jetzt auch noch verkrüppelt. Doch er war heilfroh, am Leben zu sein und schwor sich, in Zukunft weniger zu trinken. Nicht um des Alten willen, sondern um zu überleben. Eines Tages, das wusste er nun, würde der Alkohol ihn noch ins Grab bringen. Oder eine Kugel in seinen Brustkorb, abgefeuert von einem Bullen. Sein Schicksal.

Doch sein Hauptaugenmerk lag auf dem Verband, welcher dringend erneuert werden musste. Was würde El Gorila wohl dazu sagen?

Fernandes beschloss, dass es vorläufig wohl besser war, ihm nicht unter die Augen zu treten. Der Alte konnte ganz schön ungemütlich werden und sein Zorn war nun das letzte, was er gebrauchen konnte. Doch da hatte er die Rechnung ohne ihn gemacht, denn keine Minute später, nachdem er das Zimmer verlassen hatte, hörte er den Alten nach ihm rufen, und der Klang in seiner Stimme verriet dem Jungen, dass es wohl besser war, ihn nicht zu lange warten zu lassen. Also biss er in den sauren Apfel und betrat das Arbeitszimmer, wo der Gorilla ihn hinter dem Schreibtisch bereits erwartete, die Hände zusammengefaltet auf dem Tisch und eine nachdenkliche Miene aufgesetzt. Das konnte nichts Gutes bedeuten. Fernandes schluckte leer, was seinem Gegenüber nicht entging. »Setz dich!«, befahl er mit ruhiger Stimme, doch als der Junge nicht sofort gehorchte, wurde er lauter. »Du sollst dich setzen, verdammt nochmal!«

Er setzte sich. Der Alte starrte wie gebannt auf seinen Verband und schüttelte den Kopf. »Du wirst mir hier immer mehr zum Sicherheitsrisiko. Erinnerst du dich, über was wir gestern gesprochen haben?« Er schaute Fernandes vorwurfsvoll an. Dieser hatte den Blick gesenkt und nickte schwach mit dem Kopf. »Hast wohl wieder nur Ärger gemacht, wenn ich deine Hand betrachte, statt ordentlich Dampf abzulassen. Eines Tages kreuzen hier noch die Bullen wegen dir auf, da bringt es auch nichts, wenn du verlegen auf den Boden starrst.« Abermals schüttelte er den Kopf. »Nein, nein, nein! So geht es nicht weiter mit dir. Doch aufgepasst!

Heute soll dein Glückstag sein, auch wenn du der Letzte bist, der das verdient hat.« Fernandes erhob seinen Blick. Diese Worte liessen ihn hellhörig werden. Der Alte konnte zwar streng und konsequent sein, doch er mochte den Jungen und wusste sein kriminelles Potenzial zu schätzen. Was das zu bedeuten hatte?

»Ich habe da ein Ding am Laufen, bei dem wir auf Präzisionsarbeit angewiesen sind. Deine Präzisionsarbeit!« Seine Augen funkelten. »Und ich bin mir absolut sicher, dass genau du der Richtige dafür bist, wenn du dich nicht gerade besoffen mit jemandem prügelst.« Fernandes Sprache kehrte zurück. Er wäre dem Gorilla am liebsten um den Hals gesprungen und hätte ihn umarmt, doch diese Blösse wollte er sich beim besten Willen nicht geben, schon gar nicht vor seinem Boss. Zudem wusste er ja noch nicht einmal, um welchen Job es sich handeln würde, deshalb war Vorsicht geboten, auch wenn er insgeheim schon erahnen konnte, dass es ein lukratives Geschäft werden sollte. Seine Neugierde war auf jeden Fall geweckt. »Ich werde Sie nicht enttäuschen. Wann soll es denn losgehen? « Der Alte reichte ihm einen prall gefüllten Umschlag.

»Darin findest du alles, was du brauchen wirst. Ein Flugticket, einen Pass, eine Telefonnummer, einen Schlüssel und etwas Geld. Mit dem Ticket wirst du morgen nach Zürich fliegen. Die genauen Flugdaten sind auf der Rückseite vermerkt. Der Fahrer wird dich pünktlich zum Flughafen fahren. Sobald du am Zielort gelandet bist, gehst du durch die Passkontrolle, welche keine Probleme bereiten wird.«

»Ist der Pass denn gefälscht?«, will Fernandes wissen.

»Wo denkst du hin? Natürlich nicht. Dein Name ist noch in

keiner Verbrecherkartei erfasst, warum also sollten wir dieses unnötige Risiko eingehen?« Das leuchtete dem Jungen ein. Langsam fand er Gefallen an seiner neuen Mission.

»Sobald du durch die Kontrolle durch bist, suchst du auf dem direkten Weg eine Telefonzelle auf. Dort rufst du die Nummer, welche sich im Umschlag befindet, an.«

»Was passiert dann?«

»Das wirst du schon sehen. Mehr Informationen kann und will ich dir nicht geben.«

Fernandes beschlich ein mulmiges Gefühl. Zwar freute er sich, Teil einer wichtigen Operation zu sein und das volle Vertrauen des Alten zu geniessen, jedoch liess ihn die Ungewissheit nicht los, wie es in Zürich weitergegangen wäre. Für was der Schlüssel sein sollte, wagte er erst gar nicht zu fragen. Stattdessen nickte er mit dem Kopf.

»Geh jetzt und nimm deine Sachen mit. Und Gnade dir Gott, solltest du das vermasseln.« Die Stimme des Gorillas wurde drohend und sein Blick stechend. Der Junge hatte verstanden. Er nahm den Umschlag an sich und verliess das Büro. Der Kater war verflogen und er fühlte sich wohler und fitter denn je. Die Weichen für einen Neuanfang waren gestellt.

Die Maschine landete pünktlich in Zürich. Fernandes' Herz pochte wie wild, als er sich in die Schlange beim Zollbüro stellte, doch er versuchte, sich zu entspannen und sich nichts anmerken zu lassen. Er war im Besitz eines gültigen Reisepasses, und in seinem Gepäck fanden sich keine verbotenen Gegenstände. Was also sollte da schon schiefgehen?

Nur wenige Minuten später stand er draussen an der frischen Luft und schaute sich um. Jetzt erst kam der spannende, ungewisse Teil des Planes. Neben den Taxiständen vor ihm reihten sich mehrere Telefonkabinen in Reih und Glied auf. Die meisten waren glücklicherweise nicht besetzt.

Fernandes steuerte eine freie Kabine an und öffnete die Tür. Darin stank es nach kaltem, abgestandenem Rauch und jemand musste wohl vor noch nicht allzu langer Zeit auf die glorreiche Idee gekommen sein, sich in einer Ecke zu erleichtern. Auch wenn er wusste, dass er selbst keinen Deut besser war, widerten ihn solche Leute an. Die Seiten des Telefonbuches waren zudem leicht angekokelt und die Scherben am Boden stammten von dem Leuchtmittel, welches einmal Licht spenden sollte. Fernandes war schockiert. In dieser verwahrlosten Zelle konnte es sich ja nicht einmal ein Penner gemütlich machen. Dieses Land, von dem er bis anhin nur gehört hatte, dass dort reiche Leute wohnen sollten, hatte er sich irgendwie anders vorgestellt. Doch das war ihm nun auch egal, er befand sich ja schliesslich nicht auf einem Städtetrip, sondern hatte einen Auftrag, wenn auch einen unklaren. Der nächste Schritt stand bevor und sein Herz pochte wie wild, als er den Hörer abhob, den Apparat mit einem Fünfzigrappenstück fütterte und die Nummer, welche er von dem Zettel abgelesen hatte, eintippte. Es klingelte.

Schier endlos kam ihm der monotone Hörton vor, der unablässig in seinem Ohr ertönte. Doch niemand nahm ab. Der Junge hängte den Hörer ein und starrte ungläubig auf das Stück Papier. Hatte er sich etwa vertippt? Erneut startete er einen Anlauf, der ebenfalls nicht von Erfolg gekrönt war. Panik kroch seinen Rücken hinauf. Wie sollte es jetzt bloss weitergehen? Einen Plan B gab es nicht. Alles hing von diesem einen Anruf ab, der nicht zustande kommen wollte. Fernandes war verzweifelt. Er beschloss, die Telefonzelle zu verlassen und es später nochmals zu probieren. Etwas anderes blieb ihm auch nicht übrig, waren seine finanziellen Mittel doch stark beschränkt und hätten wohl nicht einmal für eine Übernachtung in einem anständigen Hotel ausgereicht.

Wieder und wieder tippte er die Nummer ein. Doch das Glück war ihm nicht hold.

Woher sollte er denn auch wissen, dass sich ein Zahlendreher auf den Zettel geschlichen hatte?

Der Mann wurde allmählich nervös. Der Flug sollte selbst mit Verspätung doch längst gelandet sein. Wo zum Teufel steckte bloss dieser Junge? Warum rief er nicht an?

Er hatte die strikte Anweisung, erst loszufahren, wenn der Anruf eingetroffen ist. Und er wusste nur zu gut, dass es besser war, diesen Anweisungen Folge zu leisten. Also wartete er.

Fernandes resignierte. Das hatte doch alles keinen Sinn. Draussen dämmerte es mittlerweile und einige betrunkene Jugendliche hatten sich auf dem Platz breitgemacht. Einen Schluck könnte er nach all den Strapazen auch gut vertragen, schoss es ihm durch den Kopf und er folgte den Wegweisern Richtung Bahnhof, wo er einen Kiosk betrat und sich eine Flasche Wodka gönnte. Der gute alte Wodka! Niemals würde dieser ihn ihm Stich lassen. Niemals! Gierig stürzte er sich auf seine Beute und leerte die halbe Flasche in einem Zug. Ein grosser Fehler!

In den kommenden Stunden sollte er so betrunken werden, dass er im Rausch das tat, was er seiner Meinung nach schon viel zu lange nicht mehr tat.

Er vergewaltigte!

Und weil er sich dermassen dilettantisch dabei anstellte, war es für die Kantonspolizei ein Leichtes, ihn zu überführen. Keine drei Stunden nach der Tat klickten die Handschellen. Eine Laufbahn, die ihn Spanien begonnen hatte und nie unterbrochen wurde, fand in Zürich ein jähes Ende.

Es sollte nicht lange dauern, bis ihm der Prozess gemacht wurde, wobei man auch beschloss, ihn wegen akutem Platzmangel in die nahe gelegene, kantonale Strafanstalt Zug zu überstellen.

Und dabei wusste er noch nicht einmal, was es mit diesem Auftrag, aufgrund dessen er dieses Land überhaupt betreten hatte, auf sich haben sollte.

23

Michael Meier kann die Schlappe, welche sich bei Egon Probst zugetragen hat, nur schwer verdauen. Umso wichtiger ist es für ihn, jetzt endlich vorwärts zu kommen, und diesem Typen das Handwerk zu legen, ob schuldig oder nicht. Mindestens Kennzeichenfälschung können sie ihm anhängen, doch der Kommissar ist sich sicher, dass dieser Kerl noch einiges mehr auf dem Kerbholz hat. Bis jetzt konnte er sie erfolgreich an der Nase herumführen, doch bald wird sich das Blatt wenden, da ist Michael sich sicher.

Heute steht der Besuch bei Anneliese Schmied in Stäfa auf dem Programm. Tim hat die Dame bereits telefonisch kontaktiert und um einen Termin gebeten. Hartnäckig wollte sie natürlich wissen, um was es denn gehe, doch solche Angelegenheiten besprechen die Polizisten nur sehr ungern am Telefon. Er konnte ihr nur versichern, dass sie keinen Ärger erwarte, den Rest werde sie dann erfahren.

Die beiden sind aufgeregt. Werden sie heute endlich erfahren, wer dieser Vincent wirklich ist und was hinter diesem Unfall alles dahintersteckt? Unfall oder Mord?

Tim parkt den Wagen am Strassenrand vor einem alten Haus

in Stäfa. Hier wohnt diese Anneliese Schmid also. Das Gebäude scheint gross, aber heruntergekommen zu sein. Auch der Garten sieht aus, als hätte ihn schon seit Jahren niemand mehr gepflegt. Fast ein wenig unheimlich, dass hier noch jemand wohnen soll. Würde man es nicht wissen, könnte man genauso gut ein »Lost Place« dahinter vermuten. Lediglich der kleine Opel Corsa vor dem Haus lässt erahnen, dass hier noch jemand haust.

Die beiden steigen aus und begeben sich zum Eingang, wo der Kommissar die Klingel betätigt. Sofort hören sie lautstarkes Hundegebell. Dann hören sie Schritte und die Tür wird aufgeschlossen. Vor ihnen steht Anneliese Schmid. Eine sympathische Erscheinung, etwa Mitte siebzig. Die langen grauen Haare sehen sehr gepflegt aus und auch sonst scheint die Dame noch sehr rüstig für ihr Alter zu sein. Neben ihr sitzt ein Yorkshire Terrier, der neugierig, sein Revier verteidigend, den Besuch anbellt. »Django aus!«, befiehlt sie und der Hund gehorcht auf der Stelle. Er ist mucksmäuschenstill.

»Sind sie Frau Schmid?«, fragt Tim höflich. Die Frau nickt.

»Die bin ich. Und wer sind sie, wenn ich fragen darf?«
Sie zücken ihre Dienstausweise. » Wir haben uns schon telefonisch bei ihnen gemeldet. Dürfen wir eintreten?«
Mit einer Handbewegung bedeutet sie ihnen, ihr zu folgen. Django bildet das Schlusslicht und trottet hinter den beiden her.

Das Haus ist mit zahlreichen Gemälden dekoriert, wobei der Kommissar und der Polizist nicht erahnen können, ob es sich um teure Originale oder wertlosen Plunder handelt. Auch Vasen und Teppiche finden sich zuhauf. Anneliese

Schmid ist wahrscheinlich eine Kunstliebhaberin.

Das Wohnzimmer bietet reichlich Platz. Ein abgeranztes Ecksofa bietet Platz zum Sitzen. Michael und Tim sitzen zögerlich ab und auch Django huscht in sein Körbchen. Doch wo bleibt die Freundin der Witwe? Nach rund einer Minute kommt auch sie mit einem Tablett in der Hand, worauf sich ein Kaffeeservice befindet, daneben eine Kanne mit frisch aufgebrühtem Kaffee, dazu Milch und Zucker. Ohne zu fragen, schenkt sie in drei Tassen ein.

»Bitte bedienen Sie sich.« Michael und Tim bedanken sich. »Und bitte seien Sie so freundlich, mir endlich den Grund Ihres Besuches zu erklären. Am Telefon haben Sie ja was für ein Geheimnis daraus gemacht.«

»Wir möchten mit Ihnen über Alexander und Irene Liebherr sprechen, weil wir der Meinung sind, dass Sie uns vielleicht weiterhelfen können.«

Anneliese Schmid rührt unbeeindruckt in ihrem Kaffee. Von dem eben Gehörtem scheint sie wenig Notiz genommen zu haben.

»Weiterhelfen wofür?«, will sie wissen. »Es ist gewiss schlimm, was passiert ist, doch wäre es nicht besser, die Irene endlich zur Ruhe lassen zu kommen?«

Offensichtlich hat sie überhaupt noch keine Ahnung, dass ihre beste Freundin tot ist. Einer der beiden hat die undankbare Aufgabe, ihr darüber zu berichten. Mit einem Blickkontakt klären sie ab, wer es tun soll. Die Wahl fällt auf Michael. Er ist der Ältere und hat mehr Erfahrung im Umgang mit solchen Situationen.

»Es tut uns leid, Ihnen mitteilen zu müssen, dass Irene Liebherr tot ist. Sie ist in der Untersuchungshaft gestorben.«

Anneliese Schmid lässt vor Schreck beinahe die Kaffeetasse fallen. Theatralisch wirft sie die Hände über den Kopf und sackt in sich zusammen. Sie erleidet einen Nervenzusammenbruch. Der Kommissar und der Polizist geben ihr die Zeit, die sie benötigt. Minuten verstreichen. Es ist nur ein leises Schluchzen zu hören.

»Können wir etwas für Sie tun? Brauchen Sie einen Krankenwagen?«, fragt Tim, sichtlich besorgt um die alte Dame.

Langsam rafft sie sich wieder auf und putzt sich die Nase. Ihre verweinten Augen sind rot geädert. Sie ist tief betroffen.

»Geht schon wieder. Verzeihen Sie!«

Wieder vergehen Minuten, in der ihr Zeit gelassen wird. Jetzt ist Feingefühl gefragt.

»Untersuchungshaft sagten Sie? Warum wurde sie verhaftet und warum konnten Sie zulassen, dass sie stirbt? Was ist überhaupt passiert?«

Sie wirft einen vor Zorn erregten Blick in Richtung der beiden Männer, so als wolle sie sie höchstpersönlich dafür verantwortlich machen. Michael versucht, die Fragen, die sich Anneliese aufdrängen, so taktvoll wie möglich zu beantworten.

»Aufgrund dringenden Tatverdachts, ihren Mann ermordet zu haben, wurde sie verhaftet. Sie wurde«, weiter kommt er nicht, denn die Dame fällt ihm ins Wort.

»So ein Blödsinn. Wie kommen sie nur darauf?«

»Verschiedene Hinweise haben den Verdacht bekräftigt. Sie hat uns mehr angelogen, als sie die Wahrheit gesagt hat. Ausserdem hat sie ein Motiv. Ihr Mann hat sie regelmässig geschlagen. Zudem hat sie die Tat in ihrem Tagebuch niedergeschrieben.«

Anneliese schüttelt energisch den Kopf. Doch in einem Punkt stimmt sie den Ermittlern zu. »Ja, das mit ihrem Mann stimmt. Dieser Mistkerl hat sie regelmässig geprügelt. Ich kann gar nicht mehr sagen, wie oft sie sich bei mir ausgeweint hat. Und ebenso oft habe ich ihr geraten, dieses Schwein endlich zu verlassen und anzuzeigen. Aber sie wollte ja nicht auf mich hören. Hat immer geglaubt, er würde sich noch ändern. Dabei hat er nicht einmal solche Versprechen gemacht.« Sie ballt die Faust. Wut leuchtet in ihren Augen auf. »Wie ist sie gestorben? Ich dachte immer, im Gefängnis wird alles Menschenmögliche angestellt um genau so etwas zu verhindern?«

In ihrem Ton schwingt bitterer Vorwurf mit, der so offensichtlich ist, dass er auch den beiden Männern nicht entgeht. Michael versucht sogleich, sie zu beschwichtigen.

»Wir konnten es leider nicht verhindern. Sie hatte Herzprobleme und war auf ihre Medikamente angewiesen, doch sie hatte nicht mal welche dabei und uns auch nicht gebeten, welche zu organisieren. Wir waren völlig ahnungslos. Sie musste ihren Tod durch Absetzen der Medikamente gewollt haben, denn am nächsten Morgen fanden wir sie leblos, dazu einen Abschiedsbrief, in dem auch Sie erwähnt wurden.«

Langsam legt sich ihr Zorn, denn nach dieser Erklärung hat auch sie eingesehen, dass der Tod, der nur als Selbstmord interpretiert werden kann, einzig und allein von Irene selbst hätte verhindert werden können. Niemand sonst trifft die Schuld an diesen tragischen Umständen.

»Kann ich den Brief sehen?«, fragt sie niedergeschlagen.

Der Kommissar bejaht und gibt Tim ein Zeichen, das Schreiben aus der Aktenmappe hervorzuholen. Der Polizist reicht es ihr.

Beim Lesen kullern ihr dicke Tränen über die Wangen, doch sie behält die Fassung.

»Wo ist Fido jetzt?« Bei diesen Worten beginnt Django, der noch immer still in seinem Körbchen sitzt, zu winseln. Auch wenn er die Worte der Menschen nicht versteht, spürt er doch, dass etwas nicht stimmt.

»Der Hund wurde von unseren Leuten vorübergehend in ein Tierheim gegeben, bis geklärt ist, wie es mit ihm weitergehen soll. Es geht ihm dort gut. Wären Sie bereit, die Fürsorge für ihn zu übernehmen? Es war quasi Irene Liebherrs letzter Wunsch«, antwortet ihr Tim. Anneliese huscht ein kurzes Lächeln über das Gesicht.

»Natürlich nehme ich ihn auf, was für eine Frage. Hast du gehört, Django? Fido zieht bei uns ein.« Der Yorkshire Terrier bellt vor Freude und wedelt mit dem Schwanz.

»Wann und wo kann ich ihn holen?«

»Ab sofort, wann Sie möchten«, antwortet Tim und reicht ihr die Adresse des Tierheims.

Sie bedankt sich und verspricht, Fido noch am gleichen Tag abzuholen. Die Ermittler sind froh, denn das bedeutet ein Problem weniger, um das sie sich zu kümmern haben. Jetzt müssen sie nur noch die Wahrheit herausfinden.

»Was wissen Sie über Vincent?«, fragt der Kommissar Anneliese Schmid unverblümt.

Sie hält einen Moment inne. Dann sehen die beiden Männer wieder den Zorn in ihre Augen aufflammen.

»Dieser Kerl war ein zweischneidiges Schwert, wenn Sie

mich fragen. Irene war zwar glücklich mit ihm und er schien ihr gut zu tun, doch dieser Typ führte etwas im Schilde, da bin ich mir sicher. Warten Sie bitte.« Sie steht auf und verlässt den Raum. Tim schaut Michael fragend an, doch dieser ist ebenso ahnungslos wie sein Kollege. Den Kaffee haben die beiden vollkommen vergessen. Tim nutzt die Zeit, seinen und Michaels inzwischen abgekühlten Kaffee in den Topf einer Yucca Palme zu schütten und neuen einzugiessen, da kommt die Dame auch schon wieder zurück. Das war knapp!

Michael muss sich beherrschen, nicht laut loszulachen und Tim, seiner Schuld durchaus bewusst, starrt verlegen an die Decke. Anneliese stellt einen Schuhkarton auf den Wohnzimmertisch und setzt sich. Dann öffnet sie den Deckel. Im Karton befinden sich etliche Zeitungsartikel, welche für sie eine Bedeutung zu haben scheinen. Nachdem sie eine Weile darin herumgewühlt hat, ist sie fündig geworden und legt den besagten Artikel auf den Tisch. Es ist ein seitenlanger Text auf der Frontseite des Tagesanzeigers. Der Kommissar liest die Überschrift laut vor.

Nur einen Tag nach dem Ausbruch des Häftlings F.B. aus der kantonalen Strafanstalt Zug konnte dieser durch Hinweise aus der Bevölkerung widerstandslos festgenommen werden. F.B. wurde wegen Vergewaltigung verurteilt und hat auf seiner Flucht das Zufallsopfer K.S. vergewaltigt und ermordet.

Was für eine reisserische Schlagzeile. Michael liest nachdenklich den ganzen Text, während Tim wie gebannt auf ihn starrt. Das Datum der Zeitung verrät, dass sich diese Tat, an welche sich der Kommissar noch vage erinnern kann, vor über dreissig Jahren zugespielt hat. Die Nachrichten berichteten tagelang zu Recht nur über dieses eine Thema und die Bevölkerung war aufgebrachter denn je. So etwas, da waren sich alle einig, durfte einfach nicht passieren. Um die Leute zu beruhigen und sicherzustellen, dass sich das nicht nochmals wiederholt, wurden die Sicherheitsvorkehrungen aller Schweizer Gefängnissen drastisch erhöht, mit Erfolg. Es blieb ein bis heute tragischer Einzelfall. Die Verantwortlichen hatten ihre Konsequenzen daraus gezogen und der Direktor der Strafanstalt, Hans Kronenberg, trat noch in der gleichen Woche zurück. Nicht mehr tragbar in dieser Funktion, war das einschlägige Urteil!

Michael schaut sich das Zeitungsfoto des Verbrechers an. Obwohl er längst gefasst wurde beim Verfassen dieses Berichtes, hat man auf die Mühe verzichtet, sein Gesicht unkenntlich zu machen. Sollen doch alle wissen, welches Monster hinter solch einer brutalen Tat steckt.

Je länger er die Aufnahme ansieht, desto eher lässt ihn das Gefühl nicht los, diesen Mann vor Kurzem schon einmal gesehen zu haben.

Tim reisst ihm ungeduldig die Seite aus der Hand.

»Was wollen Sie uns damit sagen, Frau Schmid?«, fragt der Ermittler, während der junge Polizist fleissig liest, um den Wissensrückstand gegenüber Michael aufzuholen.

»Dieser Mann ist doch Vincent !«, antwortet sie entrüstet.

Jetzt fällt es Michael wie Schuppen von den Augen. Eifrig sucht er in der Aktenmappe nach der Nahaufnahme des Mannes, welche Manfred geschossen hatte. Tim, der den Artikel inzwischen fertiggelesen hat, legt ihn auf den Tisch neben die vom Detektiven aufgenommene Fotografie. Auch wenn zwischen den Bildern rund dreissig Jahre vergangen sind, lässt sich eine verblüffende Ähnlichkeit der beiden Männer nicht abstreiten.

»Ich werde verrückt«, sagt der Kommissar, »unser Vincent könnte tatsächlich dieser Ausbruchsknabe sein. Wenn er heute Mitte fünfzig ist, war er damals anfangs zwanzig. Das haut durchaus hin.«

»Du meinst, wir haben es hier nicht nur mit einem Mörder, sondern auch noch mit einem Vergewaltiger zu tun?«, wirft Tim ein.

»Wenn er es tatsächlich ist, dann schon. Aber warten wir erst die DNA-Analyse ab, dann wird sich schnell zeigen, ob da was Wahres dran ist. Vielleicht ähnelt unser Vincent diesem Typen nur sehr stark, auch das kann es geben. Vor Kurzem bin ich in einem Magazin über ein Foto gestolpert, das angeblich Wladimir Putin im Militär mit seiner Kompanie zeigen soll. In der Tat sah der Typ auf dem Bild aus wie er, nur viel jünger. Die Fotografie stammt jedoch aus den 20er-Jahren, es kann sich also unmöglich um den Präsidenten Russlands gehandelt haben.«

»Zudem«, äussert Tim »müssen wir abklären, ob der Mörder wieder auf freiem Fuss ist. Seine Haftstrafe hat er wahrscheinlich längst abgesessen, aber gut möglich, dass er auf Lebzeiten verwahrt wurde. Dann verläuft unsere Theorie im Sand.«

Der Kommissar zuckt mit den Schultern. Es wäre ein Justizskandal sondergleichen, wenn ein verurteilter Vergewaltiger mit hoher Rückfallgefahr, der auf seiner Flucht erneut vergewaltigt und diesmal sogar tötet, jemals wieder auf die Menschheit losgelassen würde. Trotzdem wäre er nicht erstaunt darüber. Schon manches Urteil hat bei der

Bevölkerung für Kopfschütteln gesorgt, warum sollte es diesmal anders sein?

Anneliese Schmid sitzt seit den letzten Minuten wie in Trance nur stumm auf ihrem Platz. Django tut es ihr gleich.

»Frau Schmid, was wissen Sie über den Liebhaber ihrer Freundin? Haben Sie ihn jemals gesehen? Hat er Auffälligkeiten, von denen Ihnen Irene Liebherr erzählt hat? Jeder noch so kleine Hinweis kann von grosser Bedeutung für uns sein.«

Michael ist sich nicht sicher, ob sie ihn gehört hat. Er will die Frage schon wiederholen, da regt sich etwas in ihr. Mit ihrem rechten Finger klopft sie unablässig auf die Schläfe und zieht dabei eine Schnute. Soviel Menschenkenntnisse die beiden Männer auch haben mögen, sind sie nicht imstande, diesen Gesichtsausdruck eindeutig zuzuordnen. Doch es macht den Anschein, als versuche sie krampfhaft, all ihre Erinnerungen, die sie an diesen Typen hat, zusammenzuraffen. Ihr Mund bewegt sich, doch die Stimme versagt. Erst beim zweiten Anlauf sind unsichere Wörter zu hören.

»Gesehen habe ich ihn nur auf den Bildern, die mir Irene immer mit grossem Enthusiasmus gezeigt hat. Doch da war nichts Auffälliges. Bis auf den Verdacht, den ich hegte, es könne der Kerl aus der Zeitung sein.«

»Haben Sie Irene jemals darauf angesprochen?«, will Tim wissen.

»Lange habe ich darüber nachgedacht. Ich wollte ihrem Glück nicht im Wege stehen, doch ich konnte es nicht länger für mich behalten. Sie wäre ja in grosser Gefahr gewesen, wenn meine Vermutung zugetroffen hätte. Und ich konnte doch nicht blind zusehen, wie sie sich von einem Verderben ins nächste stürzt.« Wieder steigen Tränen in ihren Augen auf. Tim reicht ihr ein Taschentuch. Michael wartet taktvoll, bis sie sich geschnäuzt hat.

»Wie hat sie darauf reagiert?«

Anneliese Schmid setzt einen verärgerten Gesichtsausdruck auf. »Nur gelacht hat sie. Gefragt, ob das mein Ernst sei. Verärgert war sie jedoch nicht. Sie verstehe mich ja, erklärte sie mir, dass ich mir als beste Freundin Sorgen mache. Das Gleiche würde sie an meiner Stelle wohl auch tun. Doch alles sei in bester Ordnung, versicherte sie mir. Ich habe sie dann auch in Ruhe gelassen mit meinem Hirngespinst, auch wenn ich von da an stets ein mulmiges Gefühl hatte.«

»Ob das nur ein Hirngespinst war, wird sich noch herausstellen«, gibt Tim zu bedenken.

Michael brennt noch die entscheidende Frage auf der Zunge, die im Verlauf des Gespräches immer mehr in den Hintergrund gerückt ist, sich ihm nun aber mehr aufdrängt denn je.

»Frau Schmid«, beginnt er zaghaft, »Sie kannten die Verstorbene zweifelsfrei besser als wir. Was denken Sie? Hat sie es getan? Hat Irene Liebherr zusammen mit ihrem Verehrer ihren Mann ermordet? Oder war es tatsächlich ein Unfall?«

»Diese Frau war nicht mal imstande, einer Stubenfliege etwas anzutun, wie sollte sie denn das bloss getan haben? Auf Menorca flog sie zudem nur mit ihrem Mann. Von einem Neuanfang hat sie geredet, davon, dass sie Alexander für Vincent vielleicht verlassen werde. Es kann nur ein Unfall gewesen sein.«

Michael wirft Tim einen eindeutigen Blick, begleitet von einem Kopfnicken, zu. Das Gespräch mit Anneliese Schmid ist sehr aufschlussreich gewesen. Was sie heute erfahren haben, stellt den Fall in ein komplett neues Licht. Dass Vincent nicht sauber ist, wussten sie von Anfang an, doch dass er sich als potenzieller Mörder und Vergewaltiger entpuppt, hätten die beiden Männern im Traum nicht gedacht.

»Sie haben uns sehr geholfen, Frau Schmid. Es wäre sehr vorteilhaft für die Ermittlungen, wenn Sie sich für weitere Fragen telefonisch verfügbar halten könnten. Vielen Dank!«

Ehe die beiden von ihr zur Tür geleitet werden, fotografiert Tim noch den Zeitungsartikel mit seinem Smartphone. Draussen weht eine frische Brise. Genau das, was sie jetzt brauchen, um das Gemüt abzukühlen und einen freien Kopf zu bekommen.

Michael legt eine Scheibe mit klassischer Musik in den CD-Player und startet den Motor. Tim rülpst und verdreht die Augen.

24

Martin war ein aufgeweckter Junge und wuchs wohlbehütet in einem Häuschen am Zugersee auf. Stabiles Umfeld, keine Umzüge, viele Freunde - die Weichen für ein erfolgreiches Leben wurden schon früh gestellt. Den Tag der Einschulung im Alter von sechs Jahren konnte er kaum erwarten. Mit geschwellter Brust posierte er mit seiner Tüte, die er von seinen ebenso stolzen Eltern erhalten hatte, vor dem Schulhaus für einen Schnappschuss. Auch sein jüngerer Bruder David durfte auf dem Foto natürlich nicht fehlen, doch dieser musste sich noch zwei Jahre gedulden, bis auch er endlich die Schulbank drücken durfte und eine Tüte erhielt.

Die Sturzeneggers waren eine Vorzeigefamilie wie aus dem Bilderbuch. Sätze wie »Aus ihm wird mal was« oder »Was für ein niedlicher Junge« hörten die Eltern beinahe täglich, und sie wussten, dass manch andere Väter und Mütter sich auch solche Kinder gewünscht hätten, wenn der Haussegen daheim schief hing oder die Kleinen nicht die erwünschten Leistungen erbrachten. Die ganze Kindheit ist ein Wettbewerb, den die Erwachsenen nutzen, um sich auf Kosten ihrer Jungen und Mädchen zu profilieren. Die

Sturzeneggers waren aber keineswegs eingebildet. Sie zählten sich auch nicht zur High Society, sondern erachteten sich eher als privilegiert.

Vater Walter hatte in den fünfziger Jahren die Zeichen der Zeit richtig gedeutet und eine Firma für elektronische Speichermedien gegründet. Die elektronische Datenverarbeitung hielt immer mehr Einzug in Büros und Firmen und seinem Ehrgeiz und Durchhaltewillen ist es zu verdanken, dass dieses Unternehmen in kürzester Zeit eines der erfolgreichsten in seiner Branche wurde. Als in den sechziger Jahren die Diskette entwickelt und ins Sortiment aufgenommen wurde, gab es kein Halten mehr. Die Aktien schossen durch die Decke und Walter Sturzenegger wurde zeitweise sogar als Jahrhundertunternehmer gefeiert. Doch auf den Ruhm und das Geld war er nicht aus. Er vermied es auch, den Medien Rede und Antwort zu stehen. Mit Erfolg: Schon bald war allen klar, dass dieser erfolgreiche Mann den Rummel um seine Person nicht mochte und lieber in Ruhe gelassen wurde.

Obwohl das Geld im Überfluss vorhanden war, lebten sie nicht auf grossem Fuss, denn die Kinder sollten schon früh lernen, mit Geld umzugehen und dass man für seinen Erfolg hart arbeiten muss. Es sollte später mal anständige Männer und nicht verwöhnte Bengel aus ihnen werden, die Ziele haben und dankbar auf eine strenge Erziehung zurückblicken können.

Im Leben eines jeden Kindes gibt es einen Tag, der zu den wichtigsten überhaupt in der Kindheit gehört, der den Tag der Einschulung weit hinter sich lässt und der schon lange im

Voraus geplant wird: der erste runde Geburtstag.

Auch Martin konnte diesen Tag kaum erwarten. In Gedanken malte er sich oft aus, wie dieser Tag aussehen soll: Viele Geschenke, eine grosse Geburtstagstorte mit zehn Kerzen, umgeben von all seinen Freunden, die mit ihm den Höhepunkt seiner Kindheit feiern. Nur noch einige Male schlafen, und dann sollte es endlich soweit sein. Das zehnte Wiegenfest in diesem Hitzesommer 1983 war zum Greifen nah. Es sollte die schönste Party überhaupt werden. Doch es kam anders.

Die Gluthitze hatte die Schweiz fest im Griff und die Bevölkerung ächzte unter den hohen Temperaturen. Auch nachts fiel das Thermometer nicht unter zwanzig Grad und angenehm schlafen konnte nur, wer über eine Klimaanlage verfügte.

In der kantonalen Strafanstalt Zug litten die Häftlinge besonders, denn viele verzichteten freiwillig auf ihren mittäglichen Hofgang, da sie weder die verschwitze Kleidung einfach so wechseln, noch nach Lust und Laune duschen gehen konnten. Alles war an feste Regeln gebunden, auf dessen Einhaltung höchsten Wert gelegt wurde. So blieben in diesen tropischen Tagen viele Strafinsassen ganztags in ihrer Zelle. Auch Fernandes Branco. Der verurteile Vergewaltiger war kurz nach seiner Einreise von Spanien in die Schweiz festgenommen worden und sass eine lange Haftstrafe ab. Zudem wurde die kleine Verwahrung ausgesprochen. Das bedeutet, dass der Insasse nach Verbüssen seiner Haftstrafe wegen akuter Rückfallgefahr grundsätzlich inhaftiert bleibt, jedoch regelmässig von einem Psychiater begutachtet wird, welcher entscheidet, ob und wie die Therapie anschlägt und welche Fortschritte der Gefangene macht.

Doch dann sollte das Blatt sich wenden. Seit Wochen schon heckte er den Plan aller Pläne aus: die Flucht. Und er war verdammt gut vorbereitet. Scheitern kam nicht in Frage. Fernandes war von Grund auf böse und hielt von ehrlicher Arbeit ebenso wenig wie von sozialem Verhalten seinen Mitmenschen gegenüber. Trotzdem hatte er alles dafür gegeben, in der anstaltseigenen Wäscherei Fuss zu fassen. Nicht etwa, um die Zeit sinnvoller zu vertreiben, als die Zellenwand anzustarren, oder positiv in Erscheinung zu treten, sondern aus reinem Kalkül. Anfangs war der Häftling ausschliesslich mit dem Waschvorgang der Bettwäsche beauftragt, doch aufgrund gewissenhafter Arbeit wurde ihm schon bald die Verantwortung, die Buchhaltung über die herausgegebenen Wäschestücke zu führen, übertragen. Von da an hatte er so gut wie freie Hand. Unbemerkt schaffte er einige Bettlaken zur Seite. Nicht alle auf einmal, sondern Stück für Stück, über Wochen verteilt. Parallel dazu feilte er an seinem Plan. Dazu gehörte auch die Besorgung einer markanten Brille und einer Perücke. Unglaublich, wie einfach es war, in einem Gefängnis an solche Dinge zu kommen, wenn man die richtigen Leute kannte. Den Hofgang nutzte er, um sich Details einzuprägen und sie später dann niederzuschreiben. Wo sich welche Kamera und welcher Wachposten befindet, welcher Winkel besonders schlecht überwacht wird und wo sich seine Zelle im Gebäudekomplex einfügt. Der Plan reifte und den Aufsehern gab er keinen Grund, genauer hinzuschauen, im Gegenteil, er blühte förmlich auf. Der Gefängnispsychiater wertete dies als

Beweis, dass Fernandes Branco doch kein hoffnungsloser Fall war, sondern eines Tages unter Auflagen vielleicht sogar wieder auf die Menschheit losgelassen werden konnte. Und Fernandes, der ein Meister im Verstellen und Manipulieren war, tat alles, um diesen Schein zu wahren. Nur seine Ziele waren andere.

Martin konnte am Vorabend vor Aufregung kaum einschlafen und als es dann doch endlich zu klappen schien, klingelte auch schon wieder sein Wecker. Eigentlich hätte er ausschlafen können an diesem Samstag, doch das kam für ihn überhaupt nicht in Frage, denn dieser Tag war einmalig und würde sich so schnell auch nicht wiederholen. Keine Sekunde wollte er davon verschwenden, und so schlich er auf Zehenspitzen aus seinem Zimmer, um seine Eltern und seinen Bruder nicht zu wecken. Eifrig dachte er darüber nach, was ihn im Wohnzimmer erwarten würde. Ob die Geschenke schon dalagen, bereit, ausgepackt zu werden, oder ob er sich noch ein wenig gedulden müsste. Der Tisch war zu seiner Freude überstellt mit grossen, kleinen, langen sowie breiten Päckchen. In der Mitte stand ein Schokoladenkuchen mit zehn Kerzen darauf. Sein Lieblingskuchen, den die Mutter Vortags extra für ihn gebacken hatte. Sein Herz machte einen Sprung vor Glück und er konnte es kaum erwarten, sich auf die Beute zu stürzen. Doch es war noch zu früh, deshalb schlich er zurück in sein Zimmer und schlüpfte wieder unter die Decke. Er brachte kein Auge mehr zu und die Minuten kamen ihm vor wie Stunden. Dann endlich, nach einer gefühlten Ewigkeit, hörte er, wie sein Vater, und kurz darauf auch seine Mutter, aufstanden. Türen wurden geöffnet und

Schritte waren zu hören. Martin riss sich zusammen und nahm sich vor, noch eine Viertelstunde zu warten, ehe er aus dem Zimmer stürmen und über auf die Geschenke herfallen würde. Geduld ist eine Tugend, die sich zu pflegen lohnt. So wurde er erzogen.

Dann endlich war die Zeit um. Doch anstatt zu rennen, gab Martin sich cool und gelassen und schlenderte die Treppe hinab, auch wenn es ihm sehr schwer fiel. Unten war seine Familie bereits am Tisch versammelt und sang gemeinsam »Happy Birthday«. Welch eine schöne Geste. Mit einem breiten Grinsen im Gesicht holte er tief Luft und blies alle zehn Kerzen auf einmal aus. Dann widmete er sich voller Freude den Geschenken.

Das Wetter war auch an diesem Tag sonnig und heiss, jedoch waren für den Abend heftige Gewitter vorhergesehen, doch das störte niemanden, im Gegenteil, man war froh um den Regen.

Am Nachmittag trafen Martins Freunde, Verwandte und Bekannte ein und man feierte ausgelassen auf der Veranda, wo Vater Walter die Funktion des Grillmeisters übernahm und Mutter Karin die durstigen Gäste mit Erfrischungsgetränken und Bier versorgte. Das Geburtstagskind war indessen beschäftigt, die neuen Geschenke, die die Gäste mitgebracht hatten, auszupacken. Es war glücklicher denn je. Genau so hat Martin sich diesen Tag seit Monaten vorgestellt. Ein Traum ging in Erfüllung.

Lautlos glitt Branco mit den zusammengeknüpften Laken aus dem unvergitterten Fenster der Wäscherei direkt in die Freiheit herunter. Den Sicherheitsmechanismus hatte er ausser Kraft gesetzt, das war Teil seines Planes. Auch den Tag hatte er nicht zufällig gewählt. Zu diesem Zeitpunkt an diesem Samstag war Fernandes allein in der Wäscherei, und dass wusste er. Es würde mindestens dreissig Minuten dauern, bis sein Fehlen Alarm auslösen würde. Und das tat es auch. Genug Zeit, um zu verschwinden. Ein Jahr Haft waren genug. Der nächste Teil seines Planes musste in Angriff genommen werden. Und mit Brille und Perücke würde ihn sowieso niemand erkennen.

Die Würste und Steaks schmeckten sensationell, auch der Salat, von Karin zubereitet, war ein Hochgenuss. Das liessen sich die Gäste anmerken und spendeten fleissig Lob. Während die Kinder nach dem Essen im hinteren Teil des Gartens verschwanden, um zusammen zu spielen, und die Frauen gemeinsam den Tisch abräumten und das Dessert herrichteten, unterhielten sich die Männer noch bei einem Bier auf der Veranda.

Da am Himmel unterdessen schwarze Wolken aufgezogen waren, überlegte man, ob man die Feierlichkeiten nicht besser ins Haus verschieben sollte, was man dann auch tat. Die Mutter rief den Kindern, doch diese waren ausser Reichweite, also lief sie los, um sie zu suchen.

Inzwischen hat es zu regnen begonnen, doch da alle im Trockenen waren, nahm kaum jemand Notiz davon. Als die Frauen das Dessert servierten, bemerkte man, dass zwei Leute noch fehlten: Karin und das Geburtstagskind.

»Meine Frau kommt gleich zurück, sie ist nur schnell in den Garten gegangen, um die Kinder zu holen«, erklärte Walter Sturzenegger den Gästen.

»Aber die Kinder sind doch alle hier, bis auf Martin«, gab Theodor Glauser, ein gut befreundeter Nachbar der Familie, zu bedenken.

»Bestimmt sucht sie ihn noch. Er ist ein wahrer Meister im Verstecken.«

Doch David, Martins kleiner Bruder, konnte dem nicht zustimmen. »Als wir ihn gefunden haben, begann es gleichzeitig auch zu regnen. Wir rannten alle zum Haus, auch Martin. Das Mami haben wir gar nicht gesehen.«

Walter wusste nicht so recht, was er von diesen Worten halten sollte, und so beschloss die Feiergesellschaft, auf die beiden zu warten. Doch als sie nach zehn Minuten noch nicht zurückgekehrt waren, stand Walter auf. »Ich gehe mal nachschauen, was die da treiben.«

Er zog die Gummistiefel an und öffnete die Tür. Das Unwetter war in vollem Gange. Der Regen peitschte ihm ins Gesicht und am Himmel waren grelle Blitze zu erkennen. Die gesamte angestaute Energie entlud sich auf einmal, als wollte der Wettergott die vergangenen, viel zu trockenen Tage mit dieser Wettererscheinung ausgleichen. Erst jetzt wurde Walter bewusst, dass etwas nicht stimmen konnte. Was machten sein Sohn und seine Frau bei diesem heftigen Gewitter bloss noch da draussen? Sofort kam ihm voller Panik der See in den Sinn. Nicht auszudenken, wenn Martin und Karin etwas zugestossen wäre. Doch dann kam ihm der erlösende Gedanke. Bestimmt wurden sie vom Unwetter überrascht und haben ihm Geräteschuppen Zuflucht gesucht, bis der Regen aufhören würde. Während Walter die lange Wiese entlangschritt, hörte er urplötzlich einen Schrei, der durch Mark und Bein ging und den er sein Leben lang nie mehr vergessen würde. Was zur Hölle war hier los?

In der Ferne erkannte er Martin, der wie angewurzelt vor dem Geräteschuppen stand und sich die Seele aus dem Leib brüllte, während der Regen erbarmungslos auf ihn niederprasselte. Panik ergriff den Vater und er rannte los zu seinem Sohn.

Der Schuppen stand offen und was Walter dann sehen musste, liess ihn das Blut in den Adern gefrieren: Seine Frau lag nackt in einer Blutlache auf dem Holzboden. Die Kleider wurden ihr gewaltsam vom Leibe gerissen und wenn man genau hinschaute, konnte man erkennen, dass Ejakulat aus ihrem Geschlechtsorgan tropfte. Der Blick der Toten liess Walter zusammensacken, während Martin starr vor Schreck dastand und schrie, und schrie, und schrie.

25

Michael Meier und Tim Gautschi befinden sich im obersten Stockwerk des Zürcher Hauptquartiers der Kantonspolizei in einem der vielen Sitzungszimmer des Gebäudes. Von hier oben hat man eine wunderbare Aussicht auf die Sihl, welche an diesem schönen Herbsttag gemächlich fliesst und zahlreiche Leute an die Ufer anlockt. Dort wären die beiden jetzt auch gerne, doch der Gerichtsmediziner Dr. Benedikt Schildknecht, der ebenfalls im Raum anwesend ist, hat die Auswertung der DNA-Analyse bei sich und ist erfreut, den beiden Ermittlern die Ergebnisse mitzuteilen. Benedikt Schildknecht ist knapp über sechzig Jahre alt, trägt einen weissen Haarkranz um den kahlen Kopf und eine schwarze Hornbrille auf der Nase. Das äussere Erscheinungsbild unterstreicht seine fachliche Kompetenz, doch das wäre gar nicht nötig, denn er macht diesen Job schon sein halbes Leben lang und es gibt nichts, dass er noch nicht gesehen hat. Vor ihm liegt ein Stapel Dokumente, Befunde und Berichte.

»Der Fall ist komplizierter als angenommen«, beginnt er. »Die DNA, die wir von der Zahnbürste und den Sektgläsern genommen haben, konnte eindeutig mit einem Verbrecher namens Fernandes Branco in Verbindung gebracht werden.«

Michael nickt Tim optimistisch zu. Nur das wollte er hören. Doch was soll daran kompliziert sein? Eine DNA - ein Täter, oder steckt etwa doch noch mehr dahinter?

»Dieser Branco wurde vor rund einem Jahr aus der Haft entlassen. Seine Verhaftung nach dem Mord an Karin Sturzenegger 1983 liegt über dreissig Jahre zurück, solange sass er also auch«, wirft der Kommissar in die Runde.

»Genau,«, ergänzt Tim, »doch die lebenslange Haftstrafe hat er, unter Anrechnung der Untersuchungshaft, nach dreizehn Jahre wegen guter Führung bereits abgesessen. Das war 1996. Danach wurde er jedoch bis 2016 verwahrt, weil die psychiatrischen Gutachten ihm eine hohe Rückfallgefahr bescheinigten. Ob das wirklich so war, können wir allerding nicht mit Sicherheit sagen. Es könnte auch so gewesen sein, dass seine Rückfallgefahr kleiner war, als in den Akten vermerkt, nur jedoch niemand bereit war, ihn auf die eigene Verantwortung freizulassen. Verständlich, wenn man sieht, was er getan hat.« Dr. Schildknecht hebt seinen Blick und guckt Tim verächtlich in die Augen. Er hat sich seine Meinung bereits gebildet. »Junger Mann, von solchen Triebtätern geht immer ein enorm hohes Rückfallrisiko aus, die Therapie wird auch nur deswegen angeordnet, weil diese Monster von Gesetzes wegen ein Recht darauf haben. Alles Zeit- und Geldverschwendung. Man würde nicht nur den Steuerzahler entlasten, sondern auch unschuldige Menschen vor dem Tod retten, würde man diese Bestien ganz einfach...« Er brachte den Satz nicht zu Ende, jedoch liessen seine Handbewegungen keine Zweifel offen.

»Das mag auch alles so sein, jedoch ist es für unsere Ermittlungen nicht von Bedeutung«, protestiert Michael.

»Bitte bleiben Sie bei den Fakten.«

Der Kommissar kennt den Gerichtsmediziner beruflich schon länger und weiss daher, wie er ihn zu nehmen hat. Bleibt nur zu hoffen, dass Tim sich von ihm nicht einschüchtern lässt und das nächste Mal auch bereit ist, Dr. Schildknecht Paroli zu bieten. Es wird bestimmt nicht der letzte Fall gewesen sein, bei dem sie auf seine Dienste angewiesen sind, jedoch hat der Doktor eine baldige Pensionierung bereits ins Auge gefasst. Vermissen werden sie ihn bestimmt nicht.

»Nun denn, ganz wie sie wollen«, sagt der Doktor, nicht ohne seinem Ärger Luft zu machen, indem er beide Hände zu Fäusten ballt. Seine Körpersprache spricht Bände. Er atmet hörbar tief ein und aus und die Ermittler können beobachten, wie sein Zorn sich langsam legt.

»Wir konnten zwar die DNA einem Täterprofil zuordnen, aber die Fingerabdrücke am Sektglas und an der Zahnbürste, welche identisch sind, konnten nicht identifiziert werden.« Michael und Tim sind verwirrt. Wie kann das sein? Wurde bei der Analyse etwa geschlampt? Dr. Schildknecht erklärt weiter.

»Zu diesem Anlass haben wir die DNA genauer untersucht. Dabei haben wir festgestellt, dass die Genome, also das Erbgut, minimale Mutationen aufweisen. Der gesuchte Mann verfügt also quasi über dieselbe DNA wie Fernandes Branco. Nur nicht zu hundert Prozent.«

»Und das bedeutet?«, will Tim wissen.

»Es kommt nur ein Zwilling von Branco infrage. Höchstwahrscheinlich sogar ein eineiiger, wenn wir die minimen Abweichungen betrachten. Jetzt liegt der Ball wieder bei Ihnen.«

Den Ball werden sie gleich in die Mitte eines Tores schiessen, hoffen sie zumindest. Die Familiengeschichte dieses Verbrechers muss zweifelslos geklärt werden. Doch die Sache wird immer verzwickter. Die Affäre der verstorbenen Irene Liebherr soll als der eineiige Zwilling von Fernandes Branco, einem verurteilen Mörder und Vergewaltiger, der sich seit einem Jahr wieder auf freiem Fuss befindet, sein? Es wird kein Kinderspiel, diesen Zusammenhang, der erwiesenermassen besteht, herzustellen. Noch ist ja nicht mal klar, ob er überhaupt in den Mord an Alexander Liebherr involviert ist, wenn es denn überhaupt einen Mord gegeben haben soll. Eine Affäre mit einer angesehenen, verheirateten Frau zu führen, mag zwar moralisch mehr als verwerflich sein, doch es steht nicht in Konflikt mit dem Gesetz. Das Einzige, was die Ermittler bis jetzt in der Hand gegen ihn haben, ist das gefälschte Nummernschild. Doch bringt sie das weiter? Michael fürchtet sich davor, dass die Ermittlungen im Sand verlaufen, dabei hat er Artur Julius von Felten doch versprochen, die ganze Wahrheit dahinter aufzudecken.

Michael und Tim bedanken sich bei Dr. Schildknecht und fahren mit dem Fahrstuhl in die zweite Etage, dort, wo ihre Welt ist und sie sich von keinem Gerichtsmediziner fürchten müssen. Hier haben sie das Sagen. Hier in ihrem kleinen, doch mit allem Notwendigen ausgestatteten Büro. Ursprünglich war es nur für eine Person vorgesehen, doch seit Michael Tims Potenzial erkannt hatte und beschloss, ihn unter seine Fittiche zu nehmen, hat man ruckzuck einen zweiten Schreibtisch gegenüber dem ersten platziert und so fand auch der junge Polizist Platz in dem zwar beengten, doch charmanten Arbeitszimmer. Der Raum liegt am anderen Ende des Gebäudes und so fällt die Aussicht nicht auf die Sihl, sondern lediglich auf das Kasernenareal, doch das ist den beiden egal. Die Nähe zum Lift gleicht dieses Manko wieder aus.

Tim hat sich auf seinen Bürostuhl gesetzt und den Rechner aus dem Standby-Modus aufgeweckt, da fragt er sich, wo Michael abgeblieben ist. Er war im Aufzug doch noch neben ihm gewesen, und er hörte seine Schritte hinter sich, als er das Arbeitszimmer betreten hat, doch jetzt plötzlich fehlt von ihm jede Spur.

»Was soll's«, denkt Tim. Er kommt ja bestimmt gleich wieder.

Und das tat er auch sogleich. Unter seinem Arm klemmt ein Flipchart.

»Wusste ich es doch, dass wir noch so ein Ding in der Abstellkammer nebenan haben. Wird höchste Zeit, es mal zu benutzen.«

Michael stellt es in die freie Ecke des Raumes, nimmt einen roten Filzstift und schreibt mit grossen Buchstaben A.L. in die Mitte.

»A.L. ist der Ursprung unseres Rätsels - Alexander Liebherr«, erklärt er dem verdutzten Polizisten. Dieser begreift allmählich, was Michael vorhat.

»Wir schreiben hier die Fakten auf, die wir bereits kennen. Eine Art Mindmap als Gedankenstütze.« Dann zieht er Linien und schreibt weitere Abkürzungen und Wörter auf. Einige grösser als andere, je nach Wichtigkeit, zudem verwendet er verschiedene Farben.

»Genial«, meint Tim nur, steht auf und öffnet das Fenster. »Frische Luft regt die Gedanken an.«

Der Kommissar steht zufrieden vor seinem halb vollendeten Werk. Neben dem Namen Fernandes Branco prangt ein grosses Fragezeichen. »Unser vorläufiges Ziel ist, das Fragezeichen durch einen Namen zu ersetzten. Irgendwo muss doch irgendwas über diesen ominösen Zwilling zu erfahren sein. Aber erstmal knöpfen wir uns Fernandes vor. Die alten Akten, Zeitungsberichte, Internetrecherchen, einfach alles. Mit etwas Glück kann dieser uns zu seinem Zwillingsbruder führen.«

Tim hört aufmerksam zu. Doch eine Frage drängt sich ihm unweigerlich auf. »Fernandes Branco ist ein freier Mann, er sass über dreissig Jahre in Haft. Die letzten vielleicht sogar zu Unrecht. Ich kann mir gut vorstellen, dass er nicht gerade gut auf Justiz zu sprechen ist. Warum sollte er mit uns kooperieren? Er hat ja nichts zu befürchten.«

Eine berechtigte Frage, mit der sich Michael noch gar nicht befasst hat. Doch er ist optimistisch, dass sie ihn freiwillig zum Reden bringen werden. »Wir müssen nur die richtigen Anreize schaffen.« Er zwinkert dem Polizisten verschmitzt zu. »Sollte das noch nicht reichen, verleihen wir der Sache noch etwas Nachdruck und er wird zwitschern wie ein Vogel. Was ist für einen Menschen, der drei Jahrzehnte seines Lebens hinter Gittern zwischen Mördern, Kinderschändern und Vergewaltigern verbracht hat, und der von einer Therapie zur nächsten geschickt wurde, wohl das Wichtigste?« Erwartungsvoll schaut er Tim an, welcher sich die Antwort überlegt.

»Die Freiheit?«

»Genau so ist es. Branco müsste heute zwischen fünfzig und sechzig Jahre alt sein, noch nicht zu alt, um einen Neustart zu beginnen. Ich glaube kaum, dass er seine erst kürzlich wiedergewonnene Freiheit riskieren will, indem er uns Tatsachen verschweigt, wenn wir ihm klarmachen, dass seine DNA mit einem Verbrechen in Verbindung steht. Im Gegenteil, er wird alles dafür tun, um sich zu entlasten. Wir wissen zwar, dass er es nicht war, aber ein bisschen in die Trickkiste zu greifen hat noch nie geschadet.«

Die Trickkiste, wie Michael es nennt, ist ein über die Jahre angesammeltes Arsenal an Techniken, die zeitweise die Grenze zur Legalität minimal überschreiten können, sich jedoch als äussert effektiv auf dem Weg zur Wahrheitsfindung erweisen. Verglichen mit einem ertappten Verbrecher, der mit einem gestohlenen Wagen die Flucht ergreift, darf die Polizei ja auch unter dem Einsatz des Blaulichts das Tempolimit überschreiten und Verkehrsregeln ignorieren, was grundsätzlich untersagt ist.

Aber oftmals sehen sich die Ermittler gezwungen, auf diese Methoden zurückzugreifen, wenn sie kaum hieb- und stichfeste Beweise gegen einen Beschuldigten, welcher als hoch tatverdächtig gilt, in der Hand haben.

Das Vorgaukeln falscher Tatsachen, mit der Hoffnung, ein Geständnis dem Verdächtigen zu entlocken, gehört ebenfalls in dieses Arsenal. Es ist jedoch Abwägungssache, wann welche Methode zum Zug kommt und auf jeden Fall muss dies zuerst mit den Vorgesetzten abgesprochen werden.

Der Kommissar konnte schon manche Ermittlungen vorantreiben, indem er bewusst und gezielt Verdächtige in die Irre, und so zu wahrheitsgetreuen Aussagen, die sie sonst niemals gemacht hätten, geführt hat.

»Verstehe«, sagt Tim, »dann sehen wir zu, dass wir diesem Knaben auf den Zahn fühlen.«

Den Rest des Tages verbringen die beiden damit, im Internet nach Fernandes Branco zu recherchieren. Ohne Erfolg. Auch wenn der Fall damals hohe Wellen schlug und in allen Zeitungen das Thema Nummer eins war, sind dreissig Jahre später kaum mehr als flüchtige Informationen darüber zu finden.

Die polizeiinterne Software, bei der schweizweit alle Daten einer erfassten Person hinterlegt sind, hat auch kaum interessante Neuigkeiten zu Tage gefördert. Abgesehen von seinen Personalien und seinem Geburtsdatum, kennen sie nicht einmal die Anschrift, unter dessen er wohnhaft sein müsste. Der Mann wurde als therapiert und ohne Auflagen entlassen, er kann tun und lassen, was er möchte, ohne dies den Beamten melden zu müssen. Ein entscheidender Nachteil für die Ermittler. Wer auch immer das in die Wege geleitet hat, musste wohl sehr naiv gewesen sein. Ein verurteilter Vergewaltiger, von dem über Jahrzehnte ein hohes Rückfallrisiko ausging, dürfte selbst bei einem positiven Gutachten nicht einfach so auf freien Fuss gesetzt werden, so die Meinung des Kommissars. Ihm ist aber ebenfalls bewusst, dass in einem solchen Fall den Ermittlern die Hände gebunden sind, wenn es die Rechtsprechung so verlangt. Eine Zwickmühle!

»Die einzige Möglichkeit, die wir noch haben, ist, die alten Akten zu beschaffen. Das müssen, angesichts der Dimension dieses Falles, mehrere Ordner sein, wenn nicht gar dutzende.« Der Kommissar ist enttäuscht. Die ganzen

Recherchen haben so gut wie gar nichts gebracht. Auch Tim ist sichtlich geknickt.

Michael greift zum Telefonhörer und wählt die Nummer des Kantonsgerichts Zug. Nach einem kurzen Telefonat hat er einen Termin mit der Generalsekretärin des Gerichts am nächsten Tag vereinbart. Am liebsten wäre er mit Tim noch heute dorthin gefahren, doch er weiss genau, dass dies nicht sonderlich fördernd wäre. Gut ausgeschlafen sieht die Welt schon ganz anders aus als nach einem anstrengenden, erfolglosen Arbeitstag.

»Folgen Sie mir bitte!« Margot Schindler, eine korpulente, sympathische Brillenträgerin Mitte fünfzig, kommt ohne Umschweife zur Sache, als Michael und Tim ihre Dienstausweise vorweisen. Die Generalsekretärin des Kantonsgerichts Zug arbeitet schon seit über zwanzig Jahren hier und kennt das Gebäude wie ihre Westentasche. Dazu gehört auch das Archiv, wo sämtliche Akten dreissig Jahre lang aufbewahrt werden müssen, bevor sie vernichtet werden. Eigentlich wäre der Fall Fernandes Branco schon längst zu Vernichtung freigegeben worden, doch die Frist beginnt erst zu laufen, wenn das Verfahren abgeschlossen ist. Da der Verurteilte erst 2016 als therapiert betrachtet wurde, müssen sämtliche Akten noch bis 2046 aufbewahrt werden. Ein Glück!

Margot Schindler schreitet zielstrebig und mit einem solchen Tempo zum Treppenhaus, dass die Ermittler Mühe haben, Schritt zu halten. Unten im Keller angekommen, führt ein langer Korridor zu einer Tür mit der Aufschrift »Archiv«. Hier sind sie richtig. Der Raum ist beachtlich gross, was angesichts der Berge von Akten, die hier lagern, nicht weiter erstaunlich ist. Um den Platz optimal zu nutzen, wurden Regale, die mit einem Drehrad seitlich geschoben werden können, montiert. Eine Liste, die an jedem dieser Regale hängt, gibt Aufschluss über das Jahr und die Namen der Fälle.

»Hier sind wir«, sagt die Sekretärin voller Stolz. «Unsere Schatzkammer. Jedes Dokument habe ich höchstpersönlich einsortiert, es ist also alles an seinem Platz. Wir bewahren ausschliesslich Originale auf. Wonach suchen Sie denn?«

«Fernandes Branco, Vergewaltiger und Mörder. Wurde 1982 verhaftet und knapp ein Jahr später verurteilt. Kurz darauf floh er, konnte aber keinen Tag später wieder geschnappt werden«, antwortet Tim.

»Branco... Branco... Hmm, müsste irgendwo dort sein«, murmelt Margot Schindler und zeigt mit dem Finger auf eines der Regale. Sie dreht am Rad und langsam gleitet es zur Seite und gibt den Inhalt frei. Einen kurzen Augenblick überfliegt sie das Gestell mit den Augen, dann scheint sie gefunden zu haben, wonach die Ermittler suchen.

»Hier bitteschön! Fernandes Branco! Bedienen Sie sich und fühlen Sie sich wie zu Hause. Doch möchte ich Sie bitten, dass am Schluss alles wieder an seinem Platz ist. Sonst werde ich sehr böse.« Das Augenzwinkern sowie ihr Lächeln verraten dem Kommissar, dass es nicht allzu ernst gemeint ist. »Der Farbkopierer steht draussen auf dem Flur, falls Sie ihn benötigen. Und nebenan befindet sich ein Arbeitszimmer mit Stuhl und Tisch. Davon dürfen Sie gerne Gebrauch machen.

Wenn sich Fragen ergeben sollten, rufen Sie einfach laut, ich bin gleich hier um die Ecke.« Die beiden nicken dankbar. Läuft ja alles wie am Schnürchen. Nur eine Sache noch will Michael wissen. »Dürfen wir auch einzelne Dokumente oder Ordner mitnehmen?« Die Antwort lässt keine Fragen offen. »Nein!«

Unzählige Stunden haben die beiden Ermittler bisher mit der Besichtigung der Akten verbracht. Es sind so viele Ordner, dass sie Tage, wenn nicht Wochen brauchen werden, um alles durchzusehen. Viele Dokumente befassen sich jedoch mit der Therapie der Zielperson, was für Michael und Tim vorerst nicht von Bedeutung ist. Vielmehr beschäftigen sie sich mit dem Prozess und der Vorgeschichte von Fernandes Branco. Von einem Zwillingsbruder haben sie bisher nichts erfahren können, doch eine Zeugenaussage hat das Interesse des Kommissars und des Polizisten geweckt. Eine Frau behauptete steif und fest, den Flüchtigen am Tag nach dem Ausbruch am Bahnhof in Lugano gesehen zu haben. Er trug zwar keine Häftlingskleidung auf sich, und machte auch sonst einen gepflegten Eindruck, jedoch war die Dame sich sicher, die richtige Person vor sich zu haben, zumal wenige Meter neben ihr ein Fahndungsaufruf mit einem Foto zu sehen war. Laut Aussage muss es das gleiche Gesicht gewesen sein, wenn man von der Brille, die er trug, absieht. Diese, so die Vermutung der Frau, sei nur zu Zwecken der Tarnung von ihm getragen worden.

Die Polizei jedoch schenkte diesen Aussagen weder Glauben noch Beachtung, da der Flüchtige längst wieder gefasst war. Nur ein kurzer Hinweis in den Akten erinnert daran, wobei geschrieben steht, dass solch ein Irrtum jedem unterlaufen könne und die Zeugin bestimmt nicht in der Absicht gehandelt hat, die Ermittlungen zu sabotieren.

Dass vielleicht doch ein Funken Wahrheit in den Beobachtungen dieser Frau stecken konnte, zeigte der Umstand, dass der wieder eingesperrte Häftling jegliche Schuld von sich wies und nach einem Anwalt verlangte. Er wusste scheinbar überhaupt nicht, warum er als unbescholtener Bürger einfach so brutal verhaftet worden ist. Doch für die Ermittler war das nicht mehr als ein gut gespieltes Schmierentheater. Sie waren sich sicher, den Richtigen vor sich zu haben, sie wussten ja, wie er aussah und über welche Merkmale er verfügte. So wurden auch keine Fingerabdrücke mit der Datenbank verglichen, sondern im Schnellverfahren und Ausschluss der Öffentlichkeit Fernandes Branco zu einer lebenslangen Haftstrafe mit anschliessender Sicherheitsverwahrung verurteilt. Man wollte die Sache so bedeckt wie möglich halten, denn die Flucht und der damit in Verbindung stehende Mord an Karin Sturzenegger war einzig und allein auf das Versagen der Justizorgane zurückzuführen.

»Diese Zeugin müssen wir finden. Ihre Aussage könnte extrem wichtig für unsere Ermittlungen sein.« Michael schöpft neue Hoffnung.

»Du scheinst wohl den Jahrgang von ihr übersehen zu haben«, meint sein Kollege belustigt. »Selbst, wenn sie heute noch leben würde, wäre sie über hundert Jahre alt. Willst du ihr das wirklich noch antun?«

Der Kommissar schlägt sich mit der flachen Hand gegen die Stirn. Wie konnte er das bloss übersehen? »Wie dumm von mir. Doch es geht auch ohne sie. Die Theorie mit dem unbekannten Zwillingsbruder wird durch ihre Aussagen und das Verhalten des Verhafteten weiterhin bekräftigt. Da bleiben wir dran!«

Noch tagelang waren sie im Kantonsgericht Zug zugange. Der Aktenberg wurde zunehmend kleiner und die Hoffnung der Ermittler auf ein baldiges Abschliessen des Falles grösser. Dass es einen Zwillingsbruder geben muss, waren sich beide einig. Jetzt galt es, die einzelnen Puzzlestücke zu einem Gesamtbild zusammenzufügen.

26

Überall waren Sirenen zu hören und dutzende Polizeihubschrauber kreisten über Zug und den umliegenden Wäldern. Doch hier war er vor ihnen vorerst sicher. So viel Pech wie er in der letzten Zeit gehabt hatte, kann ein Mensch allein doch gar nicht haben, schoss es ihm durch den Kopf. Die Zeit war reif für ein wenig Glück. Und wenn nötig, half er ihm gern auf die Sprünge.

Fernandes hatte es sich unter einer Brücke in einem Abwasserschacht gemütlich gemacht. Zwar stank es hier bestialisch, doch damit konnte er vorläufig leben. Der Schacht war mit einem Gitter gesichert, doch mit etwas Geschick war es ein Leichtes für ihn, das Gitter zu entfernen und hinunterzuklettern. Niemand hätte ihn hier je gefunden, doch das wäre auch gar nicht nötig gewesen, denn nach spätestens vierundzwanzig Stunden, so schätzte er, müsste der ganze Spuk sowieso vorbei sein. Bis es soweit war, musste er aber hier ausharren. Nur einmal würde er das Versteck verlassen müssen, um seinen Plan voranzutreiben. Damit wartete er jedoch, bis sich die Dunkelheit übers Land gelegt hat.

Endlich war die Sonne hinter dem Horizont verschwunden.

Wie ein scheues Reh riskierte er einen bedächtigen Blick nach draussen in die glasklare Nacht. Es war absolut still, nur die Lorze plätscherte hier vor sich hin. Gleich nebenan befand sich eine Telefonzelle. Sein Ziel! Flink wie ein Wiesel huschte er im Schatten der Nacht zu ihr herüber. Dann kramte er in seiner Gesässtasche nach dem Brief. Der Brief seiner Mutter. Die ganze Zeit hatte er ihn an sich gehabt und ihn nie aus den Augen gelassen. Doch nicht, weil es die einzige Erinnerung an seine Mutter gewesen wäre, sondern weil er eine gewisse Angabe aus dem Schreiben noch brauchte.

Fernandes nahm den Hörer ab und wählte die 117. Die Notrufnummer. Schon Wochen vor seiner Flucht prägte er sich den einen Satz auf Deutsch ein, auch wenn er sonst kein einziges Wort dieser Sprache beherrschte. Nur dieser eine Satz sass.

»Kantonspolizei Zürich, wie kann ich Ihnen behilflich sein?«

»Der gesuchte Mann, Fernandes Branco, ist in Spanien.« Dann las er die Adresse im Brief vor. »Calle de Pena 45. Calle de Pena 45. Madrid.«

Dann legte er auf und rieb sich zufrieden die Hände. Nun hiess es abwarten und zur gegebenen Zeit die Früchte seiner harten Arbeit zu pflücken. Bis es aber soweit sein sollte, musste er sich wieder verstecken. Auf keinen Fall durfte er jetzt übermütig werden und das Risiko eingehen, entdeckt zu werden. Hochmut kommt ja bekanntlich vor dem Fall. Also kroch er brav wieder in seinen Unterschlupf hinab und wartete, bis seine Zeit gekommen war. Die Langeweile vertrieb er sich damit, ein kleines Feuer zu entfachen. Mit seinem Pass! Es sollte das kleinste Problem sein, das Land ohne Papiere zu verlassen. Auch dazu hatte er schliesslich einen Plan.

Fernandes fühlte sich wie gerädert. Und ausserdem stank er. Welcher Tag es wohl war? Sein Zeitgefühl war durcheinandergekommen, er konnte nur erkennen, dass der Tag längst angebrochen sein musste. Zeit, um auf eine kleine Entdeckungsreise zu gehen. Vorsichtig schielte er um die Ecke. Die Luft war rein. Wenn ihn jemand gesehen hätte, wäre das zwar nicht weiter tragisch gewesen, denn diese Person hätte ihn bestimmt für einen Obdachlosen gehalten, doch es hätte trotzdem nicht sein müssen. Im Grunde genommen war er ja sogar obdachlos, auch wenn nur für kurze Zeit. Was für ein Abstieg! Vom König der Diebe zum mittellosen Strassenpenner.

Unauffällig kletterte er den Hang hinauf und betrat den Gehweg. Er sah schon sehr kurios aus, mit seiner Maskerade und seinem Gang. Doch niemand schien Notiz von ihm zu nehmen. Die Anonymität der Öffentlichkeit bot ihm Schutz. Als er auf der Höhe einer Parkbank war, fiel sein Blick auf die Zeitung, die darauf lag. Fernandes setzte sich und nahm das Blatt in die Hand. Was er dann las, liess sein Herz vor lauter Glück einen Freudensprung machen.

»Ausgebrochener Mörder auf Flucht verhaftet! Festnahme in Spanien! «, lautete die Titelschlagzeile, welche mit fetten Lettern abgedruckt war. Dazu ein Bild von ihm, wie er ohne Verkleidung aussah. Auch wenn er der deutschen Sprache nicht mächtig war, kannte er als ehemaliger Häftling die Wörter »verhaftet« und »Spanien« und konnte den Zusammenhang feststellen.

Er wurde gefasst! Das heisst, sein Zwillingsbruder, der bis anhin ein schönes, sorgenfreies Leben auf seine Kosten führen konnte. Jetzt war Schluss damit, das Blatt hatte sich gewendet. Rache ist süss!

Er war fast am Ziel angelangt. Nur noch das Land musste er verlassen und dann endlich konnte er die Füsse hochlegen. Doch wohin? Zurück nach Spanien?

Nein, beschloss er. Nach einem verpatzten Auftrag zum Ursprung allen Übels zurückkehren? Auch wenn ihn zumindest dafür keine Schuld traf, hatte er seine Verhaftung selbst zu verantworten. Der Alte wusste darüber sicher auch schon Bescheid und blieb in der Annahme, dass sein Schützling wohl den Rest seines Lebens hinter Gitter verbringen würde.

Nein! Irgendwo neustarten. Am liebsten auf einer kleinen, sonnigen Insel, fernab jeglicher Zivilisation.

Mit einem Plan, dafür ohne Geld lief er los. Doch er würde sich schon durchschlagen.

Er war schliesslich ein Überlebenskünstler!

Dann verschwand er von der Bildfläche. Niemand sollte je wieder etwas von ihm hören. Er lebte endlich sein Leben.

27

Hans Kronenberg war nervlich am Ende. Schon seit Tagen wussten die Medien über nichts anderes zu berichten, als das Drama, das sich kürzlich zugetragen hatte und in der kantonalen Strafanstalt Zug seinen Lauf nahm. Im Nachhinein ist man immer schlauer. Hätte diese Tragödie womöglich verhindert werden können?

Ja, war die einschlägige Meinung sämtlicher Hobbyjournalisten und Boulevardpressen, denn der Hauptschuldige war auch längst ausgemacht: Die Gefängnisdirektion. Allen voran Hans Kronenberg.

Er galt als ruhiger und besonnener Mann, der die Strafanstalt mit eiserner Hand führte und Skandalen grundsätzlich aus dem Weg ging. Doch nun war sein guter Ruf dahin.

Laut Schlagzeilen war der Ausbruch des Häftlings Fernandes Branco das Resultat einer fehlgeleiteten, aussichtslosen, von Kronenberg selbst angeordneten, viel zu teuren Therapie, die ihre Wirkung gänzlich verfehlt hat und den Steuerzahler Millionen kostete.

Es trieb ihn zur Weissglut. Wann würden diese Leute endlich begreifen, dass die Richter aufgrund psychiatrischen

Gutachten die Therapien anordnen, und nicht er?

Seit Tagen schon klingelte das Telefon pausenlos, und jedes Mal waren sensationsgeile Journalisten, die von der Materie zwar keine Ahnung hatten, ihm jedoch das Wort ihm Mund umdrehen wollten, am anderen Ende der Leitung. Für ihn Grund genug, wortlos einzuhängen.

Dann fasste er den Entschluss, den die breite Öffentlichkeit schon am Tag des Verbrechens von ihm forderte: In einer Medienkonferenz, die vom staatlichen Fernsehen übertragen wurde, gab er unter Bedauern seinen Rücktritt bekannt und erklärte, dass er die volle Verantwortung für die Geschehnisse übernehmen werde. Etwas anderes blieb ihm auch nicht übrig, waren sich seine Berater einig. Nur so konnte er sein Gesicht noch wahren und den Kopf in letzter Sekunde aus der sich immer mehr zuziehenden Schlinge retten.

Die Aktion verfehlte ihre Wirkung nicht. Noch kurze Zeit wurde intensiv über den Rücktritt Kronenbergs berichtet, doch schon bald war das leidige Thema vergessen und die Presse wandte sich anderen, mehr erfolgsversprechenden Storys zu. Im Hause Kronenberg kehrte wieder Ruhe ein.

Die arbeitslose Zeit nutzte der alleinstehende Hans Kronenberg, der finanziell abgesichert war, um eine mehrmonatige Weltreise zu unternehmen und um die schlimme Zeit, die er durchmachen musste, zu vergessen. Es sollte ein Neuanfang werden.

Sämtliche Kontinente dieser Erde erkundete er im Alleingang und genoss das Leben in vollen Zügen. Er wusste sich schliesslich zu helfen. Als er wieder in die Schweiz zurückkehrte, war er wie ausgewechselt. Nichts mehr erinnerte an den gestressten Generaldirektor einer Strafanstalt, der sich Tag und Nacht rechtfertigen muss, warum einem von tausenden Häftlingen der Ausbruch aus der sonst so sicheren JVA geglückt war.

Nein, nun schien er seinen Seelenfrieden gefunden zu haben und begann den Tag stets mit einem Lächeln, das im Einklang mit seinem sonnengegerbten Gesicht stand. Doch wie sollte es mit seiner beruflichen Karriere weitergehen? Als Direktor einer Strafanstalt hatte er versagt, soviel stand fest. Würde ihm je wieder eine Firma eine Führungsposition anvertrauen?

Täglich durchforstete er die Zeitungen nach den neusten Stelleninseraten, hörte sich um, schrieb Bewerbungen und tätigte Anrufe. Alles ohne Erfolg. Zu gross war die Angst der umworbenen Firmen, mit dem schrecklichen Mord in Zug in Verbindung gebracht zu werden, sollten sie Hans Kronenberg einstellen.

Es war wie ein Fluch.

Doch das Blatt wendete sich, als ein Bekannter, den Hans Kronenberg zum Abendessen eingeladen hatte, von den Umstrukturierungen in der Teppichetage seiner Firma, einer renommierten Versicherungsgesellschaft, erzählte. Viele Posten würden neu besetzt und die ganze Geschäftsleitung auf den Kopf gestellt werden, fügte er an. Kronenberg witterte sofort seine Chance und reichte die Bewerbungsunterlagen gleich am nächsten Tag ein.

Sicher auch den Empfehlungen seines Bekannten hatte er es zu verdanken, dass er sich fortan als neues Mitglied der Geschäftsleitung der EVA nennen durfte.

Hans Kronenberg fand ins berufliche Leben zurück und

arbeitete hart, sodass er nach einigen Jahren den Platz des abtretenden Direktors einnehmen konnte. Er war wieder zurück an der Spitze.

Ein junger Mann, der seine KV-Ausbildung in der EVA begonnen hatte, rückte in den Fokus von Hans Kronenberg. Als dieser dessen Unterlagen durchblätterte, wusste er sofort, um wen es sich handeln musste.

Martin Sturzenegger!

Kronenberg war mit dem Fall bestens vertraut, war es doch immerhin seine Strafanstalt, welche dieses Verbrechen an der Mutter des Jungen erst ermöglicht hatte.

Martin Sturzenegger!

Wie es dem Jungen wohl geht, dachte Hans. Persönlich hatte er ihn bis anhin noch nicht zu Gesicht bekommen, was in einer Firma dieser Grösse keine Seltenheit darstellte, doch diesen Umstand wollte er dringend ändern. So beschloss er, Martin unter einem Vorwand zu sich ins Büro zu locken. Keine Stunde später stand dieser vor seiner Tür.

Das Gespräch war sehr aufschlussreich. Der Direktor redete mit Martin erst über seinen Einstieg ins Berufsleben, um keinen Verdacht zu schöpfen. Über seine Hobbies, Gott und die Welt. Dann erst steuerte er das Gespräch langsam und unauffällig in Richtung seiner Kindheit. Ob es da etwas gäbe aus der Vergangenheit, was ihn bedrücken würde.

Zaghaft fing Martin an zu reden. Über seine glückliche Kindheit, die an seinem zehnten Geburtstag ein jähes Ende fand. Über den Mann, der nicht nur das Leben seiner Mutter, sondern auch das von dutzenden jungen Frauen und sein eigenes zerstörte. Über die Zeit der Trauer, Wut und Hoffnungslosigkeit. Mit keinem Wort aber erwähnte er den ehemaligen Direktor der kantonalen Strafanstalt Zug, der ihm direkt gegenübersass und in seine smaragdgrünen Augen schaute.

Auch dann nicht, als Hans Kronenberg ihn fragte, ob er diesem Mann eine Mitschuld geben würde. Martin schüttelte nur den Kopf.

Sichtlich berührt beschloss er, das Gespräch zu beenden, um den armen Jungen nicht noch mehr zu quälen. Zweifellos wusste dieser nicht, wen er, abgesehen von seinem Chef, da eigentlich vor sich hatte. Und das war auch gut so. So sollte es bleiben. Vorläufig, zumindest.

Die Wahrheit hätte ihn nur unnötig aus der Bahn geworfen. Der Tag sollte noch kommen, an dem Hans Kronenberg seine tiefe Schuld begleichen konnte, und das wusste er. Er brauchte nur abzuwarten.

Die Jahre verstrichen und Martin, der inzwischen die Lehrabschlussprüfungen mit mässigem Erfolg bestanden hatte, nahm einen festen Platz als Sachbearbeiter in der EVA ein. Die Kollegen mochten ihn, ohne seine Vorgeschichte zu kennen, nicht besonders, denn er war stark introvertiert und launisch, und seine Leistung liess auch stark zu wünschen übrig. Mehrmals beschwerten sich die Mitarbeiter bei seinem direkten Vorgesetzten, und als dies keine Besserung erzielte, sogar beim Direktor, Hans Kronenberg, persönlich. Doch bei diesem überwog das schlechte Gewissen und er nahm seinen Schützling stets in Schutz. Das war auch den Angestellten nicht entgangen, und schon bald munkelte man über die seltsame Beziehung zwischen Martin Sturzenegger und Hans Kronenberg. Niemand wusste, was das zu bedeuten hatte. Man wusste nur, dass es besser war, sich dem Willen des Obersten zu beugen. Und so akzeptierten die Leute wider ihren eigenen Willen die Vorzugsbehandlung des mürrischen, jungen Mannes. Was blieb ihnen auch anderes übrig?

Wieder gingen die Jahre ins Land, ohne dass sich etwas Aufsehenerregendes in der EVA zugetragen hätte. Hans Kronenberg hatte schon länger seinen frühzeitigen Rücktritt angekündigt und die Suche nach einem geeigneten Nachfolger gestartet. Leute der Geschäftsleitung rieben sich die Hände, denn jeder erachtete sich selbst als am besten geeignet für diese Funktion. Der Konkurrenzkampf war zwar gross, doch alle arbeiteten am Schluss noch immer für die selbe Firma, und da man auch eng befreundet war, hätte man sich den Sieg gegenseitig auch gegönnt. Niemand aber konnte auch nur im Ansatz erahnen, wie die Geschichte ausgehen sollte.

Denn wie aus dem Nichts verkündete der abtretende Direktor, dass nun ein Nachfolger gefunden und die Suche somit beendet sei. Man würde zur gegebenen Zeit die Leute informieren.

Dann wurde es eine Weile ruhig, und die Sache rückte in den Hintergrund. Die Angestellten tuschelten untereinander, und jeder, der sich einst Hoffnungen gemacht hatte, sah seine Felle davonschwimmen, denn, und davon ging man aus, der Glückliche würde sicher schon positiven Bescheid bekommen haben. Da aber niemand von den favorisierten Anwärtern eine Ahnung hatte, um wen es sich handeln konnte, stieg die Spannung ins Unermessliche.

Hans Kronenberg hielt sich bedeckt und verwies auf seine Pensionierungsfeier, an der er die Leute aufklären wollte.

So war es dann auch.

Sein Abschied wurde richtiggehend zelebriert. Ein Cateringunternehmen wurde aufgeboten, um die Mitarbeiter zu umsorgen, und auch eine lokale Live Band hatte einen kurzen Auftritt. Das Highlight jedoch sollte erst den Schluss des durchaus gelungenen Abends küren.

Die Entscheidung!

Die Wahl des neuen Direktors!

Feierlich, mit viel Schwung in der Stimme, als ob er einen Boxkämpfer ankünden wollte, rief er den Namen in die Menge. Den Namen der Entscheidung!

Martin Sturzenegger!

Das Publikum war regelrecht geschockt, allen voran Martin selbst, der nie im Leben damit gerechnet hätte, noch an diesem Abend zum Direktor einer der grössten Versicherungsanstalten der Schweiz ernannt zu werden. Vom Tellerwäscher zum Millionär. Das hier war zweifellos sein Spiel, das gespielt wurde und ohne richtig zu begreifen, was eigentlich genau vor sich ging, betrat er in einem dumpfen Nebel aus Anspannung, Angst und Freude die Bühne. Seine Gedanken fuhren Karussell. Die Menge war mucksmäuschenstill. Man hätte eine Stecknadel fallen hören können. Der Gesichtsausdruck der Geschäftsleitung in der vordersten Reihe spiegelte wieder, wie sie sich fühlten:

hintergangen, verarscht, betrogen.

Doch Hans Kronenberg blieb souverän und reichte Martin

die Hand. Dann trat er hinter das Mikrofon und erklärte in einer dreissig Minuten langen Rede seine Beweggründe. Die kaschierte Wahrheit! Seine wirklichen Motive verschwieg er, dazu fehlte ihm der Mut. Für ihn reichte es vollkommen, dass er getan hatte, was er tun musste. Seine Schuld war somit beglichen, seine Seele reingewaschen. Der Ruhestand konnte kommen.

Noch lange blieb der neue Direktor im Gespräch. Die Arbeitnehmer, hauptsächlich Kaderleute, welche nicht die Firma verliessen, mussten sich wohl oder übel mit der neuen Situation abfinden, besser sogar anfreunden. Es half schliesslich alles nichts.

Nie hatte jemand intensiv genug recherchiert, um die Verbindung zwischen Hans Kronenberg und Martin Sturzenegger zu herzustellen. Niemals!

28

Michael und Tim sind seit der Akteneinsicht im Kantonsgericht Zug noch keinen Schritt weitergekommen. Sie haben nun zwar eine Vermutung, wie es sich zugetragen haben könnte, doch allein ein Verdacht reicht nun mal nicht, um jemanden festzunehmen. Selbst wenn sie einen Haftbefehl gegen Branco in der Hand hätten, wüssten sie nicht einmal, wo dieser steckt. Sie brauchen Beweise und einen Aufenthaltsort, dann könnten sie endlich Nägel mit Köpfen machen. Sonst wird das nichts.

»Fassen wir zusammen, was wir bisher haben: Zwei Zwillingsbrüder, einer davon schwer kriminell, vielleicht beide«, resümiert Michael.

»Nicht zu vergessen, dass der eine für Jahrzehnte unschuldig im Gefängnis gesessen haben könnte«, ergänzt Tim.

»Vielleicht ist das sogar nur ein Luftschloss und wir haben uns in etwas hineingesteigert. Ist ja durchaus möglich, dass der Tod von Alexander Liebherr wirklich nicht mehr als ein tragischer Unfall gewesen ist. Oder seine Frau etwas nachgeholfen haben könnte. Nur, beides bringt uns nicht weiter. Ich frage mich langsam, ob es nicht besser wäre, die

Ermittlungen einzustellen.« Tim steht die Enttäuschung ins Gesicht geschrieben. Doch Michael winkt sofort ab. »Jetzt, wo wir schon so weit gekommen sind, willst du den Bettel einfach hinschmeissen? Kommt gar nicht in Frage! Wir bleiben an dem Fall dran, bis wir zumindest Gewissheit haben. Ich habe von Felten versprochen, die Geschichte restlos aufzuklären und das werden wir auch tun. Verstanden?« Tim nickt scheu. Für Michael nicht genug. »Ob du mich verstanden hast, will ich von dir wissen!«, wiederholt er mit lauter Stimme. »Ja Sir, verstanden!«, brüllt Tim beinahe, ehe er in lautes Gelächter ausbricht. Der Kommissar tut es ihm gleich. Dann kommen sie wieder zur Sache. Michael schnappt sich einen Stift und stellt sich vor das Flipchart.

»Wenn dieser Branco wirklich in den Mord an Alexander Liebherr verwickelt sein sollte, müsste er auch nach Menorca geflogen sein, soviel steht fest. Mit welchem Flug, wissen wir nicht, es ist jedoch davon auszugehen, dass er so schlau war, nicht denselben Flug wie die Liebherrs zu nehmen, wegen der Gefahr, entdeckt zu werden. Vielleicht ist er auch ab Basel geflogen, statt, wie Alexander und Irene Liebherr, ab Zürich. Doch ich würde vorschlagen, vorerst fokussieren wir uns auf den Flughafen Kloten. Die Wahrscheinlichkeit, dass er dort abgeflogen ist, schätze ich als grösser ein. Wenn er denn überhaupt geflogen ist.« Das Flipchart füllt sich langsam.

»Ja, gehen wir davon aus, es hat sich so zugetragen. Dann müsste er gewiss von einer Überwachungskamera gefilmt worden sein. Dort wimmelt es ja nur so von denen, seit der Terror in der Luftfahrt angekommen ist«, pflichtet Tim ihm bei. »Das Problem ist nur, dass die meisten öffentlichen Kameras nur einen Zeitraum von vierundzwanzig Stunden speichern. Dann wird der Inhalt wieder überschrieben.«

Das stellt tatsächlich ein ernstzunehmendes Problem dar. Aus Speicherplatzgründen werden die meisten Aufnahmen nämlich fortlaufend überschrieben, wenn der Inhalt nicht von Belang ist. Wenn Fernandes Branco oder sein ominöser Zwillingsbruder tatsächlich nach Menorca geflogen sein sollte, würde diese Aufnahme schon längst nicht mehr existieren.

»Einen Versuch ist es trotzdem wert. Du kannst ja gleich bei der Flughafenpolizei Zürich anrufen und denen unser Anliegen schildern. Vielleich haben wir ja irgendwie Glück«, bittet Michael seinen jüngeren Kollegen.

»Das werde ich tun. Wenn sich etwas ergeben sollte, schuldest du mir ein Bier. Deal?«

»Deal! Ich lass dich unterdessen mal alleine«, meint der Kommissar mit einem Augenzwinkern und verlässt das Büro.

Zwanzig Minuten später ist das Telefonat beendet. Mit so viel Glück hätte Tim nie gerechnet. Michael kehrt mit zwei Bechern Kaffee in den Händen zurück und stellt dem Polizisten einen hin.

»Den habe ich mir aber auch verdient«, sagt dieser stolz. »Der Herr von der Flughafenpolizei war so freundlich, mir ausführlich zu erklären, warum die Aufnahme unseres gesuchten Mannes sehr wohl noch gespeichert sein wird, wenn es sie denn überhaupt jemals gab.

Im Zuge der Vorkehrungen, die nach den Anschlägen vom elften September getroffen worden sind, ist auch das komplette Sicherheitskonzept des Flughafens überdacht und erneuert worden. Bei den Überwachungskameras, die überall im Gebäude angebracht sind, wird die Aufnahme zwar nach vierundzwanzig Stunden überschrieben. Jedoch nicht bei denen, die bei den Sicherheitskontrollen installiert worden sind. Diese Aufnahmen werden, und jetzt halt dich fest, sage und schreibe ein ganzes Jahr lang archiviert.«

»Das ist ja wunderbar. Zusammenfassend heisst das, dass unser Mann, wenn er denn in Zürich abgeflogen sein sollte, mit Sicherheit auf den Aufnahmen zu sehen sein wird. Tim, du bist der Beste! Das Bier hast du dir wirklich verdient.« Michael ist begeistert.

»Das Beste aber kommt ja erst noch«, doppelt der Polizist nach. »Dieser Herr Werner, den ich vorhin am Telefon hatte, hat sich bereit erklärt, uns einen Besuch abzustatten und den Zugriff auf die Videodaten auf unseren Rechnern zu installieren. Noch diesen Nachmittag. Toll, nicht wahr?«

»Vergiss das Bier! Hast du heute Abend schon was vor? Ich lade dich nämlich zum Nachtessen im angesagtesten Restaurant in ganz Zürich ein.«

»Lass nur!«, gibt sich Tim bescheiden. »Vorerst reicht es mir, wenn du das Mittagessen finanzierst. Ich habe nämlich langsam Hunger und bin zufälligerweise knapp bei Kasse.«

»Was für ein Zufall!«, lacht der Kommissar. »Was für ein Zufall.«

Das Telefon klingelt. Der Kommissar hebt ab.

»Ein gewisser Herr Werner von der Flughafenpolizei wünscht Sie zu sprechen. Soll ich ihn hochschicken?«

Michael bestätigt und ist positiv überrascht, wie schnell das doch alles geht. Noch vor wenigen Stunden haben er und Tim darüber philosophiert, den Fall wegen Aussichtslosigkeit an den Nagel zu hängen, und jetzt ist schon ein »Kollege« auf dem Weg zu ihnen, der ihnen vielleicht den Weg zur Aufklärung des Falles ebnen wird. Oder ihnen zumindest wertvolle, videotechnische Hinweise liefern kann. Doch ein Zuckerschlecken wird die Suche nach diesem Branco nicht, das ist den beiden schon klar, bevor sie das Videomaterial überhaupt zu Gesicht bekommen. Eine bestimmte Zielperson, über die wenig bekannt ist und nur wenige Aufnahmen existieren, inmitten von abertausenden Personen zu identifizieren, gleicht der Suche nach der berühmten Nadel im Heuhaufen. Dazu kommt erschwerend, dass noch nicht einmal feststeht, ob der Verdächtige tatsächlich ab Zürich, ja überhaupt, abgeflogen ist. Werden sie nicht fündig, wiederholt sich dasselbe Spiel mit den Aufnahmen vom Flughafen Basel, vorausgesetzt, dieser verfügt auch über solch umfassende Sicherheitsvorkehrungen und eine hilfsbereite Flughafenpolizei. Theoretisch müssten noch viel mehr Flughäfen in der Nähe in Betracht gezogen werden, die mit dem Zug in wenigen Stunden erreichbar sind und von Branco bewusst gewählt worden sein können, um seine Spuren zu verwischen. Doch daran dürfen die Ermittler nicht einmal denken, denn das würde einen grossen Rückschritt bedeuten, der durchaus dazu beitragen könnte, dass der Fall endgültig an den Nagel gehängt wird. Noch sind sie optimistisch.

Es klopft an der Tür. Tim bittet herein.

Ein grossgewachsener, in legerer Freizeitbekleidung gekleideter Mann mit verlebtem Gesicht betritt den Raum. Er könnte geradeso Türsteher in einer Hinterhof-Diskothek sein. Seine äusserliche Erscheinung, die auf den ersten Blick vielleicht etwas roh anmutet, lässt keinen Polizisten dahinter vermuten. Doch ist das nicht ein Vorteil?

»Samuel Werner, mein Name. Freut mich, Sie kennenzulernen!«, stellt sich der Mann vor und reicht den beiden Ermittler mit kräftigem Druck die Hand. Sein Lächeln und seine makellosen, schneeweissen Zähne stehen im krassen Gegensatz zu seinem Antlitz und lassen ihn gleich viel sympathischer und freundlicher wirken. Tim bittet ihn, Platz zu nehmen.

»Vielen Dank, dass Sie es so schnell einrichten konnten. Nun, in unserem Gespräch heute Vormittag habe ich Ihnen die Situation bereits geschildert. Es geht um einen Mann, der dringend tatverdächtig, jedoch nicht auffindbar ist. Um die Ermittlungen voranzutreiben und den Mordverdacht zu stützen, sind wir auf die Aufnahmen dringend angewiesen.«

Samuel Werner hört aufmerksam zu und nickt ab und an mit dem Kopf. Er geniesst es, von den beiden umgarnt zu werden und ein wichtiger Bestandteil der Ermittlung in einem Mordfall zu sein. Sein Alltag bei der Flughafenpolizei beschränkt sich in der Regel auf Personendurchsuchungen, verdächtige Gepäckstücke genauer unter die Lupe zu nehmen und Kontrollgänge vorzunehmen.

»Nichts zu danken. Wir sind ja schliesslich Kollegen«, sagt er, und sein Lächeln verrät unschwer, dass es ihm ernst zu sein scheint. Ein Mann, dem man voll und ganz vertrauen kann, denkt der Kommissar. Tims Blicke, die er Michael zuwirft, lassen erahnen, dass er diese Meinung nur zu gerne teilt. Dieser Mann könnte der Schlüssel für all die Türen sein, welche sich bis anhin auch mit Gewalt nicht öffnen lassen wollten. Ein Glückstreffer!

Der Flughafenpolizist greift in die Seitentasche seiner Cargohose und holt einen USB Stick hervor.

»Alles, was Sie benötigen, befindet sich hier drauf. Diese Software ist Teil des neuen Sicherheitskonzepts, welches vom Dachverband der internationalen Flughafenbetreiber entwickelt wurde und seither auf tausenden Airports weltweit angewendet wird. Ist also quasi eine Vorschrift, die uns aber auch hilft, Versicherungsprämien zu sparen. Toll, nicht wahr?«

Der Kommissar nimmt das Speichermedium und steckt es in einen freien Steckplatz an seinem Computer. Dann greift er darauf zu und startet die Installation der Software, was einige Minuten in Anspruch nimmt. Nach der Installation startet das Programm automatisch.

»Et voilà. Wissen Sie, bei dieser Software wurde der Schwerpunkt auf die einfache Bedienung gelegt. Aber zuerst muss man sich natürlich einloggen. Ich habe eigens für Sie ein neues Login anfertigen lassen, mit dem Sie die Software uneingeschränkt nutzen können. Die Benutzeridentifikation und das Passwort befinden sich in einer Textdatei auf dem Stick.« Er öffnet die Datei und tippt die Daten ab. »Nun sind wir eingeloggt. Dann werde ich Ihnen das Programm näher erklären. Hier auf der linken Seite«, er zeigt auf den Monitor, »finden Sie die einzelnen Kameras. Das sind hunderte, wenn nicht sogar tausende. Man kann sie sortieren nach Bereich oder Aufnahmedauer.«

»Uns interessieren lediglich diejenigen, bei welchen die Aufnahmen ein Jahr lang gespeichert werden. Die

Sicherheitskontrollen«, wirft Tim ein und nennt ihm das Zeitfenster vor dem Tod Alexander Liebherrs, in dem Branco nach Menorca geflogen sein müsste.

»Überhaupt kein Problem«, antwortet Samuel Werner selbstsicher. «Hier wählen wir den Zeitraum, und schon wird die Spreu vom Weizen getrennt. Dann haben wir hier noch ein sehr nützliches Tool, mit dem man nach einem bestimmten Flug suchen kann. Da wir die Flugnummer nicht kennen, können wir die Suche auf das Ankunftsziel beschränken.» Auf dem Bildschirm erscheint eine grosse Sanduhr. »Dieser Vorgang wird einige Minuten in Anspruch nehmen.«

»Zeit, um Kaffee zu holen. Wie hätten Sie ihn gerne?«

»Schwarz mit zwei Stück Zucker.«

»Gerne!« Tim verlässt das Büro und kehrt kurz darauf mit drei Becher Kaffee zurück. Der Flughafenpolizist bedankt sich und auch Michael macht einen zufriedenen Eindruck, was jedoch nicht nur am Kaffee liegen könnte.

In der Zwischenzeit ist die Sanduhr vom Monitor verschwunden und die gewünschten Ergebnisse sind abrufbar. Dutzende Flüge sind aufgelistet.

»So, nun haben wir hier alle Aufnahmen der Sicherheitskontrollen, die für den gesuchten Flug in Frage kommen könnten. Da bei der Kontrolle noch kein Ticket vorgewiesen werden muss, ist natürlich noch nicht ersichtlich, wohin diese Leute reisen. Der Verdächtige kann also einer von tausenden sein.«

»Nicht gerade rosige Aussichten», wirft Tim ein. »Gibt es denn keine Möglichkeit, die Suche noch weiter zu präzisieren?«

»Doch, die gibt es schon. Ein weiteres Tool, das sich hier in diesem Menü versteckt«, er zeigt mit dem Finger wider auf den Monitor, »ermöglicht es uns, die Gesichter nach optischen Merkmalen wie Augenfarbe, Haarfarbe oder Statur zu filtern. Die Kameras bei den Sicherheitskontrollen filmen in HD-Qualität, die Aufnahmen sind also allesamt gestochen scharf. »Haben Sie ein Foto des Verdächtigen?«

Der Kommissar wühlt in seinen Unterlagen und reicht Samuel Werner mehrere polizeiliche Aufnahmen von Branco, die er im Archiv des Kantonsgerichts Zug kopiert hatte. Die Fotos sind sehr detailliert und zeigen ihn von allen Seiten, zudem sind fein säuberlich seine äusserlichen Eigenschaften sowie Besonderheiten aufgelistet.

»Sehr gut«, lobt ihn der Flughafenpolizist. »Haben Sie die Frontaufnahme auch in digitaler Form? Man kann das Bild nämlich hochladen und der Server gleicht alle Gesichter damit ab. Eine mühsame Arbeit wird so vom Computer abgenommen.«

Tim deutet mit dem Finger auf den Scanner, der auf dem Schreibtisch steht. Er öffnet den Deckel und legt die Kopie ein. Mit einem Druck auf den einzigen Knopf am Gerät startet er den Scan.

Nachdem Samuel Werner alle Angaben in die Suchmaske eingeben hat und das soeben eingescannte Bild angehängt hat, erscheint wieder die Sanduhr. Der Suchauftrag ist gestartet.

»Diesmal wird es wohl etwas länger dauern. Tausende von Gesichtern in höchster Auflösung werden nun abgeglichen. Das kann gut und gerne einen halben Tag in Anspruch nehmen.«

»So lange?« Tim schaut den Polizisten ungläubig an.

»Selbstverständlich. Vielleicht sogar noch länger. Gut Ding will Weile haben, junger Mann!« Er schaut auf seine Armbanduhr. »Für mich ist es denn auch schon wieder Zeit zu gehen. Sie wissen nun, wie man die Software bedient, jetzt heisst es abwarten. Sollten sich noch Fragen ergeben, zögern Sie nicht, mich anzurufen. Und halten Sie mich doch bitte auf dem Laufenden.« Den letzten Satz hat er mit einer Lässigkeit gesprochen, die Michael und Tim doch wieder vor Augen führt, dass es zwischen den verschiedenen Polizeistellen zwar Grenzen geben mag; die Zusammenarbeit jedoch stets reibungslos funktioniert, ganz egal ob man auf die Hilfe von der Flughafenpolizei oder die des New Yorker Police Departements angewiesen ist. Der heutige Tag hat es wieder einmal eindrucksvoll bewiesen.

Mit einem Lächeln auf den Lippen verabschiedet der Kommissar den Flughafenpolizisten und verspricht, ihn zu informieren, sollten sie einen Treffer erzielen, Doch bis dahin sind es noch einige Stunden. Laut Hochrechnung des Programmes müsste die Suche in den frühen Morgenstunden des nächsten Tages beendet sein.

»Lass uns Feierabend machen«, schlägt Tim vor. »Bis wir die Ergebnisse haben, sind uns sowieso die Hände gebunden und ich denke, für heute haben wir genug geleistet.«

Michael pflichtet ihm bei, auch wenn er noch genug Papierkram zu erledigen hätte. »Für heute lassen wir es gut sein.« Er schliesst, entgegen seinen Gewohnheiten, das Büro ab, denn er will nicht riskieren, dass die Putzfrau beim Saubermachen aus Versehen ein Kabel aussteckt oder sich sonst wer am Rechner zu schaffen macht. Grundsätzlich vertraut der Kommissar seinen Kollegen, doch in dieser wichtigen Sache möchte er absolut kein Risiko eingehen. Tim kann es ihm nicht verdenken. Gemeinsam verlassen sie das Gebäude.

Michaels Herz pocht wie wild, als er am nächsten Morgen den Fahrstuhl betritt. Nur noch wenige Sekunden trennen ihn vom vielleicht wichtigsten Fortschritt in dieser Mordangelegenheit. Ob Tim schon da ist?

Die Spannung ist kaum auszuhalten, als er die Türklinke zu seinem Büro nach unten drückt und den Raum betritt.

»Guten Morgen, Herr Oberkommissar«, begrüsst ihn Tim. »Wir haben einen Treffer!«

Tatsächlich ist auf dem Bildschirm ein Mann zu sehen, der dem Gesuchten bis aufs Haar gleicht.

»Zweifellos unser Mann«, ist sich Tim sicher. Doch Michael ist noch nicht überzeugt. »Irgendwas passt mir noch nicht«, meint er und kramt hinter seinem Schreibtisch in den Dokumenten, die er im Archiv kopieren durfte.

»Hier!«, schreit er schliesslich nach wenigen Augenblicken. »Hab ich es doch gewusst.« Neugierig setzt sich der Polizist zu ihm. »Schau ganz genau hin!«, fordert der Kommissar ihn auf und zoomt an die rechte Hand, welche auf den HD-Aufnahme gestochen scharf zu erkennen ist, des Verdächtigen heran. »Ja und?«, fragt Tim verwirrt. »Ist doch ganz offensichtlich unser Mann. Oder willst du jetzt etwa Handlesen?«

»Sei nicht albern!«, schimpft der erfahrene Ermittler. »Laut meinen Unterlagen hat Fernande Branco eine Narbe auf der rechten Hand, die sich über den gesamten Handrücken hinzieht und nicht zu übersehen ist. Siehst du bei diesem Mann hier etwa eine Narbe?»

»N... Nein... Aber das würde ja bedeuten...« Tim wurde ganz blass.

»Ganz recht, Tim. Ganz recht! Nicht Fernandes Branco ist nach Menorca geflogen, sondern sein Zwillingsbruder, und zwar einen Tag, bevor Alexander Liebherr ums Leben kam. Das kann kein Zufall sein.»

»Vincent ist...Wie heisst dieser Branco denn überhaupt mit Vornamen?«

»Das wissen wir nicht. Noch nicht», entgegnet ihm der Kommissar.

»Und welches Motiv hat ihn zu dieser Tat getrieben?«

»Rache. Dreiunddreissig Jahre seines Lebens hat er unschuldig hinter Gitter geschmort, weil sein Bruder Fernandes, von dessen Existenz er nicht einmal gewusst haben dürfte, auf der Flucht Karin Sturzenegger umgebracht hatte. Dafür würden auch die Beobachtungen der Zeugin sprechen, welche Branco einen Tag nach seiner erneuten Verhaftung gesehen haben will. Der wahre Täter konnte sich in Ruhe absetzen, während der unbescholtene Zwilling in Spanien verhaftet, an die Schweiz ausgeliefert und schliesslich hier verurteilt und eingebuchtet wurde. Ein Drittel eines Jahrhunderts. Stell dir das mal vor! Da ist es nur allzu verständlich, dass er auf Rache schwört. Also zieht er den einzig greifbaren Mann zur Rechenschaft: Alexander Liebherr. Er war schliesslich sein Richter und hat dafür gesorgt, dass er lebenslänglich in den Bau gewandert ist. Erst spannt er ihm seine Frau aus, indem er eine Liebschaft mit ihr beginnt, dann folgt er den beiden nach Menorca, stösst ihn von den Klippen, und alle denken, seine Frau war es. Der Plan war perfekt!»

Die Ermittler sind schockiert. Soeben haben sie einen riesigen Justizskandal aufgedeckt, der hohe Wellen werfen würde, sollte er an die Öffentlichkeit gelangen.

»Und was machen wir jetzt?«, will Tim von seinem älteren Kollegen wissen.

»Wir ermitteln weiter. Noch läuft der Täter frei herum.«

29

»Ich muss nochmal zurück ins Zimmer. Habe wohl mein Telefon dort liegen gelassen. Wartest du auf mich?«

»Für was zur Hölle brauchst du am Strand ein Telefon? Aus euch Weibern soll mal einer schlau werden. So fett wie du geworden bist, wäre es ratsam, wenn du deinen fetten Hintern auf einen Crosstrainer schwingen würdest, statt ihn den ganzen Tag nutzlos in der Sonne zu räkeln.«

Das hat gesessen, auch wenn sie seine Gemeinheiten mittlerweile gut wegstecken konnte. Und irgendwie hatte er ja auch recht, sie hatte wirklich einige unschöne Pfunde zugelegt. Doch Sport im Urlaub war für sie ein absolutes No-Go. Alexander schaute sie ja nicht einmal mehr mit dem Arsch an, für den brauchte sie sich nicht in Form zu bringen. Aber Vincent wäre sicher angetan gewesen, auch wenn dieser sich noch nie negativ über ihre Figur geäussert hatte. Es wäre ihm nie auch nur im Traum in den Sinn gekommen, solche Sprüche zu reissen. Er wusste, wie verletzlich und empfindlich sie war und wäre gerne zu ihr und ihren zusätzlichen Kilos gestanden, wenn er es denn gekonnt hätte. Doch diese Beziehung durfte unter keinen Umständen ans Licht kommen. Nicht, solange Irene sich nicht dazu entschlossen hatte, sich endgültig von ihrem Gatten zu trennen.

»Hast ja recht! Brauche ich wirklich nicht«, entgegnete sie Alexander. »Ich leg mich derweil in die Sonne.«

Sie genoss es, den ganzen Tag am Strand zu liegen und dem Rauschen der Wellen zu lauschen. Friedlich, ohne Gewalt erfahren zu müssen, während Alexander das Klippenspringen perfektionierte. Insgeheim hoffte sie, er möge bei einem Sturz verunglücken, sodass die Schikanen endlich ein Ende gefunden hätten. Doch sie wusste auch, dass das niemals passieren würde. Dafür war er viel zu gut. Leider. Geliebt hatte sie ihn schon lange nicht mehr. Er war nicht mehr der Mann, den sie einst geheiratet hatte. Viel mehr sehnte sie sich nun nach Vincent und malte sich in Gedanken aus, wie schön es gewesen wäre, hätte sie seinen Atem auf ihrer Haut und seine Hand an ihrer gespürt. Sie vermisste ihn. Doch eigentlich war sie schon froh, ihre Ruhe vor ihrem gewalttätigen Ehemann zu haben. Jedenfalls bis zum Abend. Beim Dinner musste sie stets lächeln und den Eindruck einer glücklichen Ehe vermitteln, denn Alexander legte sehr viel Wert darauf, was andere von ihm hielten, auch wenn ihn hier kaum jemand gekannt hatte.

Nur das Personal war sehr erfreut, ihre beiden Stammgäste, die Liebherrs, jedes Jahr aufs Neue begrüssen zu dürfen und legte alles daran, ihnen einen unvergesslichen Urlaub in dem fünf-Sterne Luxus Resort zu bescheren, was ihnen auch Jahr für Jahr gelang. Für sie waren die Liebherrs ein gern gesehenes Paar, dessen hohen Ansprüchen sie ohne Probleme gerecht wurden. Angenehme Gäste, die Geld und Stil besassen, was man von den neureichen Schnöseln, die ihr schnelles Geld entweder mit krummen Dingen oder an der

Börse gemacht haben, leider nicht immer behaupten konnte. Vor allem, wenn dann noch Alkohol im Spiel war, vergassen viele Gäste ihre guten Manieren und schlugen dermassen über die Stränge, dass es Stunden dauern konnte, bis die Sauerei wieder in Ordnung gebracht war. Auch dieses Problem hatte man mit den Liebherrs nicht. Deren Alkoholkonsum beschränkte sich auf die Flasche Wein zum Abendessen, welche ihnen der hoteleigene Sommelier aus dem exzellenten Sortiment empfehlen konnte. Für Irene gab es zudem gerne einen »Cubra Libre« oder einen »Sex on the Beach«, während sie an der Strandbar den jungen, durchtrainierten Männern hinterher sah und sich wünschte, selbst ein solch sorgloses Leben führen zu können. Auch wenn alles danach aussah, als wäre dieser Zug für sie längst abgefahren, keimte tief in ihrem Innern noch ein klitzekleines Fünkchen Hoffnung auf ein besseres Leben auf, auch wenn sie dies gar nicht recht wahrhaben wollte. Zu gross war die Angst vor Alexander und seinen Ausrastern. Waren sie alleine, konnte er innert Sekunden vom kultivierten Gentleman zur reissenden Bestie mutieren und ihr mehr Schmerz und Leid zufügen, als sie sich jemals vorzustellen getraute.

Es waren nicht einmal die körperlichen Torturen, denen sie schutzlos ausgeliefert war, die sie am meisten zerstörten. Blaue Flecken waren zwar schmerzhaft und sahen nicht schön aus, heilten aber in der Regel schnell wieder ab, und auch ein blaues Auge liess sich mit einer dicken Sonnenbrille kaschieren. Nein, es waren die seelischen Qualen. All die Beleidigungen, ehrlosen Äusserungen und Sprüche, die Alexander so locker von den Lippen wichen, als wären sie einstudiert worden, um ihre Lebensfreude endgültig zu vernichten. Doch im Urlaub liess er von ihr ab, um das Bild des perfekten, intellektuellen Vorzeigeehepaars nicht zu ruinieren. So liess es sich fast schon aushalten.

Auch wenn die Auszeit erst begonnen hatte, sah Irene bereits mit gemischten Gefühlen dem Ende der Ferientagen entgegen. Sie freute sich unheimlich, Vincent endlich wieder in die Arme schliessen zu können, aber fürchtete sich gleichzeitig auch vor ihrem kaltblütigen Gatten. Die ersten Tage zu Hause waren die schlimmsten überhaupt.

Es war, als hätten sich sein ganzer Hass und all seine Aggressionen aufgestaut und just in dem Moment, in dem in der heimischen Villa die Tür hinter ihnen ins Schloss gefallen war, zu entladen begonnen. Wie ein Ventil, dass dem Druck nicht mehr standhalten konnte und unkontrolliert Dampf entweichen liess. Ein System, dass kollabiert und nicht mehr unter Kontrolle gebracht werden konnte, bis es sich von selbst beruhigte. Das waren ihre Aussichten.

Doch für den Moment war sie zufrieden. So gefiel ihr das Leben.

Irene schaute auf die Uhr, die in weiter Ferne auf einer Kapelle die Zeit anzeigte. Zehn Uhr morgens. Der Tag lag noch vor ihr.

Alexander hatte sein Ziel endlich erreicht. Die Klippen, die in einer Bucht im Südteil der Balearischen Insel liegen, sind ein Geheimtipp und deshalb vom breiten Tourismus verschont geblieben. Ausserdem konnte er sie vom Hotel zu Fuss in gerade mal zwanzig Minuten erreichen. Geradezu perfekt! Wie seine Gattin den ganzen Tag nur auf seine Kosten herumliegen konnte, war ihm schon immer ein Rätsel gewesen, doch es kam ihm gerade recht. So hatte er seine Ruhe vor ihr und konnte sich voll und ganz auf sich und seine gefährlichen Sprünge konzentrieren. Am liebsten wäre er schon längst geschieden gewesen, doch die finanziellen sowie gesellschaftlichen Nachteile, die eine Scheidung nach sich gezogen hätten, liessen ihm einen kalten Schauer über den Rücken jagen. Bloss nicht! Obwohl er ein Topanwalt war, wäre es unvermeidlich gewesen, ihr einen grossen Teil seines Vermögens abdrücken zu müssen. Ausserdem wäre sein guter Ruf auch dahin gewesen. Und wenn er ehrlich zu sich selbst war, wollte er auch nur ungern auf den Sex mit ihr verzichten, der ihm eine Menge Spass bereitete, während es für sie einer Vergewaltigung gleichkam.

Alexander versuchte, die Gedanken, die wie ein Karussell in seinem Kopf kreisten, zu verscheuchen. Höchste Konzentration war gefragt. Er wollte den Urlaub ja schliesslich überleben.

In sicherem Abstand positionierte er sich vor dem Abgrund und schaute in die Tiefe hinab. Das Gelände war sehr uneben und steil abfallend, so konnte er die Höhe des Sprungs frei wählen. An der höchsten Stelle betrug die Distanz bis zum Wasser über dreissig Meter, während weiter unten acht Meter einen weitaus kleineren Adrenalinkick versprachen.

Der passionierte Klippenspringer tastete sich vorsichtig heran. Er wollte nichts riskieren, auch wenn das Risiko trotzdem immer mitsprang. Es liess sich nicht vermeiden, nur vermindern. Das musste genügen. Alexander atmete tief durch und sprang.

Die ersten Sprünge aus niedriger Höhe waren geschafft und

er fühlte, dass es sein Tag werden sollte. Topfit und hochmotiviert erklomm er den höchsten Punkt der Bucht. Der Aufstieg war unter der gleissenden Sonne Menorcas schweisstreibend und anstrengend, doch umso erfrischender war das heftige Eintauchen wenige Sekunden nach dem Sprung in das Mittelmeer.

Er zögerte. War er wirklich schon so weit, diesen Sprung zu wagen? Der Anwalt schloss die Augen und atmete die salzige Meeresluft ein, die ihm entgegenwehte. Nur das Rauschen des Wassers war zu hören, gepaart mit den Geräuschen der Wellen, die sich tief unter ihm an den Felsen brachen. Die Zeit stand still. So hätte er für Stunden bleiben können. Nur er und Mutter Natur. Welch göttliche Fügung.

Sollte er springen?

Jetzt oder nie!

Alexander mobilisierte seine Kräfte und all seinen Mut, um den Sprung vorzubereiten. Dabei drehte er sich dem Meer ab, um die Umgebung hinter sich in Augenschein zu nehmen. Einfach alles musste stimmen, da durfte er absolut keine Kompromisse eingehen. Doch was er in weiter Ferne erblickte, liess ihn zögern. Zweifellos waren die Umrisse einer Person zu erkennen, die zielstrebig auf ihn zuschritt. Wer wollte es wagen, seinen Frieden zu zerstören und den Sprung zu sabotieren? Andererseits war das Gebiet öffentlich und er wusste, dass es nur eine Frage der Zeit sein würde, bis andere Touristen diesen wunderschönen Ort entdecken sollten. Doch diese Gestalt, die noch immer näherkam und langsam Form bekam, schien irgendwie nicht hierher zu passen. Eindeutig war es ein Mann, das konnte er nun erkennen. Doch wer war er? Alexander mochte sich nicht erinnern, diese Person zu kennen, geschweige denn, jemals gesehen zu haben, und auch bekannt kam sie ihm keinesfalls vor. Alle möglichen Gedanken schossen ihm durch den Kopf. War er etwa ein Polizist, der von Irene beauftragt worden war, ihn hier und jetzt festzunehmen, für das, was er ihr all die Jahre angetan hatte?

Oder war er ebenfalls ein begeisterter Klippenspringer, der sich ausgerechnet diese Bucht aussuchen musste, in der er noch vor wenigen Augenblicken bereit gewesen wäre, den Sprung seines Lebens zu riskieren? Alexander fand keine Antwort. Er konnte nur abwarten, was der Fremde ihm zu sagen haben würde. Doch dieser war noch zu weit entfernt.

Der Anwalt hielt die Spannung fast nicht mehr aus, während der unbekannte Mann zusätzlich seine Schritte verlangsamte und beinahe schon stehen blieb. Auch das noch! Auf einmal überkam Alexander ein mulmiges Gefühl. Er wusste nicht, warum, doch er konnte diesem Kerl nicht über den Weg trauen. Die Körpersprache verriet es ihm eindeutig. Er hatte wohl nicht den steinigen, weiten Weg zu ihm hinauf in Angriff genommen, bloss um »Guten Tag« zu sagen. Nein, da musste mehr dahinterstecken.

Nur noch wenige Schritte trennten die beiden voneinander. Alexander konnte bereits das After Shave des Unbekannten riechen. Dieser machte einen durchaus gepflegten Eindruck. Das kurzärmlige Hemd, in dem er steckte, schien nicht gerade billig zu sein, genauso wenig wie die Jeans, die optisch bestens mit dem Rest des Outfits harmonierte. Der Mann sah aus, als wollte er Geschäfte machen. Doch hier oben?

Vielleicht ist es ja ein geheimer Deal, der am besten abseits von der Zivilisation abgeschlossen werden sollte, schoss es Alexander durch den Kopf. Aber es war ihm total egal, was auch immer der Fremde gewollt hätte. Auf ein krummes Ding hätte er sich nie und nimmer eingelassen. Wieso sollte er auch? Seinen guten Ruf hätte er niemals für ein paar läppische Franken aufs Spiel gesetzt, und finanziell war er sowieso auf Rosen gebettet. Die Früchte jahrelanger, harter Arbeit.

Der Fremde stand nun vor ihm und starrte ihn unablässig mit seinen stahlblauen Augen an.

Wie unangenehm!

Doch der Anwalt hielt dem Blick stand. Niemals hätte er den Anfang gemacht. Alles, was er schliesslich wollte, war nur seine Ruhe. Nicht diesen komischen Vogel, der nicht nur modisch, sondern auch noch stumm zu sein schien.

»Alexander Liebherr!« Der Mann konnte also doch reden. Aber woher kannte dieser seinen Namen?

»Was wollen Sie?«

»Bestimmt erinnern Sie sich nicht mehr an mich. Warum sollten Sie auch? Ich war nur einer von vielen, den Sie auf direktem Weg in die Hölle geschickt haben.«

Langsam dämmerte es dem Anwalt. »Fer... Fernandes Branco? Sie haben vergewaltigt und auf der Flucht getötet. Etwas anderes als die Hölle haben Sie nicht verdient!« Er sagte es trocken und emotionslos.

»Nein! Ich heisse Ricardo Branco, nicht Fernandes. Keine Ahnung wie Sie jemals überhaupt auf diesen Trichter gekommen sind, aber Sie haben mir damals schon nicht geglaubt, warum sollten Sie es heute tun?«

»Was wollen Sie?« Alexander Liebherr stand das Entsetzen

ins Gesicht geschrieben.

»Gerechtigkeit! Zeit, Lebewohl zu sagen!«

Noch ehe er reagieren konnte, stiess ihn Ricardo Branco mit voller Wucht nach hinten. Alexander, überrascht von der plötzlichen Attacke, stolperte rückwärts, verlor das Gleichgewicht und stürzte zu Boden. Nur noch wenige Zentimeter trennten ihn vom Abgrund, dem sicheren Tod. Verzweifelt versuchte er, wieder aufzustehen, doch vergeblich. Ricardo bückte sich zu ihm herunter und sah ihm tief in die Augen. Er labte sich an der Todesangst seines Widersachers. Dies war der Moment, auf den er sein halbes Leben gewartet hatte. Rache! »Da gibt es noch etwas, das Sie vielleicht wissen sollten, ehe Sie das Licht ausknipsen. Ich habe Ihre Frau gebumst. Und es hat ihr mächtig gefallen.«

Er sagte es ruhig und nebenbei, als hätte er von einem Fussballspiel berichtet. Der Anwalt lag mit weit aufgerissenen Augen und Mund am Boden und wusste nicht, was ihm mehr Entsetzen bereiten sollte. Die Tatsache, dass seine Frau ihn betrogen hatte, oder der Umstand, dass sein Leben an einem seidenen Faden hing, der jede Sekunde zu reissen drohte. Doch viel Zeit, um darüber nachzudenken, blieb ihm nicht mehr.

»Ihre Zeit ist um, Herr Anwalt!«, schrie Ricardo Fernandes in einem Anfall aus Wut und Rachsucht. Dann gab er ihm den Todesstoss.

Alexander versuchte instinktiv, sich an den Steinen festzuhalten, doch der Tritt war viel zu heftig gewesen, als dass er irgendeine Chance gehabt hätte.

Mit einem lauten Schrei stürzte er die Klippen hinab, schlug auf halbem Weg mit dem Kopf an einem Felsvorsprung auf, drehte sich und landete leblos im Wasser, wo er bereits wenige Sekunden von der Oberfläche verschwunden war.

Stille!

Ricardo rieb sich zufrieden die Hände und machte sich davon. Sein Werk war vollendet.

Die Suchtruppe der Polizei brauchte nicht lange, um die Habseligkeiten von Alexander Liebherr oben auf den Klippen ausfindig zu machen. Seine Frau hatte Alarm geschlagen, nachdem er bei Anbruch der Dunkelheit noch immer nicht zurückgekehrt war.

Ein Unfall!

Darauf hin deuteten auch die Blutspuren, welche auf dem Felsvorsprung im grellen Licht der Scheinwerfer klar zu erkennen waren.

Irene war zutiefst bestürzt, empfand gleichzeitig aber auch Erleichterung. Die Qualen hatten endlich ein Ende. Dieser Urlaub hatte zweifellos ihr Leben verändert.

Zum Guten!

30

»Was machen wir hier überhaupt?«

»Herrgott Tim, du stellst vielleicht Fragen!«, antwortet der Kommissar genervt. »Wir werden dieses Gebäude erst wieder verlassen, wenn wir einen Hinweis gefunden haben, wo sich der Mörder aufhalten könnte. Kapiert?«

Tim nickt stumm. Seine Mimik verrät Michael, was er davon hält. Aber das ist ihm egal.

Margot Schindler guckt argwöhnisch hinter ihren dicken Brillengläsern hervor, als sie die Ermittler erblickt. Mit denen hat sie jetzt überhaupt nicht gerechnet.

»Sie wünschen?«

Tim erklärt ihr die Sachlage und bittet um erneuten Zugriff auf die alten Akten.

»Wenn es weiter nichts ist…«, erklärt sie schulterzuckend. »Sie wissen ja bereits, was sie wo finden. Viel Vergnügen!« Sie senkt den Blick und widmet sich wieder ihrer Tätigkeit am Computer, ohne die beiden weiter zu beachten. Der Kommissar geht vor. »Wir müssen die ganzen Akten nochmal durchkämmen, vor allem diejenigen, die sich mit seiner Entlassung befassen. Dort werden am ehesten Anhaltspunkte zu seinem Verbleib zu finden sein.«

Tim ist überhaupt nicht überzeugt. »Wenn du mich fragst,

ist das reine Zeitverschwendung. Dieser Typ ist erwiesenermassen ein Mörder, der sich längst schon auf einer sonnigen Insel abgesetzt haben wird. Und damit meine ich nicht Menorca. Wir sollten uns eher auf die Fahndung konzentrieren. Bevor er erneut zuschlägt.«

»Ach Tim, du musst noch sehr viel lernen. Aber keine Sorge, dafür hast du ja mich.« Michael lächelt. »Die Fahndung läuft doch bereits auf Hochtouren und unsere Kollegen sind bemüht, auch die erwünschten Erfolge zu erzielen. Das können wir nicht beeinflussen, es sei denn, wir liefern neue Hinweise zu seinem Verbleib, und diese finden sich nun mal hier in den Akten. Ausserdem ist nicht davon auszugehen, dass der Täter erneut zuschlagen wird. Warum sollte er auch? Wir kennen sein Motiv, und das lautet Rache. Er hat gekriegt, was er wollte.«

»Trotzdem ist er brandgefährlich. Dieser Kerl wird nicht lange fackeln, wenn ihm etwas nicht in den Kram passt«, gibt Tim zu bedenken. »Wir können nur hoffen, dass er bald geschnappt wird.«

»Hoffen bringt uns auch nicht weiter«, sagt der Kommissar und greift sich einen dicken Ordner des Falles aus dem Regal. Tim tut es ihm gleich. Akribisch blättern die beiden Ermittler Seite für Seite durch und notieren sich wichtige Informationen.

Wenige Stunden später sind noch immer viele Fragen offen, aber auch gewisse neue Details ans Tagelicht gekommen. Der Kommissar zählt die wichtigsten Erkenntnisse auf.

»Branco hat angegeben, dass er sich im Falle einer Entlastung durch ein positives Gutachten wohl eine kleine Bleibe in einem Bergdorf irgendwo in den Schweizer Alpen suchen würde, wo ihn niemand kennt. Da er jedoch von vornherein wusste, dass die Anonymität in der Schweiz für ihn ein aussichtsloses Unterfangen geworden wäre, zog er durchaus in Betracht, das Land zu verlassen, und jetzt kommt's, sich auf einer einsamen Insel niederzulassen.«

»Ha! Wusste ich es doch!«, triumphiert Tim. Doch der Kommissar winkt ab. »Weisst du eigentlich, was das bedeuten würde? Sollte Branco tatsächlich untergetaucht sein, haben wir mehr als schlechte Karten. Und leider spricht alles für diese These. Ich glaube kaum, dass ihn noch irgendetwas in der Schweiz hält.

Das Land, das er durch die Auslieferung Spaniens überhaupt erst kennengelernt hat und in dem er über drei Jahrzehnte unschuldig in einem unserer zugegebenermassen relativ schönen Gefängnisse gesessen hat. Nein, dieser Mann hat ziemlich wahrscheinlich schon lange das Weite gesucht.« Er lässt den Kopf hängen ob diesen schlechten Voraussichten.

»Unschuldig? Immerhin hat er den Liebherr auf dem Gewissen«, korrigierte ihn Tim sogleich.

»Mag ja sein, aber wie wir wissen, war er zum Zeitpunkt seiner Inhaftierung tatsächlich unschuldig. Den Mord hat er ja erst danach begangen. Wie soll ich sagen? Er hat einen Mord begangen und er hat für einen Mord gesessen. Nur in umgekehrter Reihenfolge. Wer weiss, vielleicht sollten wir diese Sache endgültig ruhen lassen. Dieser Mann ist untergetaucht und wir treten seit Anfang der Ermittlungen nur auf der Stelle.« Dann herrscht eisiges Schweigen zwischen dem Kommissar und dem Polizisten. Jeder geht seinen Gedanken nach und braucht einen Moment für sich. Michael muss wieder an das Versprechen, das er Artur Julius von Felten an seinem Apéro gegeben hatte, denken. Was er wohl dazu sagen würde? Sollten wirklich noch weiterhin kostbare Ressourcen für einen Fall, der sowieso irgendwann zu den Akten gelegt werden würde, verschwendet werden? Oder sollten sie jetzt erst recht Gas geben?

»Wir könnten das Verbrechen in der TV-Sendung ›Akten Zeichen XY‹ der breiten Öffentlichkeit zugänglich machen. Irgendjemand würde ihn sicher auf dem Phantombild erkennen und uns seinen Standort mitteilen können. Die Aufklärungsquote dieser Sendung ist sehr hoch.« Der junge Polizist ist von sich selbst begeistert. Auch sein älterer Kollege ist nicht abgeneigt. »Naja, einen Versuch wäre es allemal wert. Doch was die dort ausstrahlen, haben wir nicht zu entscheiden. Vorerst kämmen wir weiterhin die Akten hier durch. Danach kümmere ich mich darum.«

Tim macht einen zufriedenen Eindruck. Die Vorstellung, dass seine Idee möglicherweise endlich zum heiss ersehnten Durchbruch verhelfen könnte, beflügelt ihn ungemein. Seinen Namen werden sich die Leute noch merken müssen. Doch von einem Durchbruch sind sie aktuell noch meilenweit entfernt.

Meinen sie zumindest.

Beide schweigen wieder und vergraben ihre Gesichter in den Aktenordnern.

»Ist ja irre!«, schreit Tim nach einer Weile in die Stille hinein. Der Kommissar zuckt zusammen. »Wusstest du, dass von Felten am Schuldspruch von Branco massgebend beteiligt war?«

Michael kneift die Augen zusammen. »Artur Julius von Felten?«

»Genau der!«

»Interessant! Aber warum steht in den Unterlagen so gut wie nichts darüber geschrieben?«

»Das frage ich mich allerdings auch. Vielleicht ging die Protokollierung eines Prozesses vor dreissig Jahren noch anders vonstatten als heute.

Jedenfalls steht hier geschrieben, dass von Felten, der rund drei Jahre mehr Berufserfahrung hatte als Alexander Liebherr, eine Art Mentor für diesen darstellte. Sie standen sich wohl auch privat sehr nahe. Alexander war sozusagen sein Schützling.«

Michael nickt mit dem Kopf. »Diesen Eindruck habe ich auch. Nicht umsonst musste ich von Felten das Versprechen abliefern, weder Zeit noch Geld zu scheuen, die Sache aufzuklären. Erinnerst du dich an den Apéro, den er bezüglich seines bevorstehenden Ruhestands und seiner Vaterschaft gegeben hatte?«

»Ja, was ist damit?«

»Als ich das Haus betrat, um die Toilette aufzusuchen, sah ich ihn mit einem Bild in den Händen, auf dem die beiden Staatsanwälte zu sehen waren. Sah nach aufrichtiger Freundschaft aus. Danach hatte ich ein vertrauliches Gespräch mit von Felten. Er nahm mir das Versprechen ab.«

»Dann muss diese Freundschaft ja schon über dreissig Jahre bestanden haben, wenn sie sich damals schon kannten. Eine ganz schön lange Zeit in unserer schnelllebigen Welt«, sinniert Tim.

»Ja, sowas ist heute nicht mehr selbstverständlich. Früher hielten auch die Ehen noch ein Leben lang. Heute wird bereits jede dritte geschieden. Traurig!« Tief ergriffen fasst sich der Kommissar an dir Brust. »Ja, auch ich bin noch vom alten Schlag. Ich weiss noch, was Freundschaft bedeutet!« »Und trotzdem bist du schon zweimal geschieden, Herr Kommissar«, neckt ihn Tim. Dabei hat er einen wunden Punkt bei Michael getroffen. »Im Leben läuft nicht immer alles nach Plan. Manchmal läuft es sogar überhaupt nicht. Diese Erfahrung wirst auch du eines Tages machen müssen, junger Schnösel. Was weisst denn du schon vom Leben?«

Der Polizist kann sich ein lautes Lachen nicht verkneifen. Erst noch probierte er, dagegen anzukämpfen, doch er hatte absolut keine Chance. »Für mein junges Alter weiss ich schon einiges, du alter Sack. Bist du jetzt endlich fertig? Falls du es vergessen haben solltest: Wir haben einen dringenden Fall zu lösen!«

Auch der Kommissar muss nun lachen. Er kann Tim einfach nicht lang böse sein, und ausserdem ist er sich bewusst, dass er damit angefangen hat. Er hätte ebenso gekontert.

»Schön, dass du mich immer wieder auf den Boden der Tatsachen zurückholst. Weisst du schon, inwiefern von Felten das Urteil im Prozess um Branco beeinflusst hat?«

Tim blättert in den Akten. «Er war zwar nicht direkt an der Front beteiligt, hat aber den Liebherr im Hintergrund beraten und stand ihm zur Seite. Er hatte quasi die Fäden gezogen. Auch auf sein Anraten hin wurde die Zeugin, welche Branco einen Tag nach dem Mord in Lugano gesehen haben will und unseren Mann hätte entlasten können, nicht vor Gericht vorgeladen. Das rasante Tempo des Prozesses beruht ebenfalls auf den Entscheidungen von Feltens. Alexander Liebeherr war, so scheint es mir, lediglich Mittel zum Zweck.

So steht es hier jedenfalls geschrieben.«

Michaels Augen werden immer grösser. Langsam dämmert es ihm, was das zu bedeuten haben könnte. »Die wichtigste Frage ist nun, ob Branco davon wusste.«

Der Polizist zuckt mit den Schultern. »Vermutlich nicht. Und wenn schon. Spielt das eine Rolle?«

Michael starrt ihn entsetzt an. Er glaubt, er hat sich tatsächlich verhört. »Ob das eine Rolle spielt? Denk mal nach. Branco stand der Sinn ganz offensichtlich nach Rache. Alexander Liebherr hat er sich schon vorgeknöpft. Was, wenn Artur Julius von Felten der Nächste ist?«

»So ein Quatsch. Der ist doch schon längst über alle Berge. Wahrscheinlich weiss er nicht einmal, dass es einen Anwalt gibt, der so heisst. Und selbst wenn, dann hätte er sich doch schon längst gerächt. Warum sollte er solange warten?«

»Genau darum! Dass wir denken, dass von ihm keine Gefahr mehr ausgehen würde. Er lässt ein wenig Gras über den ersten Mord wachsen und schlägt dann erneut zu, wenn keiner mehr damit rechnet. Eiskaltes Kalkül!«

»Oder«, kontert Tim, »er sitzt genau in diesem Moment auf einer Insel im südlichen Atlantik und lässt sich die Sonne auf den Pelz brennen. Wahrscheinlich lacht er sich dazu noch ins Fäustchen, weil er vermutet, dass du genau das glaubst, was er eben will. Ein cleveres Bürschchen!«

»Und ein Mörder dazu!«, ergänzt Michael. »Mir egal, was du davon hältst. Ich jedenfalls rufe mal bei ihm an und frage, ob alles in Ordnung ist.«

»Tu, was du nicht lassen kannst!«

Der Kommissar steht auf und verlässt den Raum. »Brauch mal frische Luft. In diesem Kellerloch krieg ich sowieso keinen Empfang.«

Fünf Minuten später kehrt er wieder in das Archiv zurück. »Und Mister Superbulle, wie steht es um den werten Herrn Anwalt? Betrachtet er die Radieschen bereits von unten oder arbeitet Superschurke Branco noch daran?«, stichelt der Polizist.

»Sehr witzig. Ich konnte ihn nicht erreichen, nur seine Sekretärin. Zurzeit verweilt er einige Wochen im Urlaub.»

»Na siehst du, ist doch alles in Ordnung.»

»Ich weiss nicht recht. Zu Hause konnte ich ihn auch nicht erreichen.«

»Findest du nicht langsam, dass du übertreibst?«, fragt Tim genervt. »Der Mann möchte vielleicht einfach seine Ruhe haben oder ist gar nicht im Lande. Es verbringen nicht alle Leute ihre Ferien auf Balkonien.«

Michael schüttelt den Kopf. »Seine Frau ist hochschwanger, das Kind kann jeden Moment zur Welt kommen. Glaube kaum, dass er da noch grossartig verreist.«

»Dann wird er wohl einkaufen gewesen sein oder was auch immer. Jetzt fehlt nur noch, dass du ihn auf dem Mobiltelefon probierst zu erreichen. Michael, du steigerst dich da in etwas hinein. Der Fokus liegt auf den Ermittlungen, nicht auf einem Anwalt, der in Ruhe seinen wohlverdienten Urlaub mit seiner hochschwangeren Frau verbringen möchte. Jetzt setz dich hin und konzentriere dich wieder auf die Arbeit. Sonst kommen wir hier nicht weiter.« Tim sprach die Worte klar und deutlich. Doch der Kommissar lässt sich nicht beirren. »Auch wenn du vielleicht recht haben magst, lässt mir die Sache keine Ruhe. Durchforste du hier weiter die Akten, und ich werde dem Anwalt einen kleinen Besuch abstatten. Mal schauen, ob alles seine Richtigkeit hat, du weisst schon. Vielleicht kann ich durch ihn noch wichtige Details erfahren. Es ist ja auch in seinem Interesse, dass wir den Fall endlich zum Abschluss bringen.«

»Mach, was du willst! Auf mich hörst du ja doch nicht«, witzelt Tim. »Und melde dich bitte, wenn du etwas Neues erfahren hast. Aber vergiss nicht: Kein Empfang hier unten. Kannst mir sonst auch auf die Mailbox quatschen.«

Der Kommissar bedankt sich bei Tim für dessen Verständnis und fährt los. Mit etwas Glück verpasst er noch knapp die Rush Hour.

31

Dem Kommissar ist mulmig zumute. Was würde er Artur Julius von Felten denn fragen wollen, sollte er ihm begegnen? »Guten Tag, alles in Ordnung bei Ihnen?« Oder »Mir war gerade langweilig, da dachte ich, ich schaue mal vorbei«? Vielleicht hat Tim ja recht und er steigert sich wirklich in etwas hinein. Insgeheim hoffte er sogar, es möge niemand zu Hause sein. Dann erspart er sich nicht nur eine Blamage, sondern auch einen verärgerten Staatsanwalt, und trotzdem ist er, wie er findet, seiner Pflicht nachgekommen, nach dem Rechten zu schauen. Alle wären glücklich. Und der Kommissar noch genau so weit wie zuvor. Der Spott des Polizisten wäre ihm sicher.

In Horgen fährt Michael mit dem Wagen auf die Fähre, welche nach Meilen übersetzt. Bis nach Küsnacht ist es dann auch nicht mehr weit. Je näher das Festland heranrückt, desto nervöser wird der Kommissar. Sein Puls geht schneller.

Was, wenn er doch Recht behalten sollte, und Branco tatsächlich noch im Land ist? Vielleicht in der Villa des Anwalts, bei der er schon in wenigen Minuten eintreffen wird?

Michael tastet nach der Dienstwaffe, welche gesichert unter dem Beifahrersitz verstaut ist. Sollte er sie einstecken? Wird er sie brauchen? Sein Instinkt verrät ihm, dass es wohl besser ist, auf Nummer sicher zu gehen. Er steckt die Waffe in die Innentasche seiner Jacke.

Die Fähre dockt an und der Kommissar starten den Motor. Nach einer Viertelstunde erreicht er die Villa des Staatsanwalts und parkt den Wagen im Strassengraben vor dem Anwesen. Ein komisches Gefühl, wieder hier zu sein, denkt er sich, als er vor dem grossen Stahltor steht und zögernd die Klingel betätigt. Sein Puls schiesst in die Höhe und kalter Schweiss läuft ihm den Rücken herunter. Doch die Reaktion bleibt aus. Scheinbar wirklich niemand zu Hause. Durch das Gittertor kann Michael aber unschwer erkennen, dass Artur Julius von Feltens Wagen unter dem Carport vor dem Haus steht. Also muss er doch zu Hause sein. Es sei denn, er ist spazieren gegangen mit seiner Familie. Oder er möchte wirklich nur seine Ruhe haben. Schwierige Situation!

Michael schaut sich um. Die Strasse ist menschenleer, absolut niemand kreuzt das Blickfeld des Kommissars. Zaghaft rüttelt er an dem eisernen Tor, doch dieses rührt sich keinen Millimeter. Die Gitterstäbe enden oben in spitzigen Pfeilen und er weiss, dass der Versuch, es trotzdem zu überqueren, sehr schmerzhaft für ihn enden kann. Dieses Risiko will er beim besten Willen nicht eingehen, ausserdem könnte er gesehen werden. Ein Kommissar, der in das Anwesen eines renommierten Staatsanwalts eindringt. Welch bittere Ironie!

Zu Fuss läuft er dem Grundstück entlang, welches an jeder Stelle von einem hohen Zaun umgeben ist. Artur Julius von Felten ist wohl sehr auf Sicherheit bedacht, was man ihm angesichts der heutigen Kriminalität auch nicht verdenken kann. Besitztümer erschaffen Neider, und Neider erschaffen Hass. Das war schon immer so und daran wird sich auch nie etwas ändern.

An der hinteren, dem See zugewandten Seite, entdeckt Michael ein potentielles Schlupfloch. Da das Fundament des Zauns nicht mehr stabil genug war und durch jahrelange Wettereinflüsse zu bröckeln begann, wurde hier vor noch nicht allzu langer Zeit ein kurzes Stück durch eine Hecke ersetzt, welche zwar ebenso hoch und dazu noch blickundurchlässig ist, dafür aber kein unüberwindbares Hindernis darstellt. Der Kommissar schlängelt sich durch und muss höllisch aufpassen, dass ihm dabei die Waffe nicht zu Boden fällt. Auf der anderen Seite angekommen, klopft er erstmal seine Kleider ab. Hätte er gewusst, was ihn erwartet, hätte er wohl keine weisse Jacke angezogen.

Auf dem Dach der Villa erblickt er eine Überwachungskamera, die direkt auf ihn und die Hecke gerichtet ist. Also muss von Felten sich dieser Schwachstelle bewusst gewesen sein. Doch auch der Rest des Anwesens ist lückenlos videoüberwacht. Der Anwalt überlässt wohl nichts dem Zufall.

Mit dem Gewissen, dass er nun die letzte Gelegenheit für einen Rückzieher verpasst hat, begibt er sich zum Haus. Selbst wenn er jetzt das Grundstück wieder verlassen würde, wäre er zweifelsfrei auf den Aufnahmen zu erkennen. Also Augen zu und durch!

Die Vorhänge sind zugezogen und die Fenster geschlossen. Langsam beschleicht Michael den Verdacht, dass die Familie womöglich doch verreist sein könnte. Um den Flughafen zu erreichen, ist es auch für Reiche sinnvoller, ein Taxi zu nehmen, als den Wagen im überteuerten Flughafenparkhaus abzustellen.

Wie konnte er nur so doof sein? Warum hat er nicht auf Tim gehört? Auch wenn er sich bewusst ist, dass der Staatsanwalt ein umgänglicher Mensch ist und für vieles Verständnis aufbringt, wird es trotzdem kein angenehmes Unterfangen werden, ihm die Bilder der Überwachungskamera zu erklären. Der Kommissar will schon wieder kehrtmachen, da fällt sein Blick auf die Terassentür. Sie ist angelehnt und der Vorhang bewegt sich leicht durch den Luftzug.

Auf Zehenspitzen betritt er das Haus und kommt sich wie ein Schwerverbrecher vor. Dabei ist er es doch, der hier nach dem Rechten schaut.

»Hallo? Ich bin es, Michael Meier. Ist jemand zu Hause?«, ruft er in die Stille hinein. Wieder keine Antwort. Im Wohnzimmer liegt alles an seinem Platz, nichts deutet auf einen Kampf hin, der kürzlich stattgefunden hätte. Auch das gerahmte Bild von den befreundeten Anwälten steht noch immer auf dem Kaminsims. Michael nimmt es in die Hände und betrachtet es eingehend. Die Männer müssen sich wirklich sehr nahe gestanden haben. Hier, genau an dieser Stelle, hat ihm vor noch nicht allzu langer Zeit Artur Julius von Felten das Versprechen abgenommen, den Fall zu lösen. Und wo steht er heute? Mit der Erleichterung, dass dem Anwalt wohl doch nichts zugestossen ist, macht sich auch die Ernüchterung breit. Dies wäre wahrscheinlich die letzte Chance gewesen, Branco zu fassen. Stattdessen muss er sich fürchten, wegen Hausfriedensbruch vor Gericht gestellt zu werden. Er beschliesst, die Sache abzublasen und die Villa umgehend zu verlassen. Noch ist er unentdeckt. Doch als sein Blick über den Boden schweift, sieht er, was er schon im ersten Augenblick hätte sehen sollen, als er dieses Haus betreten hat.

Feine Bluttropfen, die immer grösser werden, je mehr er sich Richtung Keller bewegt. Also doch! Sofort greift Michael in die Jackentasche und zieht seine Waffe. Er entsichert sie blitzschnell. Der nächste Griff gilt dem Mobiltelefon, doch dieses liegt, wie er enttäuscht und verärgert gleichzeitig feststellen muss, wohl auf dem Beifahrersitz im Wagen, zusammen mit dem Funkgerät. Für einen kurzen Moment zieht er in Erwägung, zum Auto zu rennen und Hilfe anzufordern, doch ihm ist ebenfalls bewusst, dass diese eine Minute, in der er seine eigene Nachlässigkeit kompensieren müsste, über Leben und Tod entscheiden könnte. Er entscheidet sich dagegen!

Er wird die Sache zu Ende bringen, alleine, auch wenn es das letzte ist, was er tun wird.

Fest entschlossen, zu allem bereit, öffnet er die Kellertür. Michael lauscht angestrengt, doch es sind beim besten Willen keine verdächtigen Geräusche zu hören. Wieder überkommen ihn Zweifel. Doch diese werden, als er der immer grösser werdenden Blutspur folgt, ebenso schnell im Keim erstickt, wie sie gekommen sind.

Das Verbrechen ist real!

Zwar spielt er erst noch nur eine Nebenrolle in diesem Film, dessen Genre er sich leider nicht aussuchen kann. Doch mit derselben Geschwindigkeit, mit der diese grausame Tat voranschreitet, kann er zum Hauptdarsteller werden, zum tragischen Helden.

Das Adrenalin schiesst durch seinen Körper. Er hat sich noch nie so lebendig gefühlt. Wie in Trance schreitet er auf leisen Sohlen die Kellertreppe hinab. Die Blutflecken werden immer mehr und enden schliesslich vor einer Tür, hinter der Michael eine Vorratskammer oder einen Weinkeller vermutet. Mit der Waffe im Anschlag drückt er die Klinke herunter. Doch zu seinem Entsetzen ist die Tür verschlossen. Ohne auch nur mit der Wimper zu zucken, feuert der Kommissar drei Schüsse auf das Schloss ab, welches unter dieser Gewalteinwirkung sofort nachgibt. Dann tritt er die Tür ein. Der Anblick, der sich ihm bietet, lässt ihm das Blut in den Adern gefrieren.

In dem fensterlosen Raum, der nur von einer Glühbirne schwach beleuchtet wird, sitzt inmitten von Weinregalen und Getränkeharassen Artur Julius von Felten mit einer blutenden Wunde am Kopf geknebelt auf einem Gartenstuhl, die Hände und Beine gefesselt. Ein Mann, den Michael sofort als Branco identifiziert, steht hinter dem Stuhl und drückt dem Staatsanwalt ein Messer an die Kehle.

»Nur zu, schiessen Sie doch! Ich garantiere Ihnen aber, dass meine Reaktionsgeschwindigkeit ausreichen wird, um diesem Scheisskerl hier noch das Messer in den Hals zu rammen. Ausserdem sind wir nicht alleine.« Er deutet mit dem Finger nach oben zur Decke. »Wie soll ich sagen? Ein guter Freund von mir kümmert sich liebevoll um die schwangere Frau, während ich den Rechtsverdreher in Schach halte. Es versteht sich wohl von selbst, dass auch ihr Leben vorbei sein wird, sollten Sie nicht augenblicklich die Waffe fallen lassen!«

Michael zögert. Diese Extremsituation überfordert ihn

masslos. Noch so gerne würde er Branco eine Kugel durch den Kopf jagen, doch die Angst, er könnte seine Drohung wahr werden lassen, lässt ihn erstarren.

»Ich zähle bis drei, dann nehme ich Ihnen die Entscheidung ab! Eins...«, brüllt Branco. Schliesslich lässt der Kommissar die Waffe fallen.

»So ist es brav! Warum nicht gleich? Hier rüber, und zwar schnell! Auch für Ihre Bequemlichkeit ist gesorgt.« Er platziert einen zweiten Gartenstuhl neben von Felten und zwingt Michael, sich zu setzen. Dann wird auch er gefesselt, wobei der Verbrecher auf einen Mundknebel verzichtet.

»Was wollen Sie?«, schreit er Branco an. Dieser setzt ein Lächeln auf, das beinahe schon sympathisch wirkt.

»Ach kommen Sie, Herr Kommissar! Als ob Sie das nicht schon längst wüssten. Sie sind ein cleverer Bursche. Doch leider haben Sie einen schwerwiegenden Fehler begangen.« Michael bebt innerlich. Hätte er doch nur seine Waffe nicht fallengelassen. »Und der wäre?«

»Ihre Nase in fremde Angelegenheiten zu stecken. Das ist ein Ding zwischen mir und ihm. Er kriegt bloss, was er verdient.«

»So wie Alexander Liebherr?«

»Wow, ich bin wirklich begeistert! Genau wie Alexander Liebherr. Dieser Herr hat seine Rechnung bereits beglichen. Nun ist es an der Zeit, die restlichen Schulden einzutreiben. Altlasten aus über dreissig Jahren. Sie wissen schon!« Er drückt die Klinge fester an die Kehle des Anwalts. Dieser windet sich in den Fesseln und bäumt sich auf, doch es bringt alles nichts.

»Damit kommen Sie doch niemals durch!«, versucht ihn

Michael zur Vernunft zu bringen. »Wenn Sie jetzt aufgeben, werden Sie davonkommen, ganz sicher. Der Richter wird bestimmt Verständnis zeigen, dass Ihnen die Sicherungen durchgebrannt sind.« Er kann selbst kaum fassen, was er da von sich gibt. Doch es ist seine einzige Chance.

»Jetzt enttäuschen Sie mich aber! Sind wohl doch nicht so klug, wie ich anfangs gedacht habe. Ich glaube kaum, dass ein Richter mir den Mord an Alexander Liebherr verzeihen wird.«

»Offiziell war es ein Unfall. Ausser mir weiss doch keiner, dass Sie ihn ermordet haben. Und ich werde dichthalten, das verspreche ich.«

Branco beginnt laut zu lachen. »Oh ja, das werden Sie, da habe ich überhaupt keine Bedenken! Von dort, wo ich Sie beide gleich hinschicken werde, ist noch keiner lebendig zurückgekehrt.« Sein Lachen klingt laut und diabolisch. Der Kommissar erschaudert.

»Keine Sorge, ich komme gleich wieder. Bleiben Sie doch solange sitzen. Muss nur kurz nach der Lady schauen«, sagt der Verbrecher und verlässt den Raum.

»Keine Sorge, ich hole uns da raus!«, redet Michael ruhig auf den Anwalt ein. Wenn er doch nur wüsste, wie. Die Fesseln sind fest angezogen und schneiden in sein Fleisch. Er wird sich unmöglich befreien können in der kurzen Zeit, die ihnen noch bleibt.

Artur Julius von Feltens Blick ist starr und glasig. In seinen Augen spiegelt sich die pure Todesangst. Es scheint, als hätte er schon aufgegeben. Doch Michael will Widerstand leisten, solange er kann. Wenn doch nur Tim hier wäre!

Die Tür öffnet sich und Ricardo Branco kehrt zurück.

»Zeit, Tacheles zu reden! Wer will zuerst?«

Der Staatsanwalt bäumt sich auf, als würde er probieren, die Fesseln zu sprengen. Die Mühe ist umsonst. Der Kommissar schweigt.

»Nicht so schüchtern. Na, dann werde ich wohl mit Ihnen beginnen müssen, Herr von Felten. Wie hätten Sie es denn gerne? Kurz und schmerzlos, oder doch lieber ein dreissig jähriges Leiden?

Tut mir leid, soviel Zeit habe ich leider nicht. Bin schliesslich schon über dreissig Jahre im Verzug.«

Auch wenn der Kommissar die Anspielungen klar und deutlich versteht, ist er davon überzeugt, dass Artur Julius von Felten kurz vor seinem Ableben nicht mehr viel davon mitbekommt. Der Mann hat sich damit abgefunden, sterben zu müssen.

Branco stellt sich vor den Anwalt und setzt das Messer an die Kehle. »Bereit zu sterben, du Hurensohn?«, brüllt er ihn an. Gleich würde es soweit sein! Die Rache wäre vollendet! Endlich!

In dieser Sekunde stürmen drei Männer durch die Tür und ehe der Kommissar realisieren kann, was hier genau vor sich geht, ertönt ein lauter Knall und Ricardo Branco liegt tot am Boden. Ein glatter Kopfschuss!

Das Blut tropft von den Wänden, als wäre eine Farbbombe geplatzt und sogar den beiden Gefesselten klebt es im Gesicht. Doch die Freude verdrängt den Ekel.

»Tim!«, ruft der Kommissar voller Begeisterung und will aufspringen, merkt jedoch schnell, dass er noch immer an den Stuhl gefesselt ist.

»Nur die Ruhe! Ich binde dich gleich los. Erst aber besorg

ich euch einen Lappen.«

Mit einer Heckenschere, die auf einem der Regale liegt, schneidet Tim die Fesseln des Kommissars und des Anwalts durch. Michael springt Tim um den Hals. Artur Julius von Felten jedoch rührt sich kaum. Apathisch guckt er durch die Männer hindurch.

»Muss wohl der Schock sein. Ich fordere einen Rettungswagen an.« Tim nimmt das Funkgerät zur Hand und ruft die benötigte Unterstützung.

»Wie…Wie bist du so schnell gekommen?«, fragt Michael ungläubig. Er kann es noch immer nicht fassen.

»Hab mir Sorgen gemacht. Als ich dich weder auf dem Telefon noch auf dem Funk erreichen konnte, wusste ich sofort, dass etwas passiert sein musste. Die Jungs hier habe ich gleich mitgenommen.«

»Das was Rettung in letzter Sekunde, Tim. Wir verdanken dir unser Leben!«

»Kannst dich ja irgendwann mal revanchieren.« Tim lächelt. Ist stolz, zwei Menschen das Leben gerettet zu haben. Oder drei?

»Scheisse, Branco hat noch was von einem Komplizen gefaselt, der sich um die schwangere Frau kümmern würde.« Wie konnte Michael das bloss vergessen? Mittlerweile könnte sie längst tot sein.

»Keine Sorge, die Villa ist sauber. Die Frau lag oben gefesselt im Bett. Aber es geht ihr gut. Wahrscheinlich wollte Branco sie hinterher vergewaltigen.«

Er hat also geblufft. Es gab gar keinen Komplizen. Hätte Michael auch die Waffe fallen gelassen, hätte er dies gewusst? Welche Entscheidung hätte er getroffen?

Menschen neigend dazu, in Extremsituationen extreme Kräfte zu entwickeln. Gilt dies auch für den Verstand? Fragen, die den Kommissar beschäftigen. Jedoch nicht beschäftigen sollten. Hätte er auf Tim gehört, wäre von Felten tot. Und hätte Tim sich keine Sorgen gemacht, auch er. Alle sind am Leben. Alles, was zählt.

Draussen sind Sirenenklänge zu hören. Die Verstärkung und der Rettungswagen treffen ein.

Artur Julius von Feltens Schockzustand dauert an. Er bemerkt gar nicht, wie die Einsatzkräfte ihn auf die Bahre hieven. Guckt nur mit leerem Blick die Wand an. Auch dass seine Frau im Ambulanzfahrzeug seine Hand hält, geht an ihm vorbei. Doch er wird sich erholen. Genauso wie Michael. Die Villa wurde vorübergehend abgesperrt und zum Tatort erklärt.

Als Michael im Wagen sitzt, bricht er in Tränen aus.

32

»Und deshalb, geschätzte Freunde und Freundinnen, ist es mir eine Ehre, das Amt per sofort anzutreten.«

Mit diesen Worten beendet Andreas Gruber seine Einstandsrede. Die Menge applaudiert. Er hat es also tatsächlich geschafft. Andreas ist das neue Oberhaupt der EVA, der eidgenössischen Versicherungsanstalt. Alle sind glücklich und zufrieden. Mit ihm haben sie wieder einen Boss, der für seine Sache einsteht und die Firma aus den roten Zahlen führen wird. Nicht wie Martin.

Auch Karl Brechhammer ist begeistert. Beim anschliessenden Apéro reicht er Andreas die Hand.

»Tut gut, wieder hier zu sein. Und dass du mich gleich zu deinem Stellvertreter beförderst, hätte ich mir im Leben nie gedacht.«

»Versprochen ist versprochen. Und ich halte meine Versprechen!«, sagt Andreas und schaut ihm tief in die Augen. »Ausserdem bin ich mir absolut sicher, dass du der Richtige dafür bist.«

»Warten wir es ab!«, antwortet er mit einem verschmitzten Lächeln. Dann stossen sie an.

Doreen ist überglücklich, als sie von der Beförderung erfährt. Vorbei sind die ungewissen Zeiten und schlaflosen Nächten, in denen sie nicht wusste, wie weiter, und um die Zukunft ihrer kleinen Familie bangte. Auch Karl ist ein riesiger Stein vom Herzen gefallen. Der neue Job bringt nicht nur mehr Verantwortung mit sich, sondern auch eine gesalzene Lohnerhöhung. Die Hypothek und das Haus sind gesichert. Und damit auch die Zukunft von Töchterchen Lena. Das kleine Familienglück ist endlich wieder komplett. Karl weiss noch gar nicht, wie er Andreas je danken sollte. Vorerst aber genügt es, wenn er seinen Job zu dessen Zufriedenheit erledigt. Und davon ist Andreas Gruber fest überzeugt. Karl hat auch nicht vor, ihn zu enttäuschen.

Und was wurde aus Martin?

Nachdem die Scheidung vollzogen war, verschwand er von der Bildfläche. Man munkelt, er habe sich ins Ausland abgesetzt. Oder eine neue Identität angenommen. Oder Selbstmord begangen. Oder aber vielleicht auch alles zusammen.

Da ihn bis heute nie wieder jemand gesehen hatte, verdrängen die Spekulationen um seine Person die Gewissheit. Vermutlich wird das auch immer so bleiben.

Für Charlotte Huber hingegen war es noch nicht zu spät. Der Videoclip, der sie mit Martin in eindeutiger Pose zeigte, geistert noch heute im Internet herum und wird wahrscheinlich auch nie mehr wegzukriegen sein. Sind solche Dateien erst einmal in Umlauf gebracht worden, verselbstständigen sich diese leider nur allzu oft.

Nichtsdestotrotz hat es ihrer Karriere keinen Abbruch getan. Im Gegensatz zu Martin wusste sie damit umzugehen und angelte sich vielversprechende Jobs in noch vielversprechenderen Firmen in den oberen Etagen. Aus ihren Fehlern hat sie jedenfalls gelernt. Auf eine Affäre mit ihrem Chef lässt sie sich kein zweites Mal ein.

33

Der Kaffee schmeckt herrlich an diesem sonnigen Herbsttag. Anneliese Schmid sitzt am Frühstückstisch und schlägt die Zeitung auf. Eine Schlagzeile zieht sie sofort in ihren Bann.

Überfall auf Staatsanwalt

Beinahe wurde der Zuger Staatsanwalt A.J. von Felten Opfer eines Mordkomplotts. Im Laufe des gestrigen Tages drang ein unmaskierter Verbrecher in das Anwesen des Staatsanwalts ein und brachte infolge dessen seine schwangere Frau und ihn unter Kontrolle. Nur dem beherzten Eingreifen der Polizei ist es zu verdanken, dass der Täter gestoppt werden konnte, ehe sich schlimmeres zugetragen hätte. Er verlor dabei sein Leben. Beim Motiv handelt es sich nach unseren Recherchen um Rache. Der Täter soll über dreissig Jahre aufgrund eines Schuldspruches von A.J. von Felten und A. Liebherr unschuldig im Gefängnis gesessen haben. A. Liebherr wurde im vergangenen Sommer auf Menorca vermutlich ermordet. Vorgängig wurde ein Unfall vermutet.

»Das ist ja allerhand!«, sagt Anneliese schockiert zu sich selbst. In diesem Moment klingelt es an der Tür. Fido und Django bellen wie auf Kommando. So frühen Besuch sind sie sich nicht gewohnt. Sie öffnet die Tür.

»Verzeihen Sie die frühe Störung. Ich bin nicht dienstlich hier und möchte mit Ihnen reden. Natürlich nur, wenn Sie nichts dagegen haben.«

Michael Meier ist sichtlich verlegen. Die Situation ist ihm unangenehm, und doch ist das Gespräch mit ihr der erste Schritt nach vorne. Während Tim weiterarbeitet, als wäre nichts gewesen, hat sich der Kommissar auf Anraten seines Vorgesetzten eine Auszeit genommen. Wie lange es dauern wird, bis er wieder in den Dienst zurückkehrt, weiss er noch nicht. Doch er braucht die Zeit.

Anneliese hat nichts dagegen einzuwenden und bittet ihn herein. Auf dem Tisch liegt noch immer die aufgeschlagene Zeitung.

»Kann es sein, dass Sie deswegen hier sind?«, fragt sie und deutet auf den Artikel. Michael nickt. Auch er hat ihn bereits gelesen. Woher die Presse diese Informationen bezogen hat, ist ihm schleierhaft. Es war klar, dass sich die Journalisten auf diese Story stürzen würden wie Aasgeier auf ihre Beute. Doch von ihm werden sie nichts erfahren. Sollen sie nur kommen.

»Hätten Sie Lust, mich ein Stück mit den Hunden zu begleiten?«, fragt Anneliese. Michael nimmt dankend an. Fido und Django freuen sich. Der Pinscher hat sich schnell mit seinem neuen Bruder angefreundet und geniesst das neue Leben. Auch wenn er nichts weiss von den traurigen Umständen, denen er sein neues Zuhause verdankt, spürt er, dass es nicht mehr so ist, wie es einmal war.

Michael und Anneliese spazieren in der Sonne, die Hunde an der Leine, und unterhalten sich über Gott und die Welt. Doch auch der ursprüngliche Grund für den Besuch geht nicht vergessen. Er erfährt von Anneliese, dass Irene Liebherr ihr nicht nur den Hund vermacht hat, sondern auch noch all ihre Besitztümer im Testament an sie überschrieb. Alles was sie hatte. Schmuck, Uhren, teuer Designerkleider, aber auch kleine Kunstschätze. Bestimmt ist alles zusammen ein Vermögen wert, das ist Anneliese bewusst. Doch es käme für sie nie in Frage, auch nur etwas davon zu verkaufen.

Diese Erbschaften sollen sie ein Leben lang an ihre verstorbene Freundin erinnern.

Doch eine Frage wird den Kommissar, die Witwe und noch manche anderen Leute für lange Zeit beschäftigen:

Wo zum Teufel ist Fernandes Branco?